태양의 아들

THE SON
by Lois Lowry

Copyright ⓒ 2012 by Lois Lowry
All rights reserved.

Korean Translation Copyright ⓒ 2013 by BIR Publishing Co., Ltd.
This Korean translation edition is published by arrangement with Clarion Books an imprint of
HarperCollins Publishers through KCC(Korea Copyright Center Inc.), Seoul.

이 책의 한국어판 저작권은 ㈜한국저작권센터(KCC)를 통해 저작권사와
독점 계약한 (주)비룡소에 있습니다.

저작권법에 의해 한국 내에서 보호를 받는 저작물이므로 무단 전재와 무단 복제를 금합니다.

태양의 아들
SON

로이스 로리 글 | **조영학** 옮김
Lois Lowry

차례

1부
이전 Before
9

2부
사이 Between
143

3부
너머 Beyond
295

옮긴이의 말
432

마틴을 기억하며

1부

이전
Before

1

 소녀가 움찔했다. 얼굴 윗면에 눈 없는 가죽 가면을 씌웠기 때문이다. 아무것도 보지 못하게 하려는 거라지만 우스꽝스러운 데다 쓸데없는 짓이라는 생각만 들었다. 물론 저항은 하지 않았다. 절차라는 정도는 소녀도 알고 있었다. 한 달 전, 동료 수정모한테 들은 얘기였다.
 "가면? 가면은 왜요?"
 그때도 소녀는 놀라서 그렇게 되물었다. 그 어설픈 모습을 생각하다 키득키득 웃음까지 터뜨릴 뻔했다.
 "그게, 진짜 가면은 아니야."
 왼쪽에 앉은 젊은 여자가 정정해 주며 다시 샐러드를 한입 물었다.

"그보다는 눈가리개에 가깝지."

여자는 속삭이다시피 말했는데 그런 얘기를 하지 못하게 했기 때문이다.

"눈가리개요?"

소녀가 다시 놀란 표정을 하고는 멋쩍게 웃었다.

"내가 이해력이 많이 떨어지죠? 미안해요. 언니 얘기를 계속 되뇌고 있기는 한데…… 그런데 눈을 가려요? 왜요?"

"네가 상품을 밖으로 내보내는 과정을 보지 못하게 하려는 거야. 네가 그걸 낳을 때."

여자가 소녀의 불룩한 배를 가리켰다.

"언니는 생산 경험이 있죠?" 소녀가 물었다.

여자가 고개를 끄덕였다.

"두 번."

"어때요?"

소녀는 그렇게 물으면서도 바보 같은 질문이라는 생각을 했다. 모두 수업을 들었고, 그림을 보고 교육도 받았다. 그렇지만 그 과정을 경험한 사람 얘기를 듣는 데 비할 수는 없을 것이다. 더군다나 그런 얘기를 금하는 규율도 어기는 판인데…… 묻지 못할 이유가 어디 있겠는가.

"두 번째가 더 쉬워. 많이 아프지도 않고."

소녀가 아무 대꾸도 하지 않자, 여자가 의아한 표정으로 소녀를 보았다.

"왜, 아프다는 얘기 못 들어 봤니?"

"그냥 '불편하다'고만 했어요."

여자가 비웃듯 코웃음을 쳤다.

"그럼 불편하다고 해. 그 사람들 원하는 대로. 두 번째는 크게 불편하지도 않고 오래 걸리지도 않아."

"수정모! 수정모! 제발, 말조심하지 못할까! 규칙을 몰라서 그러나?"

사감의 근엄한 목소리가 스피커를 찌렁찌렁 울렸다.

그러자 소녀와 여자는 공손히 입을 다물었다. 식당 벽에 설치된 마이크를 통해 두 사람의 대화를 엿들은 것이다. 몇몇 여자들이 키득거렸는데 필경 그들도 그 얘기를 하고 있었을 것이다. 어차피 할 얘기도 거의 없지 않은가. 공통된 관심사라고는 생산 절차, 즉 그들의 업무…… 임무가 전부였다. 어쨌거나 경고가 떨어지고 나서 대화 내용은 바뀌었다.

소녀는 수프를 한 스푼 떠먹었다. 출산동은 늘 풍요롭고 음식도 맛있다. 수정모는 모두 세심한 영양 공급을 받는다. 사실 공동체에 있을 때도 늘 최상의 영양식을 제공받았다. 날마다 부모 집으로 음식이 배달되었다.

열두 살에 출산모로 선발되면서 인생도 바뀌었다. 모든 게 느려졌다. 소녀가 속한 그룹에는 수학, 과학, 법률 같은 학교 수업 부담이 훨씬 줄어들었다. 시험도 독서도 줄고 선생들의 채근도 거의 없어졌다.

대신 영양과 건강 수업이 추가되고 야외 운동 시간이 늘어났다. 식단에는 특수 제조된 비타민들이 올라왔으며 정기적으로 신체검사도 받았다. 모두 출산을 위해서다. 그해가 지나고 다음 해가 어느 정도 지나면서 마침내 예비 과정도 모두 끝났다. 그리고 부모 집을 떠나 출산동으로 이주하라는 지시가 떨어졌다.

사유 재산이 없는 덕에 한 장소에서 다른 장소로 재배치하는 일은 전혀 어렵지 않았다. 옷은 중앙 의류 센터에서 세탁해서 배급하고, 교과서는 학교에서 징발해 이듬해 다른 학생들에게 제공한다. 어릴 적 등하교용으로 사용했던 자전거 또한 재점검을 거쳐 더 어린 학생들에게 재분배할 것이다.

마지막 날 저녁에 집에서 축하 파티가 있었다. 여섯 살 많은 오빠는 이미 법정학부 훈련을 받으러 떠나고 없었다. 오빠를 보는 건 집회 때뿐이었다. 오빠는 거의 이방인이나 다름없었다. 그래서 마지막 식사 때도 셋뿐이었다. 소녀와, 소녀를 길러 준 부모단. 두 분의 회상이 잠시 이어졌다. 소녀가 구두를 숲 속에 던져 버리고 보육 센터에서 맨발로 돌아왔을 때처럼 몇몇 웃기는 일화들. 웃음도 있었다. 소녀는 그동안 키워 준 데 대해 감사 인사를 했다.

소녀가 물었다.

"내가 출산모로 선발되었을 때 실망했어요?"

소녀는 내심 칭찬 같은 인사를 기대했다. 그녀가 여섯 살 때 오빠가 선발되었을 때는 두 분 모두 크게 자랑스러워했다. 법정 학부는 특별히 머리가 좋은 사람들을 위한 자리였다. 하지만 그녀는 성적이 우수한 학생이 아니었다.

"아니, 우리는 위원회의 판단을 믿는다. 어련히 네게 어울리는 일을 골랐겠니." 아버지의 대답이었다.

"출산모는 아주 중요해. 출산모 없이 우리가 어떻게 이 자리에 있겠어!" 어머니가 덧붙였다.

두 사람은 소녀의 미래를 축복해 주었다. 이제 두 분의 삶도 바뀔 것이다. 부모 역할이 끝났기에 이제 양육 의무에서 벗어난 어른들이 사는 곳으로 이사해야 한다.

다음 날 소녀는 혼자 걸어 출산동 기숙사에 들어갔다. 그녀에게도 작은 방이 배정되었다. 창밖으로 그녀가 다닌 학교와 그 너머 운동장이 보였다. 저 멀리로 공동체의 경계 역할을 하는 강도 살짝 보였다.

몇 주가 흘러 어느 정도 적응하고 친구들도 사귀었을 때쯤 인공수정을 위해 소환되었다.

아는 게 전혀 없기에 무척이나 초조했지만 절차가 모두 끝난 뒤에는 크게 마음이 놓였다. 시간도 무척 짧았고 아프지도 않았다.

"끝났어요?"

일어나라는 기술자의 손짓에 소녀는 놀라 그렇게 묻기까지 했다.

"끝났다. 다음 주에 와서 착상 검사를 받으면 돼."

소녀가 초조하게 웃었다. 출산모로 선발되었을 때 전달받은 지시 지침서에도 설명은 거의 없었다. 자세히 설명해 주면 어디가 덧나나?

"'착상'이 무슨 뜻이에요?"

기술자는 수정 장비를 치우고 있었다. 다소 바쁜 눈치였다. 물론 다음 순서가 기다리고 있을 것이다.

기술자가 신경질적으로 설명했다.

"수정란이 자리를 잡으면 너도 수정모가 된다는 뜻이다."

그가 막 돌아서며 물었다.

"다른 질문 있냐? 없어? 그럼 가도 좋다."

그 모든 일이 엊그제 일 같건만 벌써 아홉 달이 흘렀다. 마침내 소녀에게도 눈가리개가 씌워졌다. 몇 시간 전에 간헐적으로 불쾌감이 일더니 이젠 연속으로 찾아왔다. 소녀는 지시대로 심호흡을 했다. 이렇게 눈을 가리고 보니 숨 쉬는 것마저 고역이었다. 가면 안쪽의 얼굴도 화끈거렸다. 소녀는 마음을 진정하며 숨을 들이마시고 내쉬었다. 애써 불쾌감을 외면…… 아냐, 이건 고통이야. 너무 아프잖아! 소녀는 힘을 그러모으며 가볍게 신음을 흘렸다. 이윽고 등이 활처럼 휘더니 어느 순간 눈앞이 캄캄해졌다.

소녀의 이름은 클레어. 이제 열네 살이다.

2

사람들이 주변에 몰려들었다. 점점 가혹해져만 가는 진통 중간에 가까스로 정신을 차렸을 때 사람들 목소리가 들렸다. 다급한 목소리들이었다. 뭔가 잘못된 건가?

그들은 거듭해서 그녀의 상태를 점검했다. 장비들은 하나같이 차가운 금속이었다. 팔에 찬 혈압계 압박대가 부풀어 오르고 누군가 팔꿈치에 원형 금속판을 부착했다. 팽팽한 배 위에도 다른 장비가 추가되었다. 발작적인 통증이 전신을 훑자 소녀는 헉 하고 숨을 삼켰다. 두 손은 침대 양쪽에 묶인 터라 꼼짝도 할 수 없었다.

원래 이런 거예요? 그렇게 묻고 싶었으나 잔뜩 겁을 먹은 탓에 목소리는 기껏 속삭임 수준이었다. 당연히 아무도 듣지 못했다.

"도와줘요!"

그녀가 훌쩍였다. 그런데 문득 사람들이 그녀에게 관심이 없다는 느낌이 들었다. 그들은 상품 걱정을 했다. 도움의 손길과 장비도 뻑뻑해진 아랫도리에 집중되어 있었다. 벌써 몇 시간이 지났다. 최초의 통증, 이후 반복적으로 점점 심해지는 격통, 마침내 얼굴을 조여드는 가면.

"마취 준비. 우리가 직접 해야겠어. 어서."

명령조였다. 분명 책임자일 텐데 목소리가 무척 다급했다.

"숨을 들이마셔라."

누군가 그렇게 지시하며 가면 속으로 고무 같은 물체를 밀어 넣어 입과 코를 덮었다. 소녀는 숨을 들이마셨다. 아니면 질식사할 판이라 선택의 여지가 없었다. 입속으로 뭔가 들어왔다. 불쾌한 단내. 그리고 곧바로 통증이 가라앉았다. 머릿속이 텅 비는가 싶더니 의식마저 아련해졌다. 마지막은, 예리한 물건이 배를 가르는 느낌이었다. 고통은 없었다.

 소녀가 깨어났을 때 색다른 통증이 가장 먼저 찾아왔다. 쿡쿡 쑤시는 수준이 아니라 더 깊고 넓은 통증이었다. 몸은 가벼웠고 손목의 속박도 풀린 채였다. 여전히 침대 위였는데 따뜻한 담요를 덮고 있었다. 누군가 낙상을 우려했는지, 떨그렁 소리를 내며 철제 난간을 올린 기억이 어렴풋했다. 방에는 그녀뿐이었다. 의사도 기술자도 장비도 보이지 않았다. 소녀는 머뭇머뭇 고개를 돌려 공허한 방 안을 가늠해 보았다. 고개를 들어 보려 했으나 통증 때문에 곧바로 포기해야 했다. 배를 내려다보는 것도 불가능했다. 대신 팽팽했던 배 위로 두 손을 조심스레 가져갔다. 지금은 평평해진 배 위에 붕대를 감아 놓았다. 무척이나 욱신거렸다. 기어이 몸을 가르고 상품을 꺼낸 것이다.
 상품이 보고 싶었다. 문득 지독한 상실감이 그녀를 가득 채웠다.

"이제 임무가 해제되었다."

3주가 지났다. 첫 주에는 출산동에서 회복 절차를 거쳤다. 간호와 검진을 받으며…… 아니, 그보다는 애지중지 다루는 기분이었다. 모든 게 어색했다. 그곳엔 소녀 말고도 산후조리 중인 여자들이 더 있었다. 당연히 유쾌한 수다도 있고 날씬해진 몸매에 대한 농담들도 이어졌다. 소녀도 그들과 마찬가지로 관리자 감독 하에 아침마다 마사지를 받고 가벼운 운동도 했다. 하지만 소녀는 다른 사람들보다 회복이 더뎠다. 남들과 달리 몸에 상처가 남았기 때문이다.

첫 주가 지나고 임시 병동으로 옮겨갔다. 그곳에서 2주간 더 수다를 떨며 놀다가 수정모 그룹으로 돌아갔다. 그리고 옛 친구들의 환영을 받으며 다시 그룹에서 제 할 일을 되찾았다. 옛 친구들은 그동안 몸도 붙고 배도 더 커졌다. 수정모들은 모두 똑같아 보였다. 펑퍼짐하고 볼품없는 드레스에 똑같이 깎은 머리…… 그래도 성격은 다 달랐다. 익살꾼 나디아는 모든 걸 농담으로 만들어 버렸다. 미리엄은 무척이나 진지한 데다 수줍음도 많이 탔다. 수전은 체계적이고 효율적이었다.

생산을 끝낸 수정모가 돌아오면 임무에 대한 수다가 끝도 없이 이어졌다. "어땠어?" 누군가 그렇게 물으면 상대방은 아무렇지도 않다는 듯 어깻짓부터 했다. "좋았어. 별로 어렵지도 않았고." 아니면 "별로 나쁘지 않았어."라며 에둘러 대답하고는 전혀 즐겁지 않았다는 표정을 지었다.

"돌아와서 반가워."

"고마워. 내가 없는 동안 여긴 어땠니?"

"똑같지, 뭐. 얼마 전에 신입이 둘 들어왔고 낸시는 나갔어."

"어디로?"

"농장."

"잘됐다. 그렇잖아도 농장을 원했잖아."

무심하고도 무의미한 대화들이다. 낸시는 얼마 전 세 번째 상품을 출산했다. 그 후 수정모는 재배치된다. 농장. 의류 공장. 음식 배달.

낸시가 농장에 가고 싶어 했다는 건 클레어도 알고 있었다. 바깥 생활을 동경한 데다 몇 달 전 특별히 가까운 친구가 농장에 배정되었기 때문이다. 그녀는 좋아하는 친구와 2차 노동 생활을 함께하고 싶어 했다. 클레어도 낸시의 바람이 이루어져 기뻤다.

하지만 자기 미래에 대해서는 겁부터 났다. 기억이 몽롱하기는 했지만 이번 생산에 뭔가 어긋났다는 정도는 알고 있었다. 분명히 다른 여자들은 흉터가 남은 적이 없었다. 다른 사람들, 그러니까 한 번 이상 생산 경험이 있는 여자들한테 머뭇머뭇 물어보기도 했으나, 그들은 그 질문에 충격을 받거나 당혹스러워했다.

"배가 아직도 아파?"

클레어가 미리엄에게 속삭였다. 미리엄은 함께 회복실에 있었던 소녀다.

"아프냐고? 아니."

미리엄의 대답은 그랬다. 둘은 나란히 앉아 아침 식사를 하는 참이었다.

"난 아파. 흉터 있는 데가 조금만 건드려도 쓰라려 죽겠어."

클레어가 조심스레 흉터 위치에 손을 갖다 댔다.

"흉터? 난 흉터 없는데?"

미리엄은 인상을 찌푸리더니 시선을 돌려 다른 수다 모임에 합류했다.

다른 수정모 몇에게도 조심히 물어봤지만 흉터는 아무도 없었다. 칼자국도 없었다. 통증은 한참이 지나서야 멎었다. 그녀도 이제 뭔가 잘못되었다는 불편한 기분을 잊기로 했다.

그녀가 소환된 건 그 즈음이었다. 정오에 수정모들과 점심 식사를 하는데 스피커 목소리가 들렸다.

"클레어, 점심 식사 후 곧바로 사무실로 와요."

클레어는 당혹한 표정으로 주변을 둘러보았다. 식탁 맞은편에 단짝 엘리사가 있었다. 두 소녀는 같은 해 열두 살의 나이로 함께 선발되었고 학교도 함께 다녔다. 하지만 이곳에서는 엘리사가 신입이었다. 클레어만큼 쉽게 착상이 되지 않은 탓에 이제야 첫 번째 생산 초기 단계였다.

지시를 듣고 엘리사가 먼저 물었다.

"무슨 일이지?"

"모르겠어."

"너 잘못한 거 있어?"

클레어가 인상을 찌푸렸다.

"아니, 몰라. 깜빡 잊고 세탁물을 접지 않았나?"

"에이, 곧 알게 되겠지. 아무 일도 아닐 거야. 나중에 보자!"

엘리사는 빈 접시를 챙겨 자리를 떴다. 클레어는 그냥 식탁에 앉아 있었다.

아무 일도 아닌 게 아니었다. 클레어는 당혹스럽기 짝이 없었다. 위원회가 그녀를 앞에 세워 두고 결정 사항을 통고했다. 클레어, 임무 해제.

"소지품을 챙겨라. 오늘 오후에 이동하니까."

그들은 그렇게 지시했다.

"왜요? 그 일 때문…… 뭔가 잘못되었다는 생각은 했어요. 하지만……."

그들은 친절하고 자상했다.

"네 잘못이 아니다."

"뭐가 내 잘못이 아닌데요? 죄송하지만 자세히 말씀……."

위원회를 다그치면 안 된다는 사실은 알지만 어쩔 수가 없었다.

위원장이 어깨를 으쓱하고 말했다.

"흔한 일이야. 신체적인 문제인데 조금 늦게 감지한 것뿐이다. 너한테는 착상하지 않았어야 했다는 뜻이다. 처음 조사자가 누구였지?"

"이름은 모르는데요."

"그래, 우리가 확인하마. 부디 첫 번째 실수였으면 좋겠구나. 아니면 다시는 기회가 없을 테니."

그리고 위원장은 나가도 좋다고 했다. 하지만 클레어는 결국 문 앞에서 돌아섰다. 도저히 묻지 않을 수가 없었던 것이다.

"제 상품은 어떻게 됐죠?"

위원장이 클레어를 노려보다가 이내 인상을 풀었다. 위원장은 바로 옆자리에 있는 여자 위원을 바라보고는 다시 그 앞의 서류

다발을 향해 고갯짓을 해 보였다. 사실을 확인해 보라는 뜻이다.

"번호가 몇 번이었죠?"

여자 위원이 물었지만 위원장은 대답하지 않았다.

"음, 이름으로 확인해 주마. 이름이…… 클레어?"

이름을 모를 리 없건만. 처음에 소환할 때도 이름을 부르지 않았던가. 어쨌든 클레어는 고개를 끄덕여 주었다.

여자 위원은 손가락으로 서류를 훑어 내려갔다.

"그래, 여기 있군. 클레어, 생산 번호 36호. 오, 그래, 의료 문제에 대한 진단도 있다."

여자 위원이 고개를 들었다. 클레어는 그때가 생각나 저도 몰래 배를 만졌다.

여자 위원은 서류를 파일 위에 올려놓고 가장자리를 두드려 줄을 맞추었다.

"남아……."

위원장이 여자 위원을 노려보았다.

"아니, 상품…… 상품은 괜찮다. 의료 상황이 별다른 영향을 미치지는 않은 모양이다."

그러고서 여자 위원이 자상하게 덧붙였다.

"너도 괜찮을 거야, 클레어."

클레어가 물었다.

"난 어디로 가나요?"

갑자기 두려웠다. 재배정 얘기 없이 임무 해제되었다고만 했기 때문이다. 더 이상 출산모로 돌아갈 수는 없다. 그건 알겠다. 그녀의 몸이 기능을 제대로 수행하지 못했기 때문이다. 하지만 만일…… 만일 임무 해제된 사람들이 그냥 방출된다면? 실패자들이 종종 그렇게 되지 않았던가?

다행히 대답은 고무적이었다.

"어류 부화장. 그곳으로 가게 된다. 일꾼이 부족하다더군. 교육은 아침에 시작하는데 금방 익힐 수 있을 게야. 넌 머리가 좋으니까."

위원장이 손짓으로 클레어를 물렸다. 클레어는 기숙사로 돌아와 소지품 몇 가지를 꾸리기 시작했다. 휴식 시간이라 다른 수정모들은 모두 낮잠을 자고 있었다. 칸막이 같은 방문도 모두 닫혀 있었다.

남자 아이랬어. 내가 남자 아이를 생산한 거야. 나한테 아들이 있는 거라고. 그녀는 이삿짐을 꾸리며 그런 생각을 했다. 상실감이 다시 한 번 밀려들었다.

3

"너한테 자전거가 배급될 거다."

남자가 자전거 보관소를 손짓으로 가리키며 말했다. 그의 명찰에 "디미트리, 부화장 감독"이라고 적혀 있었다. 클레어를 문 앞에서 만났는데 전혀 놀라는 표정이 아니었다. 그녀가 온다는 통보를 받은 모양이었다.

클레어가 고개를 끄덕였다. 일 년 넘게 출산동과 그 주변에만 갇혀 지냈기에 운송 수단이 필요 없었다. 그래서 작은 봇짐을 들고 출산동에서 북동쪽 방향으로 이곳까지 걸어왔다. 멀지도 않고 길도 알고 있었으나 시간이 많이 흐른 터라 모든 것이 새롭고 낯설어 보였다. 그녀는 학교 운동장에서 체육 수업을 하는 아이들을 보았다. 아무도 알아보는 것 같지는 않았지만 한낮에 길을 따라 걷고 있는 젊은 여자를 의아한 눈으로 바라보기는 했다. 사람들은 대부분 작업장에 있기에 흔한 광경은 분명 아니었다. 외출이 필요한 사람들은 자전거를 타고 건물과 건물 사이를 이동했다. 걷는 사람은 없었다. 머리에 리본을 한 여자애가 운동을 하다 말고 클레어에게 씩 웃으며 몰래 손을 흔들어 주었다. 클레어도 자신의 리본 시절을 떠올리며 미소로 화답해 주었는데 그

때 교사가 앙칼진 목소리로 아이를 불렀다. 아이는 인상을 쓰며 다시 체조를 시작했다.

중앙 광장 맞은편 거주 구역에 그녀가 자란 작은 집이 얼핏 보이기도 했다. 지금은 다른 사람들이 살고 있겠지? 새로이 상대를 배정받은 커플이 새로 태어난 누군가의 아기를 기다리며……?

그녀는 애써 양육 센터를 외면했다. 출산 직후 상품을 가져가는 곳이다. 대개는 단체로 데려가는데 시간은 거의 언제나 새벽이었다. 어느 잠 못 이루던 새벽에 칸막이 창밖으로, 상품 넷을 바구니에 담아 자전거에 매단 두 발 수레에 싣는 장면을 본 적이 있다. 출산 보조원은 수레의 안전을 확인한 뒤 양육 센터에 상품을 배달하기 위해 열심히 자전거를 몰고 떠났다.

내 상품, 내 아들 36호도 양육 센터로 떠났을까? 상품이 보통은 며칠, 때로는 몇 주씩 대기한다는 정도는 클레어도 알고 있었다. 배달이 가능할 만큼 상품이 건강하고, 아무 문제가 없는지 확인하기 위한 절차였다.

클레어는 한숨을 내쉬었다. 그래, 이제 그만 잊자. 그녀는 계속 걸어 법정동을 지나갔다. 피터, 한때 심술꾸러기 오빠로 알고 지냈던 남자가 그곳에서 공부하고 있을 것이다. 행여 이 순간 창밖을 내다본다면 천천히 지나는 이 어린 소녀가 클레어임을 알아볼 수는 있을까? 그러면 조금이나마 신경이 쓰일까?

원로의 집, 즉 통치 위원들이 연구하며 살고 있는 건물을 지나고, 소호 거리를 지나고, 자전거 수리점을 지나고, 이제 공동체를 에워싼 강이 보였다. 검은 강물이 급물살을 이루어 흐르다가 여기저기 바위에 부딪히며 거품을 토해 냈다. 클레어는 강을 무서워했다. 어렸을 때 강의 위험에 대해 집중 교육을 받은 데다 언젠가 어린 소년이 익사했다는 얘기도 들었다. 믿을 수는 없지만, 심지어 강을 헤엄치거나 금지된 다리를 건너 저 너머 미지의 땅으로 사라진 시민들이 있다는 얘기도 들었다. 반면에 강에 매료된 것도 사실이다. 끊임없이 이어지는 속삭임과 굽이치는 물길, 그리고 신비로움.

클레어는 젊은 여자 둘이 자전거를 타고 지날 때까지 잠자코 기다렸다가 자전거 길을 건넜다. 왼쪽으로 얕은 물고기 연못이 보였다. 어렸을 때 친구들과 함께 은빛 피조물들이 쏜살같이 헤엄치는 장면을 정신없이 구경한 적이 있었다.

이제 그녀는 이곳, 부화장에서 일하게 될 것이다. 아마 생활도 이곳에서 하게 될 것이다. 그러니까 적어도…… 그러게, 언제까지지? 출산모들은 배우자를 가질 수 없기에 지금껏 그 생각을 해 본 적이 없었다. 그럼…… 이제 배우자를 맞을 자격이 있는 걸까? 그래서 행여 양육이 가능하다면……? 클레어는 한숨을 내쉬었다. 그런 일을 생각하는 것만으로도 답답하고 혼란스러웠다. 클레어는 연못에서 돌아서서 본관 정문으로 향했다. 그리고 거기서 디미트리를 만났다.

그날 밤, 클레어는 배정받은 작은 침실 창을 통해 용솟음치는 강을 내려다보았다. 밖은 이미 어두워졌다. 저절로 하품이 나왔다. 길고도 고된 하루였다. 오늘 아침만 해도 일 년 이상 살았던 익숙한 환경에서 깨어났건만, 정오가 되기도 전에 인생이 완전히 바뀌고 만 것이다. 수정모 친구들에게 작별 인사를 할 기회도 없었다. 그들도 클레어가 어디로 갔는지 궁금이야 하겠지만 어쨌든 곧 잊을 것이다. 그녀는 이곳에 자리를 잡고 명찰을 받고, 다른 노동자들에게 소개되었다. 다들 상냥한 사람들 같았다. 클레어보다 나이 많은 사람들 가운데 일부는 배우자와 거주지가 따로 있어 하루 일과가 끝나면 부화장을 떠났다. 다른 사람들은 클레어와 마찬가지로 이곳, 복도를 따라 이어진 방에서 지냈다. 단 한 사람, 히더만 클레어와 동갑이었다. 열두 살 때 배정식에 함께 참여했으니 클레어가 출산모로 배정받았다는 사실을 알았을 터이나, 서로 소개를 받았을 때 히더는 아는 사람이라는 듯 눈을 반짝이기만 했을 뿐 말은 하지 않았다. 그건 클레어도 마찬가지였는데 사실 할 말이 없기도 했다.

물론 이제 히더를 포함한 젊은 노동자들과 친구가 될 것이다. 함께 식사를 하고 함께 어울려 다니며 공동체의 여흥을 누릴 것이며, 얼마 뒤에는 농담을 나누고 물고기 얘기를 하며 서로 키득거리리라. 출산모들과도 그런 식이었는데…… 벌써부터 그들과의 편안한 우정이 그리워졌다. 어쨌든 이곳에서도 적응할 수 있다. 다들 반가이 맞아 주고 기꺼이 도와주겠다고 하지 않았던가.

일은 어렵지 않을 것이다. 실험실도 견학했다. 가운 차림에 장갑을 착용하고 소위 종자어라고 부르는 암컷 물고기를 마취해 알을 짜내는 사람들이 있었다. 클레어는 치약 짜는 일과 비슷하겠다는 생각을 하며 슬며시 미소 지었다. 그 옆에서는 다른 직원들이 크림색 정자를 채취해 알을 담은 용기에 넣었다. 그들은 타이밍이 핵심이라고 설명했다. 청결도 중요해 감염과 박테리아에 대해서도 걱정했다. 거기에 온도까지…… 모두 적절한 통제가 요구되었다.

조명이 붉고 어두운 옆방에서는 장갑을 낀 여직원 하나가 잔뜩 쌓인 수정란 트레이들을 들여다보고 있었다.

"저기 반점들 보이죠?"

여직원이 반짝이는 분홍색 트레이를 가리키며 물었다. 클레어가 들여다보니 수정란에 대부분 두 개의 검은 반점이 있었다. 클레어가 고개를 끄덕였다.

"눈이에요."

"오."

클레어가 감탄했다. 너무나 어리고 작아 물고기라는 생각도 들지 않건만 벌써 눈이 있다니.

"여기 보이죠? 이건 죽었어요."

여직원이 눈이 없고 색이 바랜 알을 가리키더니 핀셋으로 집어 싱크대에 버렸다. 그리고 트레이를 선반에 돌려놓고 다음 트레이를 향해 손을 내밀었다.

"왜 죽었어요?"

클레어가 물었다. 자기도 모르게 목소리가 기어들어갔다. 조명이 흐린 데다 너무 조용하고 서늘해 제 목소리를 내기가 어려웠다.

하지만 직원은 아무렇지도 않게 평소의 말투로 대답했다.

"나도 몰라요. 수정이 잘못됐겠죠, 뭐."

직원은 어깨를 으쓱하며 두 번째 트레이에서도 죽은 알을 꺼냈다.

"모두 꺼내야 해요. 아니면 정상란들이 감염되거든요. 그래서 날마다 점검하죠."

클레어는 어쩐지 마음이 불편했다. 수정이 잘못되었다고? 나도 그랬던 걸까? 내 상품도 저 탈색된 알처럼 어딘가 버려지고만 걸까? 아니, 그럴 리가 없어. 36호는 "괜찮다"고 하지 않았던가. 클레어는 혼란스러운 생각들을 밀쳐내고 직원의 목소리와 설명에 집중했다.

그때 문이 열리더니 감독관 디미트리가 나타나 클레어를 찾았다.

"클레어? 식당을 보러 가자. 그리고 네 일정표가 거의 완성되었단다."

그래서 클레어는 견학을 이어 가며 다음 날부터 시작할 업무 설명을 들었다. 주로 청소였는데, 모든 게 오점 하나 없이 깨끗하게 유지되어야 한다는 얘기였다. 그러고 나서 부화장에서 생활하는 직원들과 함께 식사를 했다. 주로 여가 시간에 대한 수다를 떨었다. 날마다 한 시간은 뭐든 원하는 일을 할 수 있었다. 누군가 자전거를 타고 강변으로 나가 점심 피크닉을 즐겼다는 얘기를 했다. 미리 일러두면, 주방에서 바구니에 점심을 싸 준단다. 젊은 남자 둘은 공놀이를 즐겼고, 다리 보수 공사를 구경한 사람도 있었다. 아무 목적 없는 가벼운 수다였지만 클레어는 오랜만에 무척 자유로워진 기분이었다. 점심이나 저녁 시간 뒤에 가벼운 산책을 할 수 있을 것이다.

나중에 방에 들어가 이런저런 생각을 하다가, 문득 자신도 시간이 날 때 하고 싶은 일이 있음을 깨달았다. 소피아라는 이름의 소녀를 찾고 싶었다. 특별히 가까운 친구가 아니라 그저 태어난 해가 같은 동창에 불과했으나, 배정식에서 임무 배정을 받을 때 클레어 바로 옆에 앉았었다.

"출산모."

클레어가 자기 차례가 되어 일어나자 원로원장은 그렇게 발표했다. 클레어는 원로원장과 악수하고 청중들을 향해 공손히 미소를 짓고, 공식 임명장을 받아 자기 자리로 돌아갔다. 소피아가 바로 다음에 일어났다.

원로원장이 소피아를 임명했다.

"양육사."

양육사. 당시의 클레어에겐 아무 의미가 없었다. 하지만 지금은 다르다. 처음에는 조수였겠지만 지금쯤 소피아는 훈련을 마치고 양육 센터에서 일하고 있을 것이다. 클레어의 상품, 그녀의 아이, 그녀의 아들이 양육되는 곳이다.

며칠이 흘렀다. 클레어는 기회를 노렸다. 일꾼들은 대개 두세 명씩 또는 무리를 지어 여가를 즐겼다. 휴식 시간에 혼자 사라진다면 분명 사람들이 의심하고 수군거리거나 질문을 해 댈 것이다. 그건 그녀도 원치 않았다. 사람들에게 근면하고 책임감 강한 일꾼으로 보일 필요가 있었다. 비밀이라고는 전혀 없는 평범한 사람으로.

그래서 클레어는 기다리고 일하며 익숙해졌다. 친구들도 사귀었다. 어느 날 점심시간, 동료 직원들 몇과 함께 강둑으로 소풍을 갔다. 그들은 키 큰 풀숲 나무들에 자전거를 기대 놓고, 평평한 돌을 골라 앉아 준비한 음식을 풀었다. 가까운 산책로에서 소년 둘이 자전거를 타고 지나며 손을 흔들어 주었다.

한 소년이 어딘가를 가리키며 말했다.

"저기 봐! 보급선이야!"

두 소년은 후다닥 자전거에서 내리더니, 가파른 강둑을 미끄러져 내려와 바지선 같은 배를 구경했다. 보급선 갑판은 다양한 크기의 나무 상자들로 가득했다.

"저 아이들, 학교에 늦으면 어쩌려고."

함께 소풍 나온 롤프가 시계와 소년들을 번갈아 보며 쓴웃음을 지었다.

다른 사람들이 모두 키득거렸다. 다들 졸업한 터라, 지난 날 그들을 괴롭혔던 규율도 농담거리가 되었다.

"나도 한 번 늦은 적이 있어요. 관리인 아저씨가 본관 옆에서 덤불을 치다가 손을 베었는데, 사람들이 붕대로 감고 양호실로 실어갈 때까지 마냥 구경했거든요. 옛날엔 간호사로 배정받고 싶었죠."

클레어의 말에 잠시 어색한 침묵이 흘렀다. 사람들이 그녀의 과거를 알고 있는 걸까? 클레어가 갑자기 부화장에 나타났을 때 약간의 설명이 있기는 했지만 자세한 얘기까지는 아무도 모를 것이다. 임무에 실패하고 재배치되는 건 결코 자랑스러운 일이 못 된다. 설령 안다고 해도, 구태여 거론하기는커녕 질문할 사람이 있을 리도 없다.

에디스가 샌드위치를 돌리며 씩씩하게 말했다.

"에, 위원회가 어련히 알아서 했겠어. 그리고 부화장에도 간호 일은 있잖아? 실험도 그렇고 절차도 그렇고……."

클레어도 고개를 끄덕였다.

키 큰 청년 에릭이 말했다.

"나도 부화장이 첫 바람은 아니었어요. 사실은 법정학부를 원했지."

클레어가 그에게 말했다.

"오빠가 거기 있어요."

에릭이 관심을 보이며 물었다.

"맘에 든대요?"

클레어가 어깻짓을 했다.

"그렇겠죠. 한 번도 본 적은 없어요. 교육을 마치자마자 집을 떠났거든요. 지금쯤 배우자가 있을지도 모르죠."

롤프가 지적했다.

"그럼 알았겠지. 배속제(配屬祭)에 배우자 배정도 있잖아."

클레어는 최근 두 번의 배속제에 참석하지 못했지만 곧이곧대로 고백할 수는 없었다. 출산모들은 생산기 동안 숙소를 떠날 수 없다. 클레어도 자신이 배정받기 전에는 출산모를 본 적이 없었다. 직접 경험하고 지켜보기 전까지는 여자의 배가 부풀고 번식할 수 있다는 사실조차 모르고 있었다. '출산'의 의미를 가르쳐 준 사람도 없었.

"봐요! 보급선이 부화장으로 들어가요. 잘됐다! 오래전에 주문한 게 있는데!"

에릭이 갑자기 외치며 강둑 아래를 내려다보았다. 학생 둘은 아직 배를 구경하고 있었다. 잠시 후 아이들이 고개를 들자 에릭이 자기 손목시계를 가리켰다.

"얘들아! 오 분 뒤면 학교 종이 울릴 거야!"

학생들은 마지못해 강둑을 올라와 자전거로 돌아갔다.

그중 하나가 에릭에게 인사했다.

"알려 주셔서 감사합니다."

다른 소년이 아쉬운 듯 물었다.

"보급선이 방과 후에도 있을까요?"

에릭이 고개를 저었다.

"짐을 금방 부리더라."

에릭의 대답에 아이가 실망한 표정을 지었다.

자전거에 오르면서 한 학생이 친구한테 말했다.

"배에서 일하고 싶어. 틀림없이 우리가 모르는 곳에도 맘껏 다닐 거야. 보급선에서 일하게 되면 난 꼭……."

친구가 불안한 목소리로 다그쳤다.

"제시간에 돌아가지 못하면 아무것도 배정받지 못할 거다! 서둘러, 어서 가자!"

아이들은 자전거를 타고 멀리 학교 건물 쪽으로 떠났다.

롤프가 물었다.

"선박 노동자가 되어 뭘 보고 싶은 걸까?"

그들도 바구니를 정리하고 남은 음식을 싸기 시작했다.

에릭이 냅킨을 접어 바구니에 담으며 말했다.

"다른 장소. 다른 사회. 배니까 분명 여러 곳을 다닐 거야."

에디스가 찬물을 끼얹었다.

"그래 봐야 다 똑같을 텐데? 그게 무슨 재미야, 다른 부화장, 다른 학교, 다른 보육 센터……. 생각할 가치도 없어. 얻을 것도 없고. 중벌까지는 아니겠지만, 그런 식의 '호기심'도 규칙 위반일지 몰라."

간결하면서도 사무적인 말투였다.

에릭이 눈을 굴리며 롤프에게 바구니를 넘겼다.

"이거, 네 자전거에 실어 줘. 할 일이 있어서 그래. 보급 센터에서 물건을 찾아오겠다고 감독님한테 말씀 드렸거든."

롤프는 노끈으로 바구니를 자전거에 고정하며 농담처럼 덧붙였다.

"그래도 강을 여행하면 멋질 것 같아. 새로운 곳을 구경하는 재미도 있고…… 호기심만 없으면 되는 거 아닌가?"

"위험할 수도 있어. 강이 깊잖아."

에릭이 지적했다. 그는 주변을 둘러보며 빠진 물건이 없는지 확인했다.

"준비 끝?"

클레어와 에디스가 고개를 끄덕였고 모두들 자전거를 오솔길로 빼냈다. 에릭이 손을 젓고는 다른 방향으로 먼저 떠났다.

규칙 위반일 수도 있겠지만(정확히 알려면 두꺼운 공동체 규정집을 공부해야 한다. 부화장 로비의 모니터로 확인해도 되지만 엄청난 두께에 깨알 같은 활자까지…… 클레어가 아는 한, 확인해 볼 사람은 아무도 없었다.) 누군가 궁금해하다가 걸릴 일은 없을 것 같았다. 비밀과 마찬가지로, 호기심을 볼 수는 없지 않은가. 클레어 또한 이런저런 의심으로 적잖은 시간을 보냈다.

클레어는 자전거를 타고 돌아오면서 머릿속으로 궁리했다. 어떻게 하면 아무렇지도 않게 "심부름 다녀올게요."라고 말한 다음 몰래 양육 센터로 달려가 소피아에게 몇 가지 질문을 할 수 있을까? 시간은 많이 걸리지 않을 것이다.

4

드디어 기회가 왔다.

점심시간, 디미트리 감독이 불안한 목소리로 투덜댔다.

"생물 선생한테 포스터 몇 장 빌려 줬는데 돌려줄 생각을 안 하네. 내일 아침에 필요한데."

"제가 가져올까요?" 클레어가 제안했다.

감독이 클레어를 보며 고개를 끄덕였다.

"그럴래? 그럼 한시름 덜 것 같구나. 교육을 원하는 자원자들이 있는데 시청각 자료가 있으면 훨씬 쉬워지거든."

부화장 식당 테이블에는 여섯 명이 앉아 있었다. 애초에 지정된 자리가 없기에 오늘 클레어는 식판에 음식을 담고는, 감독이 기술자 몇 명과 함께 앉아 있는 식탁 빈자리를 재빨리 차지했다. 감독은 교육 포스터 세트 얘기를 하고 있었다. 부화장 견학을 원하는 방문객들이 있을 때마다 즐겨 활용하는 자료인데 생물 선생이 빌려가 돌려주지 않은 것이다.

기술자 하나가 식판을 챙기고 자리에서 일어나며 짓궂게 키득였다.

"학교에 연락하세요. 학생이 갖다 줄 테니까. 그럼 선생이 징계를 당하기야 하겠지만."

클레어가 끼어들었다.

"그럴 필요 없어요. 마침 그쪽에 볼일이 있거든요. 가는 길에 잠깐 학교에 들르면 되죠, 뭐."

거짓말도 아니잖아? 그녀는 그런 생각을 했다. 거짓말은 규칙 위반이다. 누구나 그 사실을 알고 다들 규칙을 지켰다. 클레어도 분명 다른 볼일은 있었다. 다만 어떤 일인지 아무도 묻지 않기를 바랄 뿐이었다. 다행히 사람들 관심은 벌써 다른 곳에 가 있었다. 그들은 시계를 바라보고는, 냅킨을 구겨 휴지통에 버리고 다시 일을 시작할 준비를 하고 있었다.

드디어 소피아를 찾을 기회가 왔다.

학교 심부름은 금세 끝났다. 생물 선생은 클레어를 알아보지 못했다. 생물 수업을 들은 적이 없기 때문이다. 열두 살 때 배정이 끝나 미래의 직업이 결정되면 수업도 서로 달라졌다. 같은 반 일부는 계속 공부를 하고 다양한 과학 수업을 들었다. 그때 마커스라는 아이가 학교 성적이 우수해 미래 기술자로 선정되었는데, 지금쯤이면 생물학 공부를 마치고 고급 수학이나 천문학, 생화학 따위를 공부하고 있을 것이다. 아주 어렸을 때 얼핏 터무니없이 어려운 과목이라고 들은 적이 있었다. 마커스는 더 이상 이런 평범한 학교가 아니라, 학자들을 위한 고등 교육 기관 어딘가에 있을 것이다.

당시 어리긴 했지만, 오빠 피터가 고등 교육 기관에 진학했을 때를 클레어도 기억하고 있었다. 피터도 학교에서 생물을 배웠을 것이다. 그후에는 법원 건물로 옮겨가 공부하며 연수를 받았다.

복도는 익숙했다. 생물 교실도 쉽사리 찾아냈다.

"돌려줄 생각이었다. 이렇게 빨리 필요하게 될 줄 몰랐다고 감독님께 전해 주겠니?"

생물 선생이 둘둘 만 포스터 다발을 건네며 말했다. 다소 화가 난 목소리였다.

"예, 그렇게 말씀드릴게요. 감사합니다."

클레어는 교실을 나와 복도를 지나 현관문으로 향했다. 그녀는 지나가면서 텅 빈 교실들을 보았다. 방과 후라 아이들은 공동체 곳곳에서 다양한 자원봉사 일을 하고 있을 시간이었다. 몇몇 교실은 그녀에게도 낯익었다. 여자 국어 선생도 알아볼 수 있었다. 국어 선생은 책상 위로 몸을 숙이고 가방에 물건을 챙기고 있었다. 국어 선생이 고개를 들자 클레어가 어정쩡 인사를 했다.

국어 선생이 미소를 지었다.

"클레어, 너니? 그런데 도대체 웬일이야? 넌……."

차마 질문을 끝맺지 못했지만 국어 선생의 얼굴에는 호기심이 역력했다. 분명 선생은 클레어가 출산모로 배정된 사실을 기억했을 것이다. 출산모가 학교에 올 일은 없다. 사실, 공동체의 일상적인 행동 반경 어디에서도 볼 일이 없다. 그렇다고 클레어한테 왜 왔는지 묻는 것도 무례한 노릇이기에, 국어 선생은 질문을 꿀꺽 삼킨 채 미소로 인사를 대신할 수밖에 없었다.

클레어는 원통처럼 묶은 포스터를 가리켰다.

"그냥, 받을 게 있어서 온 거예요. 다시 뵙게 되어 정말 반가워요, 선생님."

클레어는 복도를 지나 현관문을 빠져나와 계단 옆 보관대에서 자전거를 꺼냈다. 포스터 뭉치는 짐칸에 안전하게 묶었다. 바로 옆에서 울타리를 치던 정원사가 무심한 표정으로 클레어를 돌아보았다. 아이 둘이 자전거를 타고 빠르게 어딘가로 달려갔는데 자원봉사 시간에 늦을까 봐 불안한 눈치들이었다.

모두가 낯이 익었다. 변한 건 아무것도 없었다. 그런데도 다시 공동체로 돌아왔다는 사실만으로 기분이 이상했다. 지금껏 동료들과 짧은 소풍을 다녀온 것을 빼면, 부화장에서 멀리 나와 본 적은 한 번도 없었다. 클레어는 조금 전 자전거를 타고 왔던 오솔길을 내려다보았다. 저기, 저기가 바로 내가 자란 동네야.

그녀는 짧게나마 부모 생각을 했다. 그분들이 내 생각은 할까? 피터 오빠 생각은? 두 사람은 두 아이를 성공적으로 키웠다.

배우자를 배정받아 성인의 임무를 충실히 수행한 것이다. 피터는 매우 칭송받는 임무를 획득했다. 클레어는 아니다. 출산모. 배속제 무대에 서서 임무를 배정받을 때, 부모 얼굴을 보지는 못했지만 어떤 표정이었을지, 얼마나 실망했을지는 상상이 가능했다. 여자아이한테 그 이상을 바랐을 텐데…….

그날 밤, 어머니가 단호하게 선언했었다.

"그것도 영예로운 일이다. 출산모들은 우리의 미래 인구를 책임지잖니."

배달 식사를 개봉했을 때 저녁 식사가 생선 기름에 절인 곡류라는 사실을 깨달은 것도 그 즈음일 것이다. "고비타민 음식이란다." 어머니는 여전히 쾌활한 목소리였지만 그건 식사를 조금이라도 맛나 보이게 하려는 고육지책에 불과했다.

클레어는 교육 단지를 빠져나와 모퉁이에서 다시 멈춰 섰다. 오솔길이 여러 갈래였다. 오른쪽으로 돌면 법원 건물 뒤를 지나 몇 분 뒤에 부화장에 다다른다. 그녀는 곧장 가다가 왼쪽으로 돌아들었다. 작은 숲으로 둘러싸인 원로의 집이 바로 눈앞에 있었다. 그녀는 그곳에서 오른쪽으로 접어들었다. 그리고 탁아 센터 근처에서 속도를 줄여 하역 중인 식량 배달 트럭을 조심스럽게 돌아갔다가 곧바로 양육 센터로 달려갔다.

건물에 접근하며 생각해 보니, 놀랍게도 학창 시절 그곳에서 자원봉사를 해 본 적이 한 번도 없었다. 탁아 센터에서는 가끔 일했다. 유아들과 교육 놀이 하는 시간은 무척 재미있었으나 어쩐지 갓난아기, 신생아들은 마음이 가지 않았다. 갓난아기들을 "귀엽다"고 생각하는 친구들도 있었는데 클레어는 아니었다. 들은 바에 따르면 여간 손이 많이 가는 게 아니었다. 먹이고 어르고 목욕시키고…… 더욱이 울기도 많이 운다고 했다. 그녀는 어떻게든 그곳 일을 피해 다녔다.

이제 양육 센터 입구에서 어떻게 자기소개를 할까 궁리하던 중, 클레어는 문득 자신이 다소 초조하고 흥분했음을 깨달았다. 그녀는 건물 안에 들어가서 할 말을 연습했다. 소피아를 찾을 수는 없다. 소피아도 그녀를 잘 기억하지 못할 것이다. 친한 사이도 아니었으니 당연하다. 하지만 어떤 이유를 대고 어떤 핑계로 들어간다는 말인가?

클레어는 불현듯 결정을 내렸다. 그래, 다시 한 번 거짓말을 하는 거야. 규칙 위반. 클레어도 알고 있다. 예전에는 크게 신경 쓰기도 했으나 솔직히 지금은 아니다. 아주 간단한 얘기다. 정말로 사소한 거짓말이니까.

클레어는 자전거를 보관대에 넣었다. 방문객용 빈자리가 아직 여러 곳 남아 있었다. 그리고 짐칸에서 포스터 두루마리를 풀어 겨드랑이에 끼고 현관으로 걸어갔다. 건물 안에서는 젊은 여자가 책상에서 서류를 정리하다 고개를 들었다. 그리고 미소 지으며 얼른 클레어의 명찰을 살폈다.

"안녕하세요. 무얼 도와드릴까요?"

클레어는 자기소개부터 했다.

"부화장에서 일하고 있어요. 연어의 생명주기에 대한 여분의 포스터가 있는데 혹시 벽을 장식하실 때 필요하실지 알고 싶어서요."

여자가 좋다고 하면 부화장 감독이 당장 포스터를 필요로 하는 터라 이런저런 변명이 또 필요하겠지만 사실 그럴 가능성은 크지 않았다. 누가 물고기의 성장 따위에 관심 있겠는가. 그 일을 하는 사람도 별로 관심이 없는데.

여자가 다행히 미소와 함께 고개를 저었다.

"고맙습니다만 신생아의 흥미를 끌려면 특별한 장비가 있어야 한답니다. 관심을 끌고 가냘픈 근육을 움직이도록 돕는 전통적인 방법들이죠. 영아 발달 전문가들이 철저하고 신중하게 설계했기에 다른 교육 자료는 저희도 곤란하네요."

클레어가 고개를 끄덕였다.

"우습게도 이곳에서 자원봉사를 한 적이 없어요. 그래서 양육에 대해 잘 모른답니다. 혹시 방문객 견학도 가능한가요?"

접수원은 그녀의 관심에 기쁜 표정을 지었다.

"와 보신 적도 없어요? 맙소사! 정말 재미있는 곳인데! 물론 견학할 수 있죠. 어쨌든 여기까지 왔으니, 누가 당번인지 확인해 볼게요."

접수원이 손가락으로 명단을 훑어 내렸다.

클레어가 물었다.

"소피아가 여기 있나요? 저와 동갑 그룹이었거든요."

"오, 소피아! 정말 부지런한 직원이에요. 어디 보자…… 예, 여기 있네요. 지금 부를 수 있는지 확인해 보죠."

접수원은 인터콤으로 호출을 했다. 잠시 후 소피아가 구석에 있는 복도에서 로비로 나왔다. 거의 삼 년 전, 열두 살 때 이후로 별로 변하지 않은 외모였다. 여전히 날씬했으며 머리는 뒤로 묶고 모자를 썼다. 모자도 유니폼의 일부인 모양이었다. 클레어가 먼저 미소를 지었다.

"안녕, 날 기억하는지 모르겠지만 너와 같은 12세였어. 이름은 클레어야."

소피아는 클레어의 명찰을 보고는 잠시 후 알겠다는 듯 작은 미소를 짓고 고개를 끄덕였다.

"여기는 명찰을 달지 않아. 신생아들이 자꾸 쥐어뜯으려 해서. 어쨌든 기억난다. 같이 수학 수업을 들었지, 응?"

"난 수학이 싫었어. 성적도 별로였고."

클레어가 살짝 인상을 찌푸렸다.

소피아가 키득거렸다.

"성적은 좋았는데 관심 없기는 나도 마찬가지였어. 마커스 기억하지? 완전히 수학 귀신이었잖아! 지금 엔지니어링을 공부한다더라."

클레어가 고개를 끄덕였다.

"그 앤 늘 공부만 했어."

소피아가 미간을 찌푸리며 클레어의 명찰에서 이름 아래 있는 작은 활자를 훔쳐보았다.

"네 임무가 뭔지 잊었어. 유니폼을 보니까……."

"어류 부화장."

클레어가 재빨리 설명했다. 잘됐다. 소피아는 클레어가 출산모 배정자였다는 사실을 기억하지 못했다!

"그런데 여긴 웬일이야?"

"견학하고 싶어서! 양육 센터에 한 번도 안 와 봤더라고. 오늘 오후에 여가가 조금 생겼거든."

"오, 그래? 좋아. 날 따라오면 설명해 줄게. 하지만 나도 일해야 해. 조금 있으면 아기들 식사 시간이거든. 자, 우선 손부터 깨끗하게 씻어."

소피아가 복도 벽에 설치된 손세정기를 가리켰다. 클레어는 소피아를 따라 깨끗한 소독약으로 조심스레 두 손을 문질렀다.

"가장 어린 애들은 여기 첫 번째 방에 있어."

가장 어린 애들이란 최근에 태어난 신생아를 뜻했다. 클레어는 기억을 더듬어 자신이 쫓겨날 때 동료 출산모 가운데 누가 생산을 준비 중이었는지 떠올려 보았다. 필경 그들의 상품일 것이다.

"안으로 들어가려면 살균복으로 갈아입어야 해. 하지만 여기서도 볼 수는 있어."

소피아가 창문을 통해 오점 하나 없이 깨끗한 방을 가리켰다. 방 안은 바퀴 달린 요람으로 가득했지만 비어 있는 요람도 몇 개 보였다. 직원 둘이 물건을 정리하고 있었는데, 하나는 양육사 유니폼을 입은 젊은 남자이고 하나는 열 살 정도 되는 자원봉사자 소녀였다. 두 사람이 고개를 들어 구경꾼 둘을 보고 미소를 지었다.

"신생아가 몇 명 들어왔니?"

소피아가 창 너머로 묻자 자원봉사자가 손가락 넷을 들어 보였다. 그러고는 요람 하나를 창가로 밀고 와 소피아와 클레어가 볼 수 있도록 해 주었다. 옆에 붙은 카드에는 여자를 가리키는 성 기호가 그려져 있고 번호는 45였다.

"45? 저게 무슨 뜻이야?"

클레어가 아기를 내려다보며 물었다. 아기는 밝은 색 담요로 단단히 감싼 터라 작은 얼굴만 드러났다. 두 눈은 굳게 감겨 있었다.

소피아가 놀라 클레어를 보았다.

"45번. 올해 45번째 신생아라는 뜻이야. 앞으로 다섯밖에 안 남았어. 잊었어? 우리 모두 번호가 있었는데. 난 27번이었어."

"오, 물론 알지. 나는 이른 편이었어. 11번이었으니까."

소피아의 지적에 클레어도 덩달아 기억났다. 열두 살 이후로는 번호가 그다지 중요하지 않았다. 언급되는 일도 별로 없었다. 하지만 어렸을 땐 11호가 적잖은 도움이 되었다. 그 해의 열한 번째이므로 당연히 (소피아를 포함해) 대부분의 신생아보다 성장이 앞섰다는 뜻이었다. 키도 크고 걷고 말하기도 빨랐다. 열두 살이 되면 그런 장점들이 거의 의미가 없지만, 클레어는 다섯 살, 여섯 살 시절을 떠올리며 다른 아이들보다 앞섰다는 사실이 뿌듯해졌다.

클레어가 물었다.

"다른 신생아들은 어때?"

소피가 손가락으로 가리키며 말했다.

"가장 이른 순번…… 1호부터 10호까지? 그 애들은 저기 저 방에 있어. 두 명은 벌써 걷기 시작했는걸. 그 애들 쫓아다니는 게 장난이 아냐."

소피아가 눈을 굴리고는 복도를 따라가다가 모퉁이에서 방향을 바꾸었다. 클레어도 뒤를 쫓았다.

"그다음이 이곳이야."

또 다시 대형 창문이 나타났다. 방 안을 들여다보니 장난감으로 어지러운 카펫 바닥 위에서 영아들이 기어 다니고 있었다. 카운터에는 우유병이 있고 벽에는 싱크대가 설치되어 있었다.

"그러니까 열 명 단위로 배정되는구나."

소피아가 고개를 끄덕였다.

"다섯 방, 한 방에 열 명씩. 다 차면 정확히 오십 명이야. 지금은 들어올 신생아도 몇 명 남지 않았어. 당연히 오십 명이 되면 다음 배속제까지 더 이상 받지 않아."

소피아가 가볍게 손 인사를 하자, 자원봉사자 소녀가 우유병을 보온기에 넣다가 씩 웃으며 손짓했다.

"올해의 오십 명이 모두 배정되고 나면 내년 배속제 이후에야 새 아이들이 하나씩 들어오는데 그때까지는 정말로 작은 방학 같단다!"

"배속제까지는 시간이 많이 남았는데 벌써 오십 명이 다 차는 거야?"

"출산동의 일정이 그래. 하반기엔 신생아를 낳지 않거든. 부모들이 너무 어린 애들은 원치 않기 때문이지."

"일이 많겠구나."

"꼭 그렇지는 않아. 조금 전에 봤지, 가장 어린 아기들? 대부분은 그렇게 잠만 자. 대신 책임이 많지. 모든 것을 무균 상태로 유지해야 하거든. 게다가 신생아들과 놀 수도 없어. 부모들이 아이들을 받은 후에 함께 놀기를 바라기 때문이지."

클레어는 듣는 둥 마는 둥 했다. 36호. 그녀의 상품은 36호였다. 그녀는 그 숫자를 마음속에 깊이 새겨 두었다.

클레어가 물었다.

"그래서 다음은 20번 대네? 어디 보자. 1에서 10. 이 방이 11에서 20. 그럼 다음 방은 21에서 30이 되는 거지, 응?"

"그래, 저기 복도 맞은편. 내가 주로 일하는 방이야. 곧 들어가서 아기들 식사를 도와야 해."

클레어는 창문을 통해 소피아가 맡고 있는 신생아 그룹을 보았다. 아이들은 천장에 매달린 그네에 탄 채 맨발로 카펫 바닥을 굴러 댔다. 남자 직원이 푹신한 탁자 위에서 아이 옷을 갈아입히다가, 두 사람을 보고 다시 벽에 걸린 대형 시계를 가리켰다. 소피아가 문을 조금 열었다. 그러자 문틈으로 까르르, 킥킥거리는 웃음소리가 들려왔다. 이른바 아이들이 서로 '대화'하는 소리다. 클레어는 미소 지었다. 신생아들이 예쁜 줄은 몰랐다. 맹세코. 어린 아기들이 저렇게 매력적이라니…… 그녀는 인정하지 않을 수 없었다. 왜 부모들이 함께 놀 수 있는 아이들을 원하는지도 이해할 수 있었다.

"금방 들어갈게요. 지금 견학 중이거든요. 아니면…… (클레어를 돌아보며) 견학은 여기까지 하는 게 어때? 두 번째 어린 아기 방이 하나 남았는데 별로 재미없어. 그냥 나하고 들어가서 이 아이들과 놀자. 괜찮으면 식사를 도울 수도 있어."

클레어는 망설였다. 특정 그룹에 지나친 관심을 보이는 것처럼 비치고 싶지는 않았다.

"마지막 방은 살짝 보기만 하면 안 될까? 그래야 다 봤다고 할 수 있을 것 같아서…….."

소피아가 한숨을 쉬고는 유니폼을 입은 남자에게 말했다.

"금방 돌아올게요."

남자는 새 옷으로 갈아입힌 아이를 그네에 올려놓고 지금은 보온기에서 작은 시리얼 그릇을 꺼내고 있었다.

"이쪽."

소피아가 클레어를 복도 끝 방으로 안내했다.

"그러니까 이 아이들이 31에서 40호인 거야?"

"그래. 두 번째 어린 애들."

소피아는 자기 방으로 돌아가고 싶어 하는 눈치였다.

"들어가 봐도 돼?"

클레어가 창문 안을 들여다보았다. 작은 아기 침대마다 아기들이 있었다. 직원 둘이 따뜻하게 데운 우유병을 아기들이 쉽게 빨아먹을 수 있도록 거치대 위에 세우고 있었다.

"어쩌면."

소피아가 문을 열고 물었다.

"방문객이 있는데 도와줄 사람 필요 없어요?"

유니폼을 입은 사내가 미소 지었다.

"두 분 다도 좋아. 도움이야 얼마든지 환영이지!"

"난 내 방에 돌아가 봐야 해요. 대신 이 아가씨를 여기 두고 갈게요."

클레어가 인사를 했다.

"고마워, 소피아. 다시 만나서 정말 반가웠어. 언제 같이 점심 식사라도 하자."

"그래, 언제든 또 와. 아이들 낮잠 시간이 제일 좋아."

소피아는 간단하게 작별 인사를 하고 자기 담당 아이들에게 돌아갔다.

클레어는 머뭇머뭇 들어가 멍하니 서 있었다. 담당자들은 마지막 우유병을 배급하는 중이었다.

"자, 배급은 끝났어. 이따금 제대로 장착되었는지 확인하면 돼. 젖꼭지를 놓치면 엄청 울어 대거든! 안 그러니, 아가야?"

그가 미소를 지으며 열심히 우유를 빨고 있는 아이를 내려다보았다.

"그다음엔 하나씩 안고 트림할 때까지 등을 두드려 줘야 해. 전에 해 본 적 있니?"

클레어가 고개를 저었다. 트림할 때까지? 그런 건 상상도 못 했다.

"아뇨."

그가 키득거렸다.

"그럼, 우선 구경부터 해 봐. 그리고 해 보고 싶으면······."

그가 아기 침대에서 한 아이를 들었다. 클레어가 앞으로 다가가 번호를 확인했다. 40호. 그녀는 재빨리 주변을 돌아보며 번호가 순서대로인지 봤지만 작은 침대마다 바퀴가 달려 있고 번호도 제멋대로인 것 같았다. 그녀가 지켜보는 동안 담당자는 40호를 구석의 흔들의자로 데려가 자기 어깨에 기대게끔 안았다.

다른 젊은 여직원이 한 아기 침대 위로 몸을 숙이더니 코를 킁킁거렸다.

"이런! 34호 옷을 갈아입혀야겠어요!"

여직원은 코를 찡그리며 기저귀 교환 구역으로 침대를 밀고 가서는, 키득거리며 아이를 테이블 위로 옮겼다.

"꼬마 아가씨야, 옷부터 갈아입고 식사를 마저 해야겠어요."

그때 클레어는 아기 침대마다 성별 기호가 표시되어 있다는 사실을 깨달았다. 그녀는 아기들을 힐끔거리며 작은 침대들을 지나갔다. 얌전히 우유를 빠는 아이들이 있는가 하면 허겁지겁 삼키는 아이들도 있었다. 그때 갑자기 어느 아기 침대의 '남자' 아기가 비명을 지르더니 기어이 큰 소리로 울기 시작했다.

남자 직원이 안고 있는 아기 등을 두드리며 말했다.

"어느 놈인지 알 만하다. 이제 목소리도 알겠어."

클레어는 우는 아이의 침대 번호를 보았다.

"36호예요."

남자가 웃으며 말했다.

"당연히 36호겠지! 항상 그놈인걸. 그 애를 안아 주겠니? 어디, 울음을 달랠 수 있는지 보자."

클레어는 크게 심호흡을 했다. 아이를 안아 본 적이 한 번도 없었다.

남자가 클레어를 보며 다시 웃었다.

"아기, 안 부러져. 사실 꽤 강한 녀석들이지. 하지만 머리는 꼭 받쳐 줘야 할 게다."

클레어가 허리를 숙였다. 그런데 기이하게도 아기 안는 방법을 알고 있는 것만 같았다. 두 손이 자연스럽게 미끄러져 들어가더니 목과 머리를 가볍게 받쳐 드는 게 아닌가! 클레어가 조심스레 아들을 안아들었다.

5

변한 건 아무것도 없다. 클레어의 삶도 변하지 않았다. 그녀는 날마다 일어나 샤워를 하고 유니폼을 입고 명찰을 부착했다. 클레어. 부화 보조원. 그리고 식당에 가서 동료들과 인사하고 아침 식사를 하고 할당된 업무를 시작했다. 부화장 간부들도 그녀의 작업에 흡족해했다.

하지만 동시에 모든 게 달라졌다. 그녀의 생각은 온통, 단 한 번 만나 잠깐 안아 본 아이한테 가 있었다. 아이의 밝은 눈을 들여다본 것도 아주 잠깐이고, 아기의 곱슬머리가 그녀의 턱에 닿은 것도 아주 잠깐이었건만. 36호 아기.

"이름은 아직 선택 안 했나요?"

클레어가 젊은 여직원에게 물었다. 여직원은 옷을 갈아입힌 아이를 막 아기 침대에 눕히고 우유병을 다시 세우는 중이었다.

"이 아이요? 아닐 거예요. 어쨌든 우리한테는 얘기 안 해요. 이름은 부모가 배정된 다음에야 알게 되죠."

신생아들은 12월에 있는 배속제에서 배정된 부모에게 인계된다. 위원회가 선택한 이름 또한 그때 발표될 것이다.

"아뇨, 이 아이요."

클레어가 말했다. 클레어는 36호를 안고 흔들의자에 앉아 몸을 앞뒤로 흔들고 있었다. 아이가 울음을 그치고 클레어를 올려다보았다.

"오, 그 아이요. 어쩌면 다음 배속제 때나 이름을 갖게 될지 몰라요. 벌써 이곳에 일 년 더 데리고 있어야겠다는 얘기가 나오거든요. 이상하게 적응을 잘 못하네요. 이곳에서는 적응 부진이라고 하죠."

여직원이 어깨를 으쓱했다.

"사실 준비된 이름은 있어."

남자가 트림에 성공한 아이를 아기 침대에 눕힌 다음 우유병을 다시 열어 주고 클레어 쪽으로 왔다. 그가 36호를 내려다보며 노래하듯 인사했다.

"안녕, 아가."

"그래요? 그걸 어떻게 아세요?"

여직원이 놀란 표정을 지었다.

남자가 클레어한테서 36호를 받아들었다. 클레어는 마지못해 아기를 내주었다. 남자는 아기를 내려다보며 어르기라도 하듯 우스운 표정을 지었다.

"이름을 부르기 시작하면 적응이 빨라질지도 모른다는 생각을 했어. 그래서 몰래 사무실에 들어가 목록을 훔쳐봤지."

"그래서요?" 보조원이 물었다.

"뭐가 그래서야?"

"이름이……."

남자가 웃었다.

"말 안 해. 나도 몰래 부르거든. 들키는 날엔 큰 문제니까. 조심해야지."

그가 무릎의 아기를 얼렀다.

"이름은 좋아. 아기한테도 잘 어울리고."

여직원이 한숨을 쉬었다.

"음, 어쨌든 12월까지는 잘 키워 봐야죠. 그래야 가족이 생길 테니."

여직원이 벽시계를 보며 덧붙였다.

"이런, 벌써 낮잠 시간이에요. 아직 다 먹이지도 못했는데."

두 사람은 클레어가 옆에 있다는 사실도 잊은 듯했다. 클레어가 흔들의자에서 일어났다. 정말이다. 시간이 번개처럼 지나갔다.

"저도 가 봐야겠어요. 그런데…… 다시 와도 괜찮을까요?"

두 사람은 잠시 아무 말도 못했다. 클레어도 이유를 깨달았다. 당연히 기이한 부탁이었기 때문이다. 아이들은 다양한 장소에서 자원봉사를 한다. 하지만 어린 시절이 끝나고 임무를 배정받으면 당연히 배정받은 일을 한다. 다른 임무에 관심을 갖거나 다른 일을 시도하는 사람은 아무도 없다. 클레어도 재빨리 그럴 듯한 변명을 만들어 내야 했다.

"여가 시간이 많아서요. 부화장에서는 요즘이 한가할 때예요. 오늘도 아무 생각 없이 소피아를 보러 온걸요. 소피아 아시죠? 저쪽에서 일해요. 20번대 아이들 방."

두 사람이 고개를 끄덕였다.

남자가 말했다.

"21호에서 30호. 소피아 담당이지."

"예. 그 애가 견학을 시켜 줬어요. 두 분이 일손이 딸리시는 것처럼 보여서 제가 돕겠다고 한 거예요. 물론 두 분이 허락하셔야겠지만."

클레어는 말이 다소 빨랐다는 생각을 했다. 초조했다. 다행히 둘은 눈치채지 못한 듯했다.

"알겠지만, 정기적으로 자원봉사를 하려면 신청을 해야 한다. 몇 가지 양식을 기입하는 걸로 알고 있는데."

여직원이 거들었다.

"그래서 승인이 떨어져야 해요."

클레어의 가슴이 쿵 하고 내려앉았다. 그럴 수는 없다. 서류 양식이라니! 그럼 그녀가 재배정된 출산모라는 사실을 들키고 말 것이다.

36호가 몸을 뒤척이며 울기 시작했다. 남자가 아기 침대로 데려가 우유병을 세워 주었으나 아이는 울음을 그치지 않았다. 버둥대는 다리를 다독여 줘도 소용없었다. 남자가 클레어를 돌아보며 씩 웃어 주었다.

"하지만 한가할 때 방문하는 건 괜찮아. 날마다만 아니면 되지, 뭐."

가벼운 말투였다. 클레어도 애써 가볍게 말했다.

"그럴게요. 이따금 한가할 때만."

클레어는 돌아서서 달아났다. 36호는 계속 울어 댔다. 건물을 떠날 때까지도 울음소리가 들렸다.

이제 다른 건 아무것도 생각나지 않았다. 다른 사람은 아무도 생각할 수 없다.

6

감정의 정체는 정확히 모르겠으나 어쨌거나 너무도 이상했다. 전에는 한 번도 이런 적이 없었건만, 아이와 함께 있고 싶고 아이의 얼굴만 계속 떠올랐다. 자신을 바라보던 밝고 진지한 눈, 정수리에서 돌돌 감기며 뻗어나간 곱슬머리, 잔뜩 찡그린 이마, 울기 직전에 파르르 떨리던 턱.

가족은 아이 두 명을 할당받는다. 남자아이 하나, 여자아이 하나. 클레어는 동생이었다. 클레어의 부모는 피터를 받고 몇 년 뒤에야 여자아이를 신청했다.

저녁 식사 시간, 클레어는 동료들에게 지나가는 말처럼 물었다.

"혹시, 동생 받았을 때 기억나는 사람 있어요?"

롤프가 대답했다.

"당연히 기억나지. 여동생을 받았을 때 난 여덟 살이었어."

에디스가 대답했다.

"나도 누나였어. 부모님은 아주 늦게 남동생을 신청했는데 내가 열한 살이었을 거야."

에릭이 말했다.

"난 동생. 빵 남은 사람 있어요?"

다들 고개를 저었다. 에릭은 접시에서 마지막 빵을 집어 들었다.

"나를 받을 때 누나는 겨우 세 살이었어. 어머니가 어린 애들을 정말로 좋아했던 모양이야."

에릭이 향수에라도 젖은 듯 인상을 찌푸렸다.

클레어가 말했다.

"사실, 내가 궁금한 것도 바로 그 점이에요. 그러니까 사람들이 신생아들을 정말로 좋아하는 게 당연한 건가요?"

"'좋아한다'가 어떤 의미이냐에 따라 다를 거다."

부화장의 총감독 디미트리였다. 그는 고위직에 나이도 많았으며 과학 공부를 열심히 했다.

"어떤 종족의 새끼들은……."

그는 말을 하다 말고 다른 사람들의 표정을 보았다. 멍한 얼굴들.

그가 물었다.

"이런 거 진화생물학에서들 안 배웠나?"

여전히 침묵. 마침내 디미트리도 키득거리며 웃었다.

"좋아. 모를 수도 있겠지. 내, 설명해 주지. 새끼들은 일반적으로 크고 동그란 눈을 갖고 태어난다. 머리도 커다란데 모두 종족의 어른들한테 예뻐 보이기 위해서야. 그래야 먹이도 얻어먹고 보호도 받을 테니까. 그런 생김새 덕분에……."

"귀엽다는 얘기죠?" 에디스가 끼어들었다.

"그래, 귀엽지. 추한 모습으로 태어나면 아무도 데려가지 않을 테고, 웃어 주거나 얘기를 걸지도 않을 테니까. 어른들한테 잘 보이지 못하면 살지 못해."

"'어떤 종족'이 무슨 의미예요?" 에릭이 물었다.

"에, 이곳엔 더 이상 포유동물이 없어. 포유동물이 건강식에서 제외된 데다 공동체의 효율성을 위해 제거되었기 때문인데, 다른 지역에는 여전히 온갖 종류의 동물들이 있다. 이곳에도 한때 애완동물이라는 게 있었지. 대개는 개, 고양이 같은 것들인데, 그런 종들도 마찬가지였어. 갓 태어난 새끼들은…… 그래, 귀엽게 생겼지. 눈도 크고. 하지만 웃지는 않아. 그건 인간에게만 있는 특성이거든."

클레어한테는 흥미로운 얘기였다.

"'애완동물'들하고 사람들이 뭘 했는데요?"

디미트리가 어깨를 으쓱했다.

"같이 놀았대. 애완동물이 외로운 사람들한테는 친구가 되어 주기도 했다더구나. 지금이야 외로운 사람이 없지만."

"이곳에선 아무도 외롭지 않죠." 에디스가 동의했다.

클레어는 입을 다물었다. 말을 하지는 않았지만 그녀의 머릿속에는 '난 그래. 너무 외로워.'라는 말이 맴돌았다. 하지만 생각은 그렇게 하면서도 외롭다는 게 어떤 의미인지는 그녀도 잘 알지 못했다.

첫 번째 버저가 울렸다. 식사를 마칠 시간이었다. 사람들이 쟁반을 챙기기 시작했을 때 클레어가 물었다.

"롤프? 에디스? 동생이 생겼을 때…… 갓난아기였잖아요. 그러니까…… 눈도 크고 머리도 크고 귀여웠을 때……."

롤프와 에디스가 어깨를 으쓱했다.

"그랬을 거야." 에디스의 대답이었다.

"동생이 눈에 아른거렸어요? 안아 주고 싶고 늘 곁에 있고 싶었어요?"

두 사람은 마치 클레어가 터무니없거나 허무맹랑한 질문이라도 한 듯 멍하니 바라보았다. 클레어는 재빨리 질문을 바꿨다.

"어머니라도 좋아요. 어머니가 동생을 달래고 얼러 주던가요? 그리고 에……."

롤프가 대답했다.

"우리 어머니도 다른 어머니들처럼 일을 하셨어. 물론 동생을 효율적으로 돌봐 주었지. 날마다 보육 센터에도 데려다 주고. 하지만 안아 준 적은 없었을 거야."

이번에는 에디스가 대답했다.

"우리 어머니와 남동생도 마찬가지야. 아버지와 내가 돕기는 했지만 두 분 다 일이 많았거든. 나도 학교에 다녔고. 그 후엔 훈련을 받았고. 날마다 보육 센터에 맡길 수 있어서 다들 다행으로 여겼어. 당연히 동생을 자랑스럽게 생각했지. 아주 총명한 아기였거든. 지금은 컴퓨터 과학을 공부하고 있어."

마지막 버저 소리에 다들 일어나 일자리로 돌아갔다.

36호를 마음속에서 떨쳐 내야 해.

클레어는 속으로 중얼거렸다.

하지만 불가능했다. 날마다 망원경으로 연어 알의 결함을 살피며 검은 두 개의 점, 즉 미발달 단계의 원시적 눈을 볼 때마다 그 눈이 그녀를 바라보고 있다는 상상을 했다. 물론 불가능한 일이다. 저 모호한 빛깔의 동그라미는 아무것도 볼 수 없다. 아직은. 파닥거리는 유충에게 사고는 고사하고 애정이나 관심을 향한 갈망 따위가 있을 리도 없다. 하지만 그런데도 클레어는 어느새, 그 짧은 순간 자신을 올려다보던 긴 눈썹의 투명한 눈과 자신의 엄지를 움켜쥐던 작은 손을 떠올리고 있었다.

급기야 36호의 꿈을 꾸기도 했다. 한 꿈에서는 다시 가죽 가면을 썼는데 이번엔 사람들이 그녀에게 뭔가를 안겼다. 그녀 품에서 꼼지락거리는 존재…… 그녀는 꼭 끌어안았다. 그게 36호임을 알기에 절대로 빼앗기고 싶지 않았다. 그리고 다시 빼앗겼을 때는 가면을 쓴 채 울고 말았다.

다른 꿈은 계속 되풀이되었다. 36호가 부화장의 작은 방에서 그녀와 함께 지내지만 그 사실을 아무도 모른다. 그녀는 아기를 서랍에 감추고 이따금 열어 보았는데 그때마다 아기는 그녀를 올려다보며 미소 지었다. 공동체에서 비밀은 금기다. 그래서 아기를 숨겨 두는 꿈은 죄의식과 두려움을 일깨우기도 했으나, 그보다는 꿈에서 깨어난 후 여진처럼 남아 있는 강렬한 감정이 더 컸다. 아이가 서랍 속에서 아무 탈 없이 미소 짓고 있음을 확인했을 때의 흥분.

어릴 적, 가족들은 아침마다 돌아가며 자기 꿈 얘기를 해야 했다. 부화장 사람들처럼 독신자 노동자에겐 그런 요구가 면제된다. 이따금 아침 식사 때 직원 하나가 재미있는 꿈 얘기를 하는 경우는 있어도 가족 의례처럼 꿈에 대해 토론을 하지는 않았다. 당연히 클레어도 자신의 새로운 꿈을 비밀에 부쳤다.

클레어는 초조했다. 이해되지 않는 낯선 기분이었다. 그녀는 새 직업의 요구에 부응하고 세심한 관찰과 지속적인 분석을 이어 가면서, 틈나는 대로 자신의 감정을 분석해 보려 했다. 전에는 해 본 적도, 필요도 없던 일이다. 지금껏 살아오는 동안, 그녀의 감정은 늘…… 늘 어땠지? 그녀는 머릿속에서 적절한 단어를 찾아보았다. 만족. 그래, 늘 만족했다. 공동체 모두가 그랬다. 필요한 사항들을 공동체가 모두 챙겨 주었기에 부족한 건 없었다. 아무것도……. 그래, 전에는 뭔가를 갈망해 본 적이 없었어! 마침내 클레어도 깨달았다. 문제는 출산일 이후로, 내적 공허감을 채워 줄 뭔가를 계속 갈망해 왔다는 데 있었다. 너무도 절박하게.

클레어는 자기 아이를 원했다.

시간이 흘렀다. 벌써 11월 중순. 클레어는 일하느라 바쁘게 보냈다. 하지만 마침내 양육 센터로 돌아갈 기회가 생겼다.

7

"또 왔네! 잊은 줄 알았는데!"

남자가 기쁘게 맞아 주었다.

클레어가 미소 지었다. 자신을 알아봐 주어서 기뻤다.

"잊기는요. 일 때문에 바빴어요. 빠져나올 수가 있어야죠."

그가 동의했다.

"음, 곧 12월이니까 일이 많겠지."

"여긴 더 바쁘겠죠?"

클레어는 손을 저어 단지 그 방뿐 아니라 양육 센터 전체를 가리켰다. 이제 막 점심 식사가 끝나고 아기들이 낮잠을 자는 터라 조명이 침침했다. 클레어와 남자는 낮은 목소리로 얘기했다. 구석에서는 여자 보조원이 지금 막 배달된 세탁물을 가지런히 접고 있었다.

"맞아. 이놈들을 모두 준비시키는 참이야. 배정도 모두 끝난 거 같아. 아직 목록을 보지는 못했지만."

갑자기 어떤 생각이 클레어의 머리를 때렸다.

"배우자가 있으시죠? 그럼 아이를 신청할 수 있으실 텐데, 선생님께 배정될 아이를 미리 선택할 수도 있지 않나요? 물론 불법이긴 하겠지만요."

그가 웃었다.

"그러기엔 너무 늦었다. 그래, 아내가 있다. 지금 법정단에서 일하는데 우린 이미 가족을 모두 구성했어. 사내아이 다음에 여자아이로. 벌써 아주 오래전 일이지. 그때는 나도 보조원이었단다. 아무 힘 없는."

"그럼, 아무 암시조차 않으셨어요? 그래도 정든……."

그가 고개를 저었다.

"상관없었다. 어련히 알아서 선택해 주겠냐. 우린 아이들한테 아주 만족한단다."

그때 한쪽 아기 침대에서 울음소리가 들려 그가 돌아보았다. 울음소리는 점점 커졌다. 어린 아기의 까탈스러운 앙탈. 클레어는 도리깨질하는 작은 팔을 보았다.

보조 양육사가 두 사람을 보며 물었다.

"제가 돌볼까요?"

"아니, 내가 하마. 또 36호야. 어련하겠냐?"

체념과 애정이 한데 섞인 목소리였다.

클레어가 자신도 모르게 불쑥 내뱉었다.

"제가 해도……."

남자가 아기 침대를 향해 장난처럼 손짓을 했다.

"얼마든지. 얘기해 주는 걸 좋아해. 등을 두드려 주는 것도 효과가 있고."

"안 그럴 때도 있대요."

여직원이 짓궂게 끼어들자 남자가 웃었다.

클레어는 아기 침대에서 발버둥치는 아이를 안아들었다.

남자가 제안했다.

"복도에서 달래는 게 좋겠어. 그러다 다른 애들 다 깨우고 말겠다."

클레어는 버둥거리며 우는 아이를 조심스럽게 안고 방에서 나가 긴 복도를 왔다 갔다 했다. 아기를 어깨에 대고 가볍게 흔들어 주자 조금씩 조용해졌다. 아기가 고개를 들더니 커다란 눈으로 주변을 둘러보았다. 비록 아무 의미도 없는 말이었지만 클레어는 자신도 모르게 아이에게 노래 부르듯 말을 하고 있었다. 그녀는 아기의 목에 코를 대고, 우유와 분가루 냄새를 맡았다. 아기도 그녀의 품에서 나른해지더니 결국 졸기 시작했다.

여기서 걸어 나갈 수도 있겠어. 이렇게 당장 떠나는 거야. 아기를 데리고.

생각은 그렇게 했지만 그 일이 불가능하다는 정도는 알고 있었다. 무슨 재주로 아기를 먹이고 돌본단 말인가? 아기를 숨길 장소도 없다. 자기 방 비밀 서랍은 기껏 꿈일 뿐이다.

남자가 문간에 나타나 아기가 잠든 걸 보고 손짓했다.

클레어가 다가가자 그가 속삭였다.

"잘했다."

두 사람은 함께 문간에 서 있었다. 창밖 저 멀리 점점이 집과 논밭이 보였다. 아이들이 자전거를 타고 지나갔다. 남자가 손을 흔들어 주었으나 아이들은 서로 떠들어 대느라 보지 못했다. 남자가 키득거리며 어깨를 으쓱했다.

"내 아들이야."

아이들은 보육 센터를 지나자마자 오솔길이 갈라지는 곳에서 왼쪽으로 꺾었다. 운동장으로 가는 모양이었다.

"아가씨 손이 약손인 모양이군."

남자의 말에 클레어는 무슨 말이냐는 듯 바라보았다. 남자가 클레어 품에서 잠든 아기를 향해 고개를 끄덕였다.

"거의 잠을 안 자. 고전적인 적응 부진이지. 결국 올해 배속제에서는 가족을 배정하지 않기로 결정했단다. 조금 더 자랄 기회를 주자는 거야. 신생아들 가운데 더딘 애들이야 늘 있지만 36호는 특히 어려웠어. 밤에는 집에 데려가 우리 가족과 함께 지내고 있다. 다른 애들까지 잠을 못 잔다며 야간 근무자들 불평이 여간 아니거든."

그가 아이를 향해 손을 내밀기에 클레어는 마지못해 내주어야 했다. 그런데 남자의 품으로 아기를 건네는 순간 뭔가 손에 걸렸다. 클레어는 담요를 걷고 작은 발목을 감은 금속 발찌를 보았다.

"이게 뭐예요?"

"보안 장치. 건물에서 나가게 되면 경보음이 울려."

클레어는 조금 전 아기를 데려가려 했던 생각을 떠올리며 재빨리 숨을 삼켰다.

"신생아들 모두 발찌를 채우는데 이유는 잘 모르겠어. 누가 아이를 원하겠어."

그가 키득거렸다.

"이놈은 일 끝내고 집에 데려갈 때 발찌를 벗기지."

아기는 계속 잠을 잤다. 남자가 아기에게 조용히 속삭였다.

"어이구, 착하기도 해라. 오늘 밤에 나랑 집에 가자. 그래야 착한 아기지."

그가 계속 중얼거리며 돌아서서 아기를 침대로 데려갔다. 순간 클레어는 문득 그가 이름을 속삭이는 소리를 들은 것 같았다. 그런데 정확히 뭐라고 부른 거지? 에이브? 그 이름이었던가? 분명 에이브 비슷한 이름이었는데······.

8

클레어는 배속제에 참석하지 않았다. 해마다 공동체의 거의 모든 구성원이 참석하지만 어느 시설이나 담당자 하나씩은 남겨 두어야 했다. 이번에는 클레어가 부화장에 남겠다고 자원했다. 출산모, 수정모들은 제외되기에 지난 이 년간의 행사에도 참석하지 않았으나, 사실 그 이틀간의 행사에 별 관심도 없었다.

신생아에게 이름과 가족을 배정하는 일이 언제나 먼저였다. 행사 중에 갓난아기들이 경기를 일으키지 않게 미리 데려가 돌보도록 하기 위해서다. 아들 에이브(이제는 언뜻 엿들은 이름으로 아기를 생각하련다.)가 부모 배정을 받는다면야 어떻게든 참석하려 했을 테지만, 다시 일 년을 기다려야 했다. 다른 아기들의 배정을 보고 싶은 생각은 추호도 없었다.

배우자 선정에도 관심이 없었다. 클레어와 마찬가지로 대부분 짝짓기를 따분한 행사로 여겼다. 물론 중요야 하지만 특별한 일이 거의 없기 때문이다. 공동체의 성인이 배우자를 신청하면 위원회는 수개월, 이따금 수년 동안 숙고하고 선정하고, 체력, 지력, 노동력 등 두 사람의 비슷한 특성들을 비교분석한다. 배우자로 선정된 쌍은 배속제에서 발표하고 그때부터 함께 생활하며 향후 원한다면 아기를 신청할 수 있다. 사실 그들에게도 신생아 배정이 배우자 선정보다 훨씬 재미있다.

오늘은 너무도 조용하고 허전한 실험실 복도를 오가는 동안 클레어는 문득 배우자 신청을 해 보면 어떨까 하는 생각을 하기 시작했다. 하지만 지금? 동료인 롤프도 신청서를 제출하고 대기 중이었다. 디미트리도 그렇다는 얘기를 들었다. 그런데 그녀도 가능할까? 아직 나이도 많지 않은데? 그런데 몇 살이 되어야 하는 거지? 보통 시민에 대한 규칙은 확실하고, 다들 잘 알고 또 잘 지킨다. 하지만 클레어의 상황은 특별했다. 임무 해제 명령을 받고 부화장으로 재배치되었을 때 거의 아무 얘기도 못 들은 탓이다. 흡사 그들도 클레어에 대한 관심을 완전히 잃은 듯했다. 그들? 그런데 그들이 누구지? 원로들. 위원회. 스피커로 명령을 내리는 목소리들? 오늘 아침 메시지처럼? "배속제를 시작하니 모두 강당으로 모여 주시기 바랍니다."

클레어는 힐끔 시계를 보았다. 벌써 늦은 아침이다. 배우자는 짝을 찾고 신생아들은 이름과 부모를 얻었으리라. 이제 곧 점심 휴식이다. 그럼 강당 밖에 식탁을 배치하고 점심 도시락을 나누어 준다. 그다음이 행년식(行年式). 사람들이 다시 모이면 아이들의 성장을 축하하는 의식이 거행된다.

어린아이들은 무리로 등장한다. 예를 들어 일곱 살 그룹은 앞단추가 달린 재킷을 선물로 받고, 아홉 살은 무대에 올라가 최초의 자전거를 얻는다. 열 살은 머리를 깎는데 여자애들의 땋은 머리를 잘라 내면 청소부들이 재빨리 무대로 올라와 반짝이는 머리카락을 치운다. 하지만 행년식은 대개 박수갈채를 받으며 금세 끝을 맺는다. 해마다 누군가 이런저런 이유로 울음을 터뜨리거나 무대에서 사라지는 등 문제를 일으키기 때문이다.

클레어도 어릴 적에는 그런 의식에 빠짐없이 참가했다. 하지만 지금은 전혀 관심이 없다.

다음 날 오전에 거행되는 12세 배정식이 항상 하이라이트였다. 아이들이 평생 직장을 배정받으면서 의외의 상황이 일어나기 때문이다. 그로 인해 배정 과정을 지켜보는 건 늘 흥미로웠다. 적어도 그녀 자신의 배정식까지는.

후. 그 또한 과거지사다. 오늘은 그곳에 가지 않아 좋다. 관중들 사이에 끼어 사람들이 어린 소녀들에게 아기 낳는 일이 적성이라는 등 칭찬을 늘어놓는 소리를 듣고 싶지 않았다.

모두가 떠나고 찾아온 침묵은 너무도 기이했다. 할 일도 거의 없었다. 클레어도 행여 사고가 있을 경우에 대비해 남아 있는 것뿐이다. 실험실 온도, 습도, 조명까지 모든 게 철저히 통제되고 대비된 상태였다. 주기적으로 컴퓨터 메시지도 점검했지만 긴급 사항은 없었다.

클레어는 창밖을 통해 부두에 정박해 있는 보급선을 보았다. 가는 날이 장날이라더니, 일단 배속제가 시작되면 이틀은 기다려야 짐을 부릴 수 있다. 어쩌면 예기치 못한 휴가에 기뻐할 수도 있겠다는 생각도 들었다. 선원들은 뜻밖의 휴가를 어떻게 보낼까? 예전에 그들이 물건을 들어 쌓고 옮기고 지시하는 장면을 보고 들은 적은 있었다. 그들은 의복도 달랐다. 그들은 공동체 사람들과 달리 헐렁한 튜닉을 입지 않았다. 억양은 작고 말투도 낯설었다.

클레어는 타지 사람들에 대해 호기심을 느껴 본 적이 없었다. 물론 지금껏 익숙했던 만족감 덕분이었다. 이곳만으로도 늘 충분했다.

지금은 창밖으로 잔뜩 짐을 실은 배를 내다보며, 문득 선원들이 궁금해지기 시작했다.

9

"점심은 정말 끔찍했어, 안 그래?"

그날 저녁, 에릭이 사람들과 부화장 로비에 들어서며 투덜댔다. 다들 웃고 떠들었는데 의식이 끝나 정말 다행이라는 표정들이었다. 얌전히 앉아 경청하고 공손히 박수쳐 주는 일.

다른 직원이 대답했다.

"그렇게 나쁘진 않았어. 그보다는 양이 너무 적더라니까! 지금도 배고파 죽겠어!"

클레어는 접수원 책상에 앉아 있었다.

그녀가 물었다.

"곧 저녁 시간이에요. 식은 어땠어요?"

누군가가 대답했다.

"좋았어. 열한 살까지 끝났으니까 내일 오전 열두 살 배정식만 남았지."

클레어가 웃으며 말했다.

"잘됐네요. 정말 좋았나 봐요. 사고를 치거나 소란을 부린 애들도 없고."

에디스가 대답했다.

"없었어. 이변도 없었고."

에릭이 덧붙였다.

"디미트리 감독님이 의외라면 의외였지."

"디미트리 감독님?"

다들 키득거렸다.

"배우자를 배정받을 줄 알았나 봐. 당장이라도 일어날 듯 엉덩이를 들썩거렸는데 끝내 이름을 부르지 않더라니까."

클레어가 말했다.

"이런, 그럼 일 년 더 기다려야 하잖아요."

에릭이 지적했다.

"그 이상일 수도 있지. 짝 배정을 몇 년씩 기다리는 사람도 있잖아."

에디스가 덧붙였다.

"음, 그게 나을지도 몰라. 이번엔 맞는 짝이 없었나 보지."

이름을 모르는 젊은 남자도 얘기를 듣다가 끼어들었다.

"감독님이 배우자 신청을 한 건 집이 필요해서예요. 기숙사에서 사는 데 지치셨거든요."

그때 디미트리가 문을 열고 들어왔다. 젊은 남자가 감독을 돌아보며 덧붙였다.

"감독이라 특별실이 있기는 하지만…… 제 말이 맞죠, 감독님? 기숙사 생활이 물린 거죠?"

디미트리는 들고 있는 프로그램 일정표를 돌돌 말아 젊은 남자한테 던졌다.

"너랑 사는 게 더 지겨워, 이놈아!"

디미트리가 씩 웃으며 바닥에 떨어진 종이 공을 집어 다시 휴지통 안에 던졌다.

사람들은 현관문 옆 옷걸이에 나란히 재킷을 걸었다.

"별일 없었니, 클레어?"

누군가의 질문에 클레어가 고개를 끄덕였다.

"선원 둘이 상륙해서 산책을 했어요. 강변길을 따라 어슬렁거리더라고요."

에릭이 지적했다.

"그 사람들, 참 이상해. 아무하고도 말을 하지 않으니."

클레어가 넘겨짚었다.

"그 사람들 벙인가 보죠, 뭐."

"그럴지도. 타지 마을에는 완전히 다른 규칙이 있을지도 모르지."

에디스가 물었다.

"사실 그 사람들과 얘기하는 건 우리 규칙에 걸리지 않나? 확인해 본 사람 없죠?"

다들 신음을 내뱉었다. 그리고 대부분 접수 데스크 위의 대형 모니터를 힐끔 보았다.

문득 클레어도 규칙을 살펴 배우자를 신청할 자격이 있는지 알아봐야겠다는 생각이 들었다. 그런데…… 정말 그러고 싶은 걸까? 엄청난 양의 색인을 샅샅이 뒤져 봐야 부칙 아래 세칙이나 주석에서 간신히 찾아낼지 모르는데? 그건 아닌 것 같다.

커다란 버저 소리에 모두 저녁 식사를 하러 식당으로 향했다. 클레어도 일어나 함께 줄을 섰다. 복도 창문을 내다보니 선원 둘이 갑판 위에서 어슬렁거리고 있었다. 배는 화물 상자로 가득했다. 젊은 남자 둘이 나란히 밀봉 컨테이너에 기대서 있었는데, 각자 작은 원통 막대 같은 물건을 입에 물고 연기를 빨아들였다가 허공에 내뱉는 것처럼 보였다. 전에는 보지 못한 기이한 풍경인데…… 도대체 뭘까? 의료용 흡입기?

줄이 앞으로 움직였다. 수다, 웃음, 잡담 따위가 그녀의 상념을 흩뜨려 놓았다. 클레어는 쌓아 둔 쟁반에서 가장 위에 있는 것을 꺼냈다. 에디스와 지네트가 자리를 잡아 놓고 기다렸다. 클레어는 앞으로 이동하며 카운터 안쪽의 배식 담당에게 쟁반을 내밀었다. 어느새 선원들도 머릿속에서 떨어져 나갔다.

클레어가 음식 쟁반을 내려놓고서 물었다.

"신생아 이름 배정은 어땠어요? 특별한 이름이 있던가요?"

지네트가 대답했다.

"별로. 한 아이가 폴이라는 이름을 받았을 때 조금 놀라기는 했어. 내 아버지 이름이었거든."

에디스가 따졌다.

"하지만 같은 이름을 두 번 쓸 수는 없어! 공동체에 같은 이름이 둘이나 있으면 어떡하라고!"

클레어가 지적해 주었다.

"죽은 다음엔 괜찮아요."

지네트가 말했다.

"그래. 결국 아버지가 돌아가셨다는 뜻이겠지. 내가 놀란 것도 그 때문이야."

클레어가 물었다.

"마지막으로 뵌 게 언제예요?"

클레어도 아직 부모를 기억하지만 벌써 몇 년 전이라 세세한 이목구비는 빛이 바래기 시작했다.

지네트가 잠시 생각하다가 어깻짓을 했다.

"오 년 전쯤. 식품 제조단에서 일하셨는데 그쪽으로는 가 본 적이 없어. 그래도 어머니였던 분은 지금도 가끔 봐. 조경단에서 일하시거든. 얼마 전에도 운동장 울타리 관목을 다듬고 있다가 나를 보더니 손을 흔들어 주시더라고."

에디스가 성의 없이 대답했다.

"좋았겠다. 그 샐러드 먹을 거야? 내가 먹어도 돼?"

지네트가 고개를 끄덕이자, 에디스는 탁자 옆에 밀쳐놓은 먹다 남은 접시에 손을 내밀었다.

클레어가 말했다.

"폴, 좋은 이름이에요. 좋은 이름이니 재활용해야죠. 내가 열 살 때 신생아가 빌헬미나라는 이름을 얻었을 때 모두가 환호를 보냈어요. 그 이전의 빌헬미나가 원로의 집에 들어가기 전에 사람들이 다들 좋아했거든요. 그분이 돌아가신 후, 이름이 재활용되니까 다들 좋아한 거예요."

이유는 잘 모르겠지만 클레어는 왠지 지네트가 불쌍했다.

에디스가 말했다.

"기억나. 나도 그곳에 있었지."

"나도. 오늘 폴을 호명했을 때 아무도 박수를 치지 않았지만 그래도 만족해하는 것 같았어. 사람들도 아버지를 좋아했거든. 좋은 분이셨어. 너무 과묵하셨지만 그래도 좋은 분이셨지."

셋은 아무 말 없이 식사를 마쳤다. 그리고 버저 소리에 접시를 챙기고 자리를 정리하기 시작했다.

해 질 녘. 다른 사람들은 기나긴 배속제 때문에 피로했다. 게다가 내일 또 의식이 있는 터라 저녁 식사 후 다들 일찍 자기 방으로 떠났다. 하지만 클레어는 하루 종일 단지 안에 있어서 몸이 근질근질했다. 그녀는 산책을 하기로 했다.

그 시간의 강가 오솔길은 어둡고 상쾌했다. 보통 때라면 다른 사람을 만나 인사를 나누었겠지만 밤이 가까운지라 밖에는 아무도 없었다. 더욱이 모두에게 고된 하루가 아니었던가. 클레어는 강변을 어슬렁거리다가 커다란 다리를 만났다. 특별 허가가 있어야 건널 수 있는 다리. 물론 그 너머 강 건너에 뭐가 있는지도 모른다. 보이는 거라고는 온통 숲뿐이었고 사람들은 그저 '타지 마을'이라고 불렀다. 드물기는 해도 몇몇 소그룹들이 이따금 다른 공동체를 견학한다는 얘기를 듣기는 했지만 그것도 헛소문일 것 같다. 타지 마을을 봤다는 사람을 한 번도 만난 적 없으니 왜 아니겠는가.

클레어는 다리를 받치고 있는 거대한 콘크리트 교각 아래 서서 눈으로 그 규모를 가늠해 보았다. 부화장 옆에 정박해 있는 바지선은 간신히 통과할 수 있을 것이다.

그곳 갈림길을 가로질러 계속 강변길을 따라가면, 공무용 차를 주차해 둔 대형 창고를 지나게 된다. 시민들은 자전거로 공동체 주변을 오간다. 하지만 대규모 배달은 트럭을 이용하고 유지 보수에 이따금 중장비가 사용되는데 모두 그곳에 보관되어 있다. 몇 년 전, 열 살이나 아홉 살 때 동갑 그룹의 남자애들이 모두 자동차 창고에 매료된 적이 있었다. 거의 모두가 운전 관련 직업을 배정받아 운전, 운용 훈련을 받고 싶어 했다.

하지만 클레어는 그런 일에 관심이 없었다. 오늘 밤도 마찬가지였다. 그녀는 주도로에 들어서서 북서쪽으로 걷기 시작했다. 강을 등진 길 왼쪽으로 중앙 광장이 넓게 펼쳐졌다. 그녀는 광장 끝에 있는 강당을 지났다. 오늘 일찍, 사람들은 그곳 계단에 모였고 내일 아침에도 다시 모일 것이다. 지금은 어두워진 뒤라 광장은 텅 비었다. 남서쪽 변두리를 채운 대형 건물들도 인적 하나 없이 조용하기만 했다.

클레어는 문득 양육 센터 방향으로 걷고 있다는 사실을 깨달았다. 그곳에서 왼쪽으로 돌면 병원과 보육 센터를 지난 다음 크게 한 바퀴 돌아 부화장으로 돌아가게 될 것이다.

"어이, 안녕!"

갑작스러운 남자 목소리에 클레어는 깜짝 놀랐다. 공동체 전체가 너무도 조용했건만. 고개를 들어 보니 광장 모퉁이에 자전거 한 대가 서 있었다. 클레어가 방문했을 때 무척이나 친절하게 대해 주었던 양육사였다. 클레어는 미소를 짓고 손을 흔들며 모퉁이 쪽으로 걸어갔다. 양육사는 한 발로 땅을 딛고 자전거를 잡은 채 그녀를 기다렸다.

클레어가 다가가자 그가 한 손가락을 입술로 가져갔다. "쉿!"

그러고서 뒤쪽에 달린 바구니를 가리켰다. 좀 더 가까이 가니 한 아기가 그 안에 잠들어 있는 모습이 보였다.

"겨우 재웠어. 집에 데려가는 중이다." 남자가 속삭였다.

클레어가 고개를 끄덕이며, 신생아 36호를 향해 미소를 지었다.

"오늘 배속제에 참석했니?"

남자의 질문에 클레어는 고개를 저었다.

"부화장에 있겠다고 자원했어요. 의식은 여러 번 봤는걸요."

클레어 역시 양육사처럼 잔뜩 목소리를 낮추었다.

양육사가 조용히 키득거렸다.

"그 기분 안다. 하지만 난 오늘 재미있었어. 신생아들을 부모단에 넘기는 것도 내 업무인데, 엄마, 아빠들은 항상 엄청 들떠 있단다."

그가 바구니 가장자리를 어루만지며 덧붙였다.

"게다가 내년에도 이놈을 키울 수 있게 되어 기쁘다. 아주 특별한 놈이거든."

클레어도 고개를 끄덕여 동의했다. 그렇다고 말로 표현할 자신은 없었다.

"가야겠다. 내일은 내 가족에게도 특별한 날이야. 올해 아들이 열두 살이거든. 불안하고 겁도 나고······."

남자는 오른발을 자전거 페달에 올렸다.

"예, 이해해요." 클레어가 말했다.

"센터에 또 놀러올 거지? 곧 새로운 신생아들이 들어올 거야. 이 아이도 계속 있을 테고! 동료들이 모두 새 가족단으로 떠났으니 이제 새 손님들과 사이좋게 지내야지."

"놀러 갈게요."

클레어는 싱긋 웃어 보였다. 양육사는 다시 자전거를 타고 가족 거주 지역으로 떠났다. 클레어는 그 자리에 서서 자전거가 오솔길을 따라 달리는 모습을 지켜보았다. 작은 바구니도 가볍게 이리저리 흔들렸다. 이윽고 그녀도 돌아섰다.

10

12세 배정식에는 충격적인 결말이 있었던 모양이다. 두 번째 날 저녁 무렵, 부화장 직원들이 돌아오면서 그 얘기를 수군댔다.

배정식 이틀째는 언제나 하루가 길다. 열두 살 아이들을 차례차례 무대로 불러 특징을 일일이 나열하기 때문이다. 어린 시절의 성취에 관심을 보이는 것도 그때가 처음이다. 어떤 소년이 우수한 성적으로 칭찬을 받고, 청중들은 그 소년의 특별한 과학적 재능을 떠올린다. 원로원장이 한 소녀의 예쁜 얼굴을 언급하기도 하는데 사실 그럴 때마다 당혹스러웠다. 매력은 공동체의 미덕으로 여기지 않기에 그런 식으로 언급된 소녀는 얼굴을 붉히고 관중들은 웃을 수밖에 없다. 공동체는 언제나 협조적이다. 어른이면 누구나 그 과정을 겪었기에 그 일이 얼마나 중요한지도 알고 있다. 하지만 일일이 한 명씩 그런 식으로 호명하며 진행하기에 두 번째 날은 한없이 길어질 수밖에 없었다.

저녁 식사 때 롤프가 클레어에게 설명해 주었다.

"원로원장이 한 명을 건너뛰었어. 18호에서 20호로 바로 넘어간 거야."

"우리 모두 움찔했지. 실수한 줄 알았거든."

에디스가 그렇게 말하며 허리를 곧추 세웠는데, 그 자세만으로도 에디스뿐 아니라 다른 사람들이 얼마나 긴장했는지 알 것 같았다.

"실제로 다들 그렇게 생각했어. 강당 안이 술렁거리는 소리 다들 들었지?" 누군가 물었다.

"원로원장이 건너뛴 아이 말이에요, 19호였던가? 내 자리에서 봤는데 당황해서 어쩔 줄을 몰라하더라고요!"

테이블 끝에 앉은 젊은 남자가 씩 웃었다.

"그래서 어떻게 됐어요?"

클레어의 질문에 롤프가 설명했다.

"에, 마지막 아이까지 다 끝낸 후에······."

"50호까지?"

"그래. 물론, 원로원장이 무대로 부른 아이는 마흔아홉 명뿐이었지. 원로원장은 그다음에야 청중에게 사과했어."

"원로원장이 사과를 해요?"

믿기 어려운 얘기였다.

롤프가 고개를 끄덕였다.

"가볍게 웃기까지 한걸. 우리 모두 불안해하는 건 원로원장도 알 수 있었으니까. 그래서 당황하게 해서 미안하다고 사과한 거야. 그리고 19호 소년을 무대로 불렀지."

에릭이 웃으며 덧붙였다.

"아이는 거의 토할 것처럼 보였어."

"당연히 그렇겠죠. 그런데 아이한테 뭐라고 하시던가요?"

클레어가 물었다. 자신도 모르게 소년을 불쌍하게 생각하고 있었다. 세상에, 얼마나 끔찍했을까.

"배정받지 못했다고 했지. 그야 우리도 알고 있었지만 놀라운

애기는 그다음이었어. 원로원장 말이…… 그 애가 '선택'되었다는 거야!"

"선택? 무슨 선택요?"

그런 얘기는 들어 본 적도 없었다.

롤프가 한쪽 눈썹을 찡그리고 어깨를 으쓱였다.

"그야 모르지."

"원로원장님이 말씀 안 하셨어요?"

"하긴 했는데, 도대체 무슨 뜻인지 모르겠더라고. 이해한 사람 있어?"

롤프가 식탁의 동료들을 돌아보았다.

"아니. 하지만 중요한 얘기였어. 기억 전달자, 기억 보유자와 관계있는 일이랬거든."

"뭐 하는 사람들인지는 몰라도." 누군가 중얼거렸다.

"그래, 굉장히 중요한 것 같았어." 에릭이 동의했다.

"그 애는 이해하던가요?"

그들 모두 고개를 저었다.

에디스가 말했다.

"그 애, 완전히 난감한 표정이었어. 불쌍할 정도로."

버저가 울렸다. 사람들이 접시와 포크를 챙기기 시작했다.

클레어가 물었다.

"그런데 그 애가 누구죠?"

클레어는 여전히 선택된 소년이라는 개념에 매료된 터였다.

에릭이 웃으며 말했다.

"전에 들어 본 적도 없는 애야. 어쨌든 지금이야 누구나 이름을 알게 되었지만, 안 그래?"

"무슨 뜻이에요?"

"공동체가 일제히 그의 이름을 연호했거든. 일종의 의식이라는데…… 그걸 뭐라고 하더라? 각인? 아무튼 우리는 그 이름을 계속해서 불렀어. 조너스!"

롤프, 에디스를 비롯한 몇몇 직원들도 합세했다.

"조너스! 조오오너스!"

다른 식탁 사람들이 고개를 들었는데, 일부는 흥미 있어 했고 다른 사람들은 다소 불안한 모습이었다. 이윽고 그들도 함께 연호하기 시작했다.

"조오오오너스! 조오오오너스!"

그들은 마지막 버저가 울린 뒤에야 조용해졌다. 사람들이 갑작스러운 정적 속에서 서로를 돌아보았다. 이윽고 다들 일어나 식당을 떠나기 시작했다. 식사가 끝났다.

11

클레어는 잠자리에 들기 전에 다시 강변을 따라 걸었다. 이번에도 혼자였다. 직원들은 대부분 둘씩, 또는 무리를 지어 산책하지만 힘든 하루를 지낸 터라 오늘 밤도 다들 피곤했다. 하나씩 자기 방으로 돌아가거나 일부는 승진 시험을 위한 교재를 챙겼다. 이따금 클레어도 교재를 대충 훑어보았지만 솔직히 관심은 없었다. 위원회가 이곳을 선정해 준 것도 그녀가 물고기에 빠져 있기 때문이 아니었다. 그저 출산모로서 실패한 다음 그녀를 보낼 장소가 필요했을 뿐이다.

클레어는 자신의 무관심이 마음에 찔려서 교재를 몇 번 무심하게 훑어보기도 했다. 난할(卵割), 피포(被包), 기관 발생 따위의 어휘도 암기했다. 지금은 그런 단어를 쓸 수는 있지만 그게 어떤 뜻인지는 완전히 잊은 터였다.

"표층포(表層胞) 활성화."

클레어가 길을 걸으며 중얼거렸다. 교재에서 암기한 또 다른 제목이었다.

"뭐요?"

그때 옆에서 터져나온 질문에 클레어는 화들짝 놀라 고개를 들었다.

선원. 짧은 바지와 스웨터 차림의 젊은 남자였다. 캔버스 천 소재에 끈을 묶는 구두를 신었는데 밑창은 두껍고 결이 나 있었다. 아마도 젖은 갑판에서 미끄러지지 않기 위한 용도일 것이다. 클레어는 놀라지 않았다. 남자는 미소를 짓는 데다 무척이나 친근한 인상이었다. 사람을 불안하게 할 타입은 전혀 아니었다. 선원과 얘기해 본 적은 한 번도 없었다. 그녀에게 말을 걸어온 선원도 물론 없었다.

"여긴 다른 말을 쓰나요?"

그가 씩 웃으며 물었다. 독특한 억양은 언젠가 그녀도 엿들은 적이 있었다.

"아뇨, 같은 말이에요."

클레어가 공손히 답했다.

"그럼 표창장 확실화가 무슨 뜻입니까?"

피식 웃음이 새어나왔다. 비슷하게 듣기는 했는데 미묘하게 잘못 받아들인 모양이었다.

"일할 때 쓰는 용어를 암기 중이었어요. 배아 발생 단계를 뜻하는데, 그쪽이 물고기에 관심 없다면 따분한 얘기가 될 거예요. 전 부화장에서 일하거든요."

"예, 그곳에서 본 적이 있습니다."

"행사 때문에 짐을 부리지도 못했죠?"

그가 어깨를 으쓱했다.

"괜찮습니다. 덕분에 푹 쉬었는걸요. 내일 하역 작업이 끝나면 떠납니다."

선원도 클레어 곁에서 걷기 시작했고, 이제 다리 쪽에 가까워지고 있었다. 두 사람은 잠시 멈춰 서서 용솟음치는 급류를 내려다보았다.

"다리가 너무 낮지 않나요? 다른 다리에 충돌한 적 없어요? 다리가 낮으면 못 지나갈 수도 있잖아요."

선원이 키득거렸다.

"걱정은 내 몫이 아니에요. 선장님이 해도도 가지고 있고 항로도 꿰고 있답니다. 배는 6.3미터 높이지만 아직 다리와 부딪치거나 선원을 물에 빠뜨린 적은 없어요."

"수영을 배우라고는 하는데 강에 들어가지는 못하게 해요."

그녀는 저도 모르게 이렇게 말했다.

"배우라고 해요? 그런 걸 누가 시키는 거죠?"

클레어는 다소 당혹스러웠다.

"공동체 규칙 중 하나예요. 다섯 살이면 풀장에서 수영을 배울 것."

젊은 남자가 웃었다.

"내가 사는 곳엔 그런 규칙 없어요. 난 아빠가 호수에 집어 던져서 배웠죠. 여덟 살 때였을 거예요. 선창에 다다를 때까지 호수물 절반을 삼켰는데 아빠는 내내 웃고만 계셨죠. 간신히 빠져나와 막 대들었더니 다시 물속에 집어 던지더라고요."

"오, 맙소사."

클레어는 어떻게 말해야 할지 난감했다. 그런 상황은 상상조차 불가능했다. 그녀의 수영 학습은 특별 강사들과 함께 절도 있고 정교하게 진행되었다. 아빠라는 이름의 무자비한 사람은 없었다.

"그렇게 수영을 배웠죠. 아무리 그래도 이 강에 뛰어들고 싶지는 않네요."

그가 강을 내려다보며 몸서리를 쳤다. 시꺼먼 급류가 강둑 옆의 바위들과 부딪치며 물보라를 토해 냈다. 그럴 때마다 바위들이 잠시 사라졌다가 미끈거리는 이끼 위로 거품을 벗겨 내며 다시 나타났다.

몇 년 전 캘럽이라는 아이가 근처 강물에 빠졌을 때 공동체가 위령제를 올려 주었다. 클레어도 그때를 기억하고 있다. 그 후 부모들은 아이들 뒤를 쫓아다니며 엄격하게 경고하고 주의를 주었다. 실종된 아이 캘럽의 부모가 크게 징계를 받았다는 얘기도 들었다. 아이들이 다치지 않도록 하는 게 부모단의 의무이건만 캘럽의 부모는 그 임무를 제대로 수행하지 못했다.

그런데 이 남자 아버지는 아이를 아예 깊은 물에 집어 던지고 웃기까지 했단다. 더군다나 그때 얘기를 하며 자신도 웃고 있지 않는가. 도무지 이해가 가지 않았다.

두 사람은 잡담을 나누었다. 그는 자기 일에 대해 얘기했고, 한동안은 의미 없는 물고기 논쟁도 벌였다. 그가 어느 먼 곳을 가리키며 보급선만 한 물고기를 봤다고 했기 때문이다. 그녀는 농담이라고 생각했지만 정작 그는 진지하기만 했다. 그게 사실일까? 솔직히 묻고 싶은 것도 있었다. 저 배는 이제 어디로 가요? 아니, 애초에 어디서 왔죠? 당신이 사는 곳은 어디예요? 그녀는 타지 마을에 대해 듣고 싶었으나 마음이 편치만은 않았다. 그런 질문 자체가 불법일지 모른다는 생각 때문이었다. 게다가 날이 어두워지고 있기에 돌아갈 시간이기도 했다.

"이제 가 봐야 해요." 클레어가 말했다.

남자는 클레어와 함께 돌아서서 부화장을 향해 걷기 시작했다.

"배를 구경하고 싶지 않아요?" 남자가 갑자기 물었다.

"허락하지 않을 거예요." 그녀가 변명하듯 대답했다.

"선장님은 괜찮아요. 그분도 종종 방문객을 태우거든요. 우리 배는 바다-하천 겸용이에요. 아주 특별한 배라 사람들도 구경하고 싶어 하죠."

"바다-하천?"

"예. 우리는 강으로만 다니지 않고 바다에도 나가요. 강배로는 거의 불가능하죠."

"바다."

클레어가 중얼거렸다. 그 단어가 어떤 의미인지 감도 오지 않았다.

남자는 클레어의 말을 듣지 못한 모양이었다.

"사람들은 주방, 조타실, 모두 보고 싶어 해요. 선장님도 구경시켜 주는 걸 좋아하죠. 구경은 선원도 시켜 줄 수 있는데 선원은 모두 열 명이에요."

"제 말은, 이곳에서 허락하지 않을 거라는 뜻이에요. 우린 작업장을 떠나지 못하거든요."

두 사람은 갈림길에 다다랐다. 이제 헤어져야 한다는 뜻이다. 남자는 강을 따라 배로 돌아가고 클레어는 이곳에서 부화장을 향해 걸어가야 한다.

"안됐군요. 배를 보여 주고 싶은데…… 마리도 만날 수 있을 테고요!"

"마리?"

그가 웃었다.

"요리사예요. 배에 여자가 탔다면 놀라는 사람들이 있죠."

클레어는 당혹스러웠다.

"왜 놀라죠?"

"항해는 대부분 남자들 일이거든요."

"오."

클레어가 인상을 찌푸렸다. 남자 일? 여자 일? 이곳 공동체에서는 그런 구분 자체가 없는데.

"예, 저도 마리를 만나고 싶어요. 배도 구경하고 싶고. 언젠가 다시 오시면…… 그땐 우리 규칙이 바뀌어 있을지도 모르죠. 아니면 특별허가를 신청할 수도 있고."

"그럼, 잘 자요."

그가 인사하고 보급선을 향해 돌아섰다.

클레어는 손을 흔들어 인사한 다음에도 남자가 늘어진 나뭇가지 너머로 사라질 때까지 서서 지켜보았다. 이윽고 그녀도 돌아섰다.

"바다?"

그녀는 혼자서 되뇌어 보았다. 도대체 어떤 곳일까? 바다는……

12

몇 주가 흘렀다. 가슴 속에 묻은 비밀, 즉 아기에 대한 비밀만 아니라면 하루하루가 똑같았다. 비로소 깨달은 사실이지만 언제나 그랬다. 클레어는 물론 공동체 어느 누구의 삶에도 이변이란 없었다. 그저 열두 살에 겪었던 배정식, 출산모로 호명됐을 때의 놀라움과 실망감. 그리고 그 후 출산 실패로 인한 충격이 전부였다.

공동체의 지루한 일상이 다시 시작되었다. 스피커를 통해 전달 사항을 발표하고 일정을 재확인하는 목소리. 의례와 규칙. 식사. 작업. 그렇다, 언제나 작업이다. 실험실 작업량이 많아졌지만 여전히 지루하고 반복적이었다. 아무리 임무에 충실한다 해도 불안하고 따분한 것도 어쩔 수 없었다.

올해 배정식에서 들었던 얘기는 어떤 의미일까? 한 소년이 '선택'되었다. 이유도 분명하지 않았고 그에 대한 언급도 더 이상 없었다. 그 소년이(이름이 조너스라고 했던가?) 뭔가 색다르고 재미있는 일을 할 거라는 생각은 들었다. 그런데 그게 뭐지? 클레어로서는 도무지 상상도 가지 않았다.

얼마 전에는 양육 센터에 갔다가 그냥 돌아와야 했다. 신생아들이 모두 부모단을 배정받은 터라 센터는 텅 비고, 새해의 인구를 채워 줄 신생아들이 하나씩 들어오기 시작했다. 물론 접수원이 클레어를 반겨 주기는 했다. 그렇지만 아기들이 어느 정도 찰 때까지는 여분의 인력이 필요 없단다.

"양육사들에게는 실질적인 휴가 기간이죠. 신생아들을 받는 동안 대부분은 다른 곳에서 자원봉사를 해요."

접수원이 컴퓨터 화면을 확인하고 미소를 지어 보였다.

"다음 주에 두 아이가 들어오기로 되어 있네요. 지금요? 도울 일 없어요. 아무튼 방문 감사드려요. 두 달 뒤에나 오셔야 할 거예요."

클레어는 이렇게 묻고 싶었다. 36호는요? 아직 이곳에 있지 않나요? 아직 배정받지 못했어요. 기억하죠? 일 년 더 키워야 한다는 사실? 그 애도 놀아 줄 사람이 필요하지 않겠어요? 내가 맡으면 안 될까요?

물론 아무 말도 하지 못했다. 접수원이 공손하다 해도, 그런 일에 관심도 없을뿐더러 클레어가 남아 있는 것도 부담될 것이다. 클레어는 마지못해 돌아서서 건물을 빠져나왔다.

그나마 가끔 그곳에서 일하는 남자를 만나기는 했다. 36호를 특별히 좋아했던 남자. 어느 날 오후 점심 산책을 나갔을 때 그가 자전거를 타고 중앙 광장을 가로지르고 있었다. 클레어가 손을 흔들어 인사했다. 자전거 바구니에 보따리가 있는 걸로 보아 심부름을 가는 모양이었다. 그가 미소를 지으며 손짓으로 화답했다. 지금 보니, 전에 36호를 담았던 바구니 대신 지금은 작은 의자가 매달려 있었다. 의자는 비어 있었지만 클레어는 거기에서 작은 희망을 보았다. 양육사는 지금도 밤에 아기를 집으로 데려가고, 아기는 앉아 있을 만큼 컸다는 뜻이 아닌가. 클레어는 아기의 작고 튼튼한 몸을 그려 보고, 또 아기가 신선한 공기와 숲을 보며 얼마나 좋아할지 상상해 보았다.

클레어는 산책 시간을 조정하기 시작했다. 일찍 실험실 일과 청소를 마치고 교대 시간을 이용해 산책을 나선 것이다. 그녀는 가장 잘 보일 법한 지점을 골랐다. 중앙 광장의 북동쪽 끄트머리이며, 양육 센터가 있고 주도로 맞은편으로 주거 지역이 이어지는 곳이다. 그녀는 양육사가 저녁 식사를 하러 집에 돌아가는 시간을 노렸다. 물론 어린 에이브가 뒤에 타고 있어야 했다.

작전은 맞아떨어졌다. 두 사람이 나타났다.

"안녕하세요!" 클레어가 외쳤다.

남자 양육사가 고개를 들더니, 클레어를 알아보고 자전거를 멈춘 다음 오솔길에 오른발을 내려놓았다.

"안녕? 클레어 맞지?" 남자가 반갑게 인사했다.

그가 이름을 기억해 줘서 무척 고마웠다. 지금은 명찰이 없었다. 실험실에 벗어 둔 가운에 그대로 꽂혀 있다. 게다가 서로 얼굴을 본 지도 벌써 석 달이나 지났다.

"예, 맞아요. 클레어."

"만나서 반가워. 오랜만이지?"

"잠깐 들렀더니 아기들이 모두 배정됐다고 내가 도울 게 없댔어요."

그가 고개를 끄덕였다.

"이놈 빼곤 모두 떠났지."

클레어는 에이브를 애써 외면했다. 적어도 처음에는. 하지만 양육사가 아기 의자에 앉은 아기를 언급하자 클레어도 고개를 돌려 미소를 지었다. 아기는 두 손으로 부지런히 나뭇잎을 만지작거렸다. 자전거를 타고 가다가 관목 울타리에서 뜯어 낸 모양이었다. 아기가 나뭇잎을 입으로 가져가 맛을 보고는 난감한 표정을 지었는데, 지금 보니 이가 두 개나 나 있었다.

"아직도 밤에 댁으로 데려가시는 거예요?"

양육사가 고개를 끄덕였다.

"아직 잠을 잘 못 자. 그래서 센터 야간 근무자들이 짜증을 내는데, 지금은 또 돌봐야 할 신생아들도 있잖아? 다행히 우리 가족은 이 애를 좋아한단다. 딸 릴리는 아예 특별 신청을 해 보라고 난리라니까."

"특별 신청이라뇨? 그게 뭔데요?"

"예외 규정 같은 거야. 우리 가족이라면 세 자녀도 가능하다는 게 릴리 생각이지."

"그래서 신청하셨어요?"

그가 웃었다.

"아니. 그랬다면 배우자가 짝 배정을 취소해 달라고 신청했을걸! 이놈은 다음 차례 때 적합한 가족을 찾게 되겠지. 걱정할 거 없어. 어쨌든 그때까지는 밤마다 집에 데려가는 것도 재미있으니까."

그가 돌아서서 뒷자리의 아기를 보았다.

"오, 이런, 나뭇잎을 먹잖아! 그래, 토사물을 닦아 내는 법도 교육 받았으니 그것도 내 일이긴 하다."

그가 중심을 옮겨 오른발을 자전거 페달 쪽으로 가져가려 했다.

"이제 사람들 앞에서 이름을 불러도 되나요? 전에는 몰래 부른다고 하셨잖아요."

클레어가 황급히 물었다. 일 이 분이라도 더 붙들기 위해서였다.

남자가 머뭇거렸다.

"사실, 집에서는 부르는데 불법이긴 해. 배정받기 전까지는 여전히 36호니까. 그래서 미안하게도 이름을 알려 줄 수는 없다. 하지만 좋은 이름이야."

"그렇겠죠. 항상 신중하게 이름을 선택하잖아요. 따님 이름도 예뻐요. 릴리. 정말 예쁜 이름이에요."

그가 미소 지었다.

"이제 가야겠다. 지금이야 이파리 때문에 행복하다만 진짜 음식을 입에 넣어 주지 않으면 엄청 울어 댈 거야. 배고플 때가 됐거든."

"만나서 반가웠어요." 그녀가 말했다.

"나도. 우리 딸한테 네가 이름이 예쁘다고 했다고 전해 주마. 그 얘기 들으면 기뻐할 거야."

이런 말을 하는 게 우습다는 듯 남자는 두 눈을 굴렸다.

"아, 공평을 기하기 위해서 내 아들 이름도 좋다는 얘기를 해야겠구나."

클레어가 웃었다.

"당연히 좋은 이름이겠죠."

양육사가 천천히 자전거에 올라탔다. 뒤에서는 의자에 앉은 아기가 이파리 조각으로 엉망이 된 입을 하고는 클레어를 돌아보며 씩 웃었다.

"조너스야!"

남자가 아들 이름을 알려 주었다. 그리고 거주 지역을 향해 페달을 밟았다.

13

클레어는 하루 일과를 조정해 이따금 그 둘을 만났다. 양육사와 자전거 뒤에 탄 아기. 이제는 아침과 저녁으로 두 사람이 집과 양육 센터 사이의 짧은 거리를 출퇴근하는 시간에도 익숙해졌다. 그래서 클레어는 아침 식사 후와 저녁 식사 전에 산책을 했다. 이따금 두 사람과 마주치면 대개는 남자가 멈춰 서서 말을 걸었지만, 바쁜 탓에 그냥 지나치는 경우도 있었다. 어린 에이브(물론 여전히 조심스럽게 36호라고 부른다.)도 이제 낯이 익은지 그녀를 보면 씩 웃어 주었다. 남자는 클레어가 "바이바이." 하면 아기가 손을 흔들도록 가르쳤다. 그리고 둘은 자전거를 타고 떠났다. 그녀는 그 만남을 기대했다. 그건 지리한 실험실 작업을 달래 주는 유쾌한 일탈이었다.

아기가 클레어를 흉내 내기도 했다. 클레어가 혀로 뺨을 밀어 불룩하게 만들면 가만히 바라보다가 자기 혀로 뺨을 밀어내는 것이다. 코를 찡긋거리면 아기도 따라서 인상을 찌푸렸다. 다음에는 클레어가 그 두 가지 동작을 한꺼번에 해 보였다. 혀로 뺨 안쪽을 밀며 코를 찡긋거리자 아기도 따라했다. 그리고 두 사람은 동시에 웃음을 터뜨렸다.

아기는 점점 커 갔다. 같은 해에 태어난 아기들이 배속제에서 한 살 그룹에 포함되었기에 에이브도 공식적으로는 한 살이지만 클레어는 아기가 태어난 날로부터 개월 수를 계산했다. 에이브의 나이는 10개월이다.

어느 날 아침 양육사가 말했다.

"걸음마도 하려고 해."

클레어가 자전거 의자에서 대롱거리는 작고 단단한 두 다리를 바라보며 동의했다.

"튼튼하니까요."

"그래. 두 손을 잡으면 발을 뗄 정도야. 머지않아 혼자서도 걷겠어. 배우자가 이제 물건들을 높이 선반에 올려놓아야 할 거야. 뭐든 잡아당기니까."

"조심하셔야겠어요."

클레어가 혼잣말하듯 말했다. 아기를 돌보는 건 어려운 일임에 틀림없다고 생각했다.

양육사가 다짐하듯 설명했다.

"나야, 훈련 받은 사람이잖니. 물론 배우자와 아이들한테도 가르쳐 두었다."

"이런!"

그가 갑자기 웃으며 돌아섰다. 아기가 그의 유니폼을 잡아당겼다.

"옷을 엉망으로 만들면 어떡해! 세탁 센터에서 방금 배달 온 거란 말이다!"

양육사가 다시 클레어를 돌아보았다.

"거기 가방에서 히포를 꺼내 줄래?"

그가 아기 의자 뒤에 있는 지퍼 달린 가방을 가리켰다.

"그게 뭔데요?"

클레어가 지퍼를 열었다.

"이 녀석 장난감. 히포라고 부른단다."

"오."

클레어는 손을 넣어 봉제 인형을 꺼냈다. 어린아이들은 다들 그렇게 잠잘 때 끌어안고 자는 인형들이 있는데, 모양도 무척 다양했다. 클레어의 인형은 이름이 오소리였다.

아기가 인형을 보더니 "포"라고 부르며 손을 내밀었다. 그녀가 인형을 건넸다. 아기는 만족스러운 한숨을 내쉬고는 히포의 작은 귀를 물어뜯기 시작했다.

양육사가 말했다

"이제부터는 다시 도울 일이 있을 거야. 신생아들이 한 무더기 들어왔으니까. 내가 애들 때문에 바쁘니까 네가 36호를 돌보는 것도 좋고."

"그럴게요."

두 사람이 자전거를 타고 떠났다. 클레어가 손을 흔들며 "바이바이." 인사했지만 아기는 히포한테 푹 빠졌는지 들은 척도 하지 않았다.

드디어 마리를 보았다. 선원을 만나 얘기한 뒤로 화물선은 벌써 세 번이나 드나들었다. 배는 매달 들어오지만 부두에 머무는 시간은 단 하루, 그것도 하역 작업만 하고 곧바로 떠나 버렸다. 클레어는 함께 산책했던 소년을 알아보고 갑판을 향해 손을 흔들었다. 그도 손짓으로 화답했다. 그가 다시 구경시켜 주겠다고 초대하면 허락할 것만 같은 기분이 들었다. 그렇다 해도 먼저 부화장 감독한테 보고해야 할 것이다.

하지만 보급선이 너무 빨리 오가는 통에 소년은 상륙하지도 못했다. 기이하게도 클레어는 그를 친구로 생각했다. 기껏 짧은 대화 한 번이 전부였건만.

얼마 후 배가 다시 정박했는데 소년이 보이지 않았다. 선원들이 바삐 돌아다니며 밧줄을 정리하고 상자를 옮겼지만 어디에도 검은 머리의 소년은 없었다. 클레어는 실험실 창밖을 힐끔거리며 갑판의 움직임을 엿보았다. 그리고 마침내 그가 없다는 결론을 내렸다.

클레어는 조심스레 동료 히더에게 그 얘기를 했다.

"보급선에 검은 머리 소년이 하나 있었는데……."

"검은 머리 소년은 많아. 봐, 상자를 쌓는 사람만도 셋이나 되잖아."

히더 말이 옳았다. 근육질의 젊은 남자 셋이 무거운 상자들을 옮기고 있었는데 다들 머리가 검었다.

"그건 그렇지만, 내가 말하는 건 다른 사람이야. 나한테 손을 흔들어 주던 사람이 있어. 한 번은 얘기도 했는데."

히더가 어깨를 으쓱였다.

"원래 떠돌이들이야. 거의 매번 사람들이 바뀌잖아. 오래 있는 사람도 있지만 다른 사람들은 안 그래. 우리랑은 전혀 다르지. 우리는 직업을 배정받지만, 내가 알기로 저 사람들은 스스로 선택하는 모양이더라고. 그러니까 지루해지거나 마음에 드는 일이 나타나면 그냥 떠나는 거야."

"저기, 저 사람은 누구야?"

클레어가 손으로 가리켰다. 몸집이 커다란 여인이 배 안쪽에서 나오더니 갑판에 서서 일하는 선원들을 지켜보았다. 펑퍼짐한 허리에 더러운 앞치마를 둘러 뒤에서 묶었다. 밝은 색 머리는 뒤로 묶었는데, 마구 헝클어진 채라 두 소녀가 지켜보는 동안에도 여자는 다시 머리를 정리하고 묶었다. 이윽고 여자가 두꺼운 밧줄 뭉치 위에 앉아 선실 벽에 몸을 기대고서 몇 번 크게 심호흡을 했다.

"발 조심해, 마리!"

선원 하나가 지나가며 소리쳤다. 윈치를 이용해 무거운 상자를 바깥으로 옮기는 중이었다.

"네 발이나 조심해라, 이놈아!"

그녀가 호방하게 웃으며 외쳤지만 그래도 다리를 치워 선원이 지나갈 수 있게 해 주었다.

클레어가 말했다.

"그 남자도 배에 여자가 있다고 했어. 이름을 잊어버렸는데 지금 생각하니 마리가 맞는 것 같아. 요리사랬는데."

"요리사?"

히더가 난감한 표정을 지었다.

클레어가 어깨를 으쓱했다.

"응, 저 사람들은 우리처럼 식사 배달이라는 게 없대. 어차피 강 위에 나와 있으니 안 되겠지."

아니면 바다든지. 클레어는 마음속으로 그렇게 덧붙였다.

"그래서 마리가 식사 준비를 하나 봐."

"앞치마를 보니 알겠다."

히더가 앞치마에 묻은 검은 오물 자국들을 가리키는 통에 둘 다 큰소리로 웃고 말았다. 그들의 유니폼은 오물 한 점 없었다. 의류는 아침마다 수거해 체계적으로 세탁한 뒤 저녁에 배달되기 때문이다.

클레어가 히더에게 물었다.

"저 사람들이 만약 널 초대하면 배 위에 올라갈 거야? 그냥 구경하러?"

"부화장을 찾는 사람들 견학시켜 주는 것처럼?"

클레어가 고개를 끄덕였다. 이따금 어린 학생들이 단체로 찾아오면 물고기의 생명 주기에 대해 간단한 교육을 했다.

히더가 어깨를 으쓱하며 대답했다.

"어쩌면. 먼저 허락을 받아야겠지만 솔직히 배에는 별로 관심이 없어."

이윽고 마리가 휴식을 마쳤는지 무거운 몸을 일으켜 선실로 들어갔다. 클레어는 그 안이 어떻게 생겼는지 궁금했다. 마리는 어디에서 자지? 강 위에 떠다니며 다른 공동체를 돌아다니는 기분은 어떨까? 다른 곳 사람들도 우리와 비슷하게 생겼을까? 클레어가 만난 소년은 이상하게 생긴 구두와 낯선 옷을 입었다. 그러고 보니 억양도 달랐고 머리 모양도 무척이나 특이했다. 어떤 남자들은 머리카락 하나 없이 깨끗하게 면도를 했고 여자처럼 머리를 기른 남자들도 보였다. 이곳 공동체에는 나이에 따라 규정된 머리 모양이 있으며 남자가 머리를 기를 수는 없다.

마리는 머리색이 기이하게 밝기도 했지만 또 다른 면에서도 특이했다. 특히 엉덩이 주변으로 살집이 많고 턱은 이중이었다. 공동체에는 그렇게 생긴 사람이 없었다. 사람들은 누구나 체형이 비슷했다. 식사 배달이 몸 크기에 맞춰 조절되기 때문이다. 몇 년 전엔가 어머니의 몸무게가 다소 늘었다는 소식이 주간지에 실린 적이 있다. 그러자 다음 식사는 특별 다이어트식이 나왔고 그 때문에 어머니는 당혹해했다. 어쩌면 화가 났을지 모르지만, 이미 결정된 사항인 데다 대안도 없기에 어머니도 현실을 받아들여야 했다. 특별식은 어머니가 다시 적정 수준 체중을 회복했다는 보도가 나올 때까지 계속되었다.

"우리도 일하러 가야겠다."

히더가 중얼거리며 창문에서 돌아섰다.

"난 잠시 나갔다 올게. 하단 저장 연못 수온 좀 확인해야겠어."

언뜻 보니 히더가 의심스러운 눈초리를 보내고 있었다.

히더가 잠깐 틈을 두고 말했다.

"에, 발 조심해. 연못 옆은 미끄러우니까."

"네 발이나 조심해."

클레어는 웃으며 대답한 후 방을 빠져나왔다.

사실 초대한다 해도 배에 오를 생각은 전혀 없었다. 하지만 저장 연못은 강과 아주 가까웠고 보급선은 그곳 강둑에 거의 붙어 있다시피 했기에, 문득 가까이 가 보고 싶다는 생각이 들었다. 기이하게도 정말 그 배가 유혹이라도 하는 기분이었다. 그러니까 일 년 전쯤, 양육 센터와 자신이 낳은 신생아에게 끌렸듯이 말이다. 둘 사이에 하등 관계는 없겠으나 클레어는 점점 더 그 모두에 얽혀 드는 것만 같았다.

 클레어는 연못 가장자리에 서서 선박의 매끄러운 측면을 올려다보았다. 나지막한 난간이 갑판을 에두르고 있었다. 그 너머로 거대한 상자들이 쌓여 있고 밧줄로 단단히 묶여 있었다. 화물 주변에 난간이 없는 곳은, 자칫 미끄러질 경우 당장이라도 그 아래 강물로 떨어져 버릴 것만 같았다. 발 조심해. 클레어는 소년의 결무늬 신발을 떠올렸다. 배에서 신는 신은 젖은 갑판에 맞게 특별히 고안되었을 것이다.

 그렇게 서 있는데 배의 엔진이 갑자기 낮은 신음을 내뱉다가 금세 안정적인 윙윙 소리로 바뀌었다. 이윽고 작은 굴뚝에서도 검은 연기가 꾸역꾸역 밀려나오기 시작했다. 누군가의 고함소리에 돌아보니 한 선원이 계류장의 고리 밧줄을 풀고 있었다. 그는 밧줄을 갑판의 젊은 남자한테 던지고 반대편으로 달려가 중심을 잡았다. 이윽고 배가 강 한가운데로 미끄러지기 시작했다.

등 뒤에서 정오 식사를 알리는 버저 소리가 들려왔다. 클레어는 돌아서서 부화장을 향해 걷기 시작했다. 보급선도 점점 속도를 높이며 다리를 지나갔다. 넓은 이물에서는 물거품이 들끓었다. 잠시 후엔 강물도 원래 모습을 되찾고, 애초에 배 따위는 없었다는 듯 다시 원래의 물보라를 내뱉기 시작했다.

클레어는 한숨을 내쉬었다. 일상으로 돌아가는 길은 너무도 매력이 없었다. 아무래도 내일은 에이브를 찾아가야겠다.

14

태어난 지 열두 달째 되는 기념일, 클레어는 아기에게 자기 이름을 가르쳐 주었다. 공식적으로야 배속제 이후 한 살 그룹이 되었지만 클레어에게는 비로소 진정한 한 살이 된 것이다.

아기가 웃는 얼굴로 "클레어."라고 부르며 아장아장 다가가자, 그 모습을 지켜보던 양육사도 키득거리며 웃었다.

"똑똑한 아이야. 잠자는 습관만 고치면 좋으련만. 다음 배속제까지 가족단에 배정될 준비가 부족하면 그때는……."

그가 말꼬리를 흐리자 클레어도 불안해졌다.

"그때라뇨? 어떻게 되는데요?"

"솔직히 모르겠다. 잠을 안 자면 부모를 배정할 수 없을 거야. 어른들도 일과에 지장을 받게 될 테니까. 그렇다고 영원히 데리고 있을 수도 없고."

"밤에 댁에 데려가도 안 되나요? 낮에는 잘하잖아요. 거의 울지도 않고…… 저 애 좀 보세요!"

둘은 함께 36호를 지켜보았다. 지금은 바닥에 앉아 열심히 나무블록을 쌓고 있었다. 아이는 어른들의 시선을 느꼈는지 개구쟁이처럼 코를 찡긋하고 혀로 뺨 안쪽을 밀어 우스꽝스러운 표정을 만들어 냈다. 클레어가 가르쳐 준 행동이다. 클레어도 똑같이 익살스러운 표정을 만들고는 함께 웃었다.

"나도 계속 집에 데려갈 수는 없어. 지금도 배우자가 저 애 때문에 불만이 많거든. 그래도 아이들은 좋아해. 지금은 아들 방에서 자고 있지. 잘하는 것 같기는 하지만 그래도……."

이번에도 그는 말을 끝맺지 못했다. 그러고는 어깨를 으쓱하고 더 어린 애들이 있는 구역으로 피해 버렸다.

"혹시 내가……."

클레어는 중얼거리다가 입을 다물었다. 당연히 안 될 말이다. 짝이 없는 사람은 아기를 키울 수 없다. 설령 가능하다 해도 어떻게 돌보겠다는 말인가. 어린 아기를 어떻게 건사할지 생각만 해 봐도 결론은 뻔했다. 이 활달한 12개월짜리 아이한테 익숙해지고 보니, 아이들이란 자랄수록 손이 더 간다는 사실을 알 수 있었다. 절대 수월해질 리 없다. 아이란 끊임없이 지켜보고, 말을 가르치고, 신경을 써서 먹이고 씻기고 입혀야 하는 존재다.

클레어는 돌아섰다. 두 눈에 눈물이 고였다. 도대체 어쩌다가 이 지경이 된 거지? 누구도 다른 사람에게 이런 식의 애착을 느끼지 않는 듯했다. 신생아에게도 배우자에게도 동료나 친구에게도. 그녀 또한 자신의 부모나 오빠에게 이런 감정을 느낀 적이 없건만, 침이나 질질 흘리고 간신히 걸음마를 떼는 갓난아이한테…….

"바이바이."

클레어가 아이에게 속삭였다. 그러자 아기가 그녀를 올려다보며 손을 흔들었다. 그녀가 떠나도 아이는 불안해하지 않았다. 또 올 것을 알기 때문이다.

클레어는 눈물을 머금고 자전거에 올라 부화장으로 돌아왔다. 그녀는 점점 더 자신의 삶을 혐오했다. 따분한 일과, 동료들과의 무심한 대화, 무한히 반복되는 하루. 오직 아이와 함께 있고만 싶었다. 아이를 안고 부드럽고 따뜻한 목덜미를 느끼고, 그녀의 속삭임에 반응하는 아이를 느끼고 싶었다. 그런 느낌을 갖는 건 물론 옳지 못하다. 게다가 만남이 거듭될수록 그런 감정이 커 가는 것도 정상이 아닐 뿐 아니라 옳지 않은 일이기도 했다. 그 정도는 그녀도 안다. 하지만 아무리 해도 지워지지 않는 걸 어쩌란 말이냐!

가끔 클레어는 양육사의 아들을 보았다. 조너스. 그 이름이라 했다. 몇 달 전 어느 날 오후, 친구와 함께 자전거를 타고 운동장으로 가던 아들에게 양육사가 손을 흔들어 주는 모습을 보았다. 두 소년은 서로 떠들어 대며 자전거를 몰았는데, 무척이나 태평한 표정이었다.

하지만 지금은 달라 보였다. 어느 날 저녁 클레어는 조너스가 강변을 산책하는 모습을 보았다. 그는 혼자였고 깊은 생각에 잠겨 있었다. 그 소년은 클레어를 알지 못하고 딱히 인사해야 할 이유가 없었지만, 시민들끼리는 서로 고개인사나 미소로 알은척하는 것이 관례였다. 그런데 조너스는 그녀가 지나갈 때에도 고개를 들지 않았다. 의도적인 냉대가 아니라 그저 마음이 다른 곳에 가 있었을 뿐이다. 다소 혼란스러워 보이기까지 했는데 그 나이에는 극히 드문 표정이었다.

클레어는 그 소년이 지난 해 배속제에서 따로 불려 나갔다는 사실을 떠올렸다. 동료 직원들은 그 얘기를 하면서, 청중들처럼 그의 이름을 연호했다. 조너스, 조너스! 하지만 그들도 그의······ 그걸 뭐라고 했더라? 선발? 아니 선택. 그래 선택이다. 그들도 그 선택이 어떤 의미인지 정확히 알지는 못했다.

하지만 양육사 아버지는 그에 대해 주저 없이 칭찬했다. 지금은 아기가 아들 방에서 자고 있어. 그래, 36호에 대해서도 그렇게 기분 좋게 얘기했었다. 어쩌면 그냥 특별한 순간에 소년과 마주쳤을지 모른다. 그러니까, 학교 과제 따위로 마음이 무거울 때처럼. 클레어도 숙제 때문에 가끔 골머리를 썩인 적이 있지 않았던가.

그러고도 클레어는 여러 번 그 소년을 보았다. 늘 방과 후였으며, 소년은 혼자 자전거를 타고 있었다. 이제 열두 살 그룹이니 당연히 배정받은 업무를 준비하려면 부지런히 공부해야 할 때였다. 보통의 경우 방과 후에 동갑 친구들과 헤어져 미래 직업에 필요한 준비를 한다. 소피아도 영아 보육 수업들을 들어야 했다. 그리고 소피아가 말했듯이 배속제가 끝나고 몇 년이나 흘렀지만, 학구파 마커스는 지금도 공학 공부를 하고 있다. 한 여자 아이는 클레어의 오빠가 육 년 전에 그랬듯 법학 공부를 시작해

지금도 날마다 방과 후에 법원 건물에 가서 훈련을 받는다.

어느 날 오후, 클레어는 조너스를 보았다. 소년은 자전거를 타고 학교에서 나오고 있었고, 클레어는 부화장 앞쪽에 서 있었다. 소년은 교육관 끝에서 좌회전해 원로원으로 향했다. 그래, 어쩌면 그게 임무일 수도 있겠다. 원로 시중. 그런데 그게 왜 특별한 일이지? 그것도 관중들이 모두 일어나 이름을 연호할 만큼?

며칠 뒤 산책을 하다가 원로원을 지나치게 되었다. 오솔길을 돌아가는데 원로원 뒤쪽에 아주 작은 건물이 있었다. 문 하나, 창문 몇 개. 그밖에는 아무것도 없었다. 대부분 건물에는 부화장 실험실, 양육 센터, 자전거 수리점 등 용도를 설명하는 간판이 있으나, 이 특징 없는 사각형 건물에는 눈에 잘 띄지 않는 무의미한 딱지 하나가 문에 붙어 있을 뿐이었다. 별관.

지금껏 별관 얘기는 들어 보지도 못했기에 그 안에 뭐가 있는지는 알 길이 없었다. 그런데도 클레어는 이 건물이 바로 조너스가 훈련 시간을 보내는 곳이라는 확신이 들었다. 클레어는 막연하게 생각했다. 이 안에서 어떤 일이 있었기에 소년은 그렇게 기이한 고독과 고립무원에 빠진 걸까?

도대체 무슨 이유로 선택된 거지?

15

아침 식사시간, 클레어는 문득 주변 동료들을 둘러보았다. 일 년 전 부화장으로 옮겨 왔을 때부터 내내 그들과는 다른 종족 같은 기분이었다. 그들은 눈치채지 못한 터라 클레어에게 다정하게 대했으며 소풍 갈 때도 끼워 주었다. 모두들 디미트리 감독도 좋아했다. 그는 권위주의적이거나 오만한 성격과는 거리가 먼 사람이라 직원들까지 배우자 신청에 실패했다며 놀리곤 했다.

하지만 클레어처럼 젊은 사람들은 사소한 농담도 주고받았다. 때로는 나이 든 직원들을 가볍게 놀리기도 했는데, 주로 너무 빡빡하고 고리타분하다거나, 저녁마다 배우자와 가족단에게 돌아가는 모습이 시계추처럼 정확하다는 정도였다.

다들 근면한 일꾼들이기도 했다. 젊음이란 어느 정도의 낙천이 용서되는 시기다. 그들은 저장 연못 가에 서서 어린 물고기들을 이상한 이름으로 부르고 특징을 붙여 주었다. "욕심쟁이 거스 좀 봐! 또 먹이를 독차지했어!" "조심해! 대왕입술 버스터가 나가신다!"

클레어는 바보 같은 놀이에 슬며시 미소를 지었다. 출산동에 있을 당시 수정모들도 비슷했다. 하찮은 놀이거리와 소일거리를 찾았다. 클레어도 그랬다. 그때는 그녀도 그 안에 있었고, 그들에 속했다. 마지막까지.

하지만 이곳에서는 모든 게 동떨어지고 낯설기만 했다. 이유는 모르지만.

그리고 오늘 아침 문득 지금껏 당연시했던 사실 하나를 깨달았다. 접시를 치우고 휴지통에 꼬깃한 냅킨을 던져 넣고 일과를 재개하기 위해 유니폼을 매만지는 동안, 모두가 또 다른 일상적인 일 하나를 재빨리 해치웠다.

환약.

환약에 대해서는 클레어도 알고 있었다. 공동체의 환약 복용은 12세 전후에 시작된다. 개중에는 보다 이른 나이에 시작하는 사람도 있다. 부모들은 아이들을 관찰하며 복용 시점을 결정한다. 클레어는 12세 배정식 이전에는 복용 대상에 포함되지 않았는데 그건 좋았다. 환약을 복용하는 친구들이 귀찮아했기 때문이다. 그리고 배정식에서 출산모로 선발되었을 때 지시 목록에 다음과 같은 처방이 적혀 있었다. 환약 복용 금지.

이미 환약을 복용하고 있는 경우 당장 중지할 것.

시작하지 않았다면 현 상태를 유지할 것.

돌이켜보건대, 당시에 클레어는 복용 금지를 대수롭지 않게 생각했다. 부모님은 다소 당혹스러워했다. 두 분은 환약을 복용했고 오빠 피터도 마찬가지였다.

어머니는 멋쩍은 웃음을 흘리며 말했다.

"때가 오면 주려고 마련해 둔 게 있는데 아무래도 내버려야 할까 보다."

아버지가 제안했다.

"반환하는 게 낫지 않겠소?"

출산동에서 지낼 때 다른 수정모들에게 물어본 적도 있다. 어느 날 저녁 식사시간이었다.

"여러분도 환약 먹어요?"

일부는 어깻짓을 하며 아니라고 대답했고 몇 명은 고개를 끄덕였다.

한 소녀가 말했다.

"난 지시를 받고 곧바로 중지했어요."

다른 소녀가 설명했다.

"나도 점점 줄더니 없어지던데."

나디아가 말했다.

"비타민 종류로 바뀌어서 그럴 거야. 그 환약도 비타민이긴 하지만 우리한테 필요 없는 종류 같더라고요."

나디아는 모든 수정모들이 아침마다 의무적으로 먹는 비타민 처방에 대해 언급했다.

수전이 주장했다.

"아냐. 환약은 완전히 다른 종류야."

수전은 복용량이 점점 줄었다고 말한 여자다.

미리엄이 말했다.

"맞아. 비타민은 먹는다고 기분이 달라지진 않아. 하지만 환약은…… 어, 환약을 먹어도 특별한 효과가 있는 것 같지는 않은데, 환약을 끊고 나니까 기분이……."

미리엄은 머뭇거리면서도 끝내 말을 맺지는 못했다.

수전이 설명했다.

"기분이 들뜬 것 같지 않아? 그리고…… 조금 당혹스럽기는 한데 뭐라고 설명해야 할지 모르겠네. 그러니까, 내 자신의 기분을 깨닫게 된 것? 그냥 머릿속 기분이 아니라…… 내 몸이 느끼는 것 같았어."

수전이 얼굴을 붉히며 초조한 듯 키득거렸다. 클레어를 비롯한 다른 소녀들은 당혹스러웠지만 호기심도 일었다. 어떤 종류이든 감정이 화제에 오르는 경우는 거의 없었기 때문이다.

미리엄이 동의하고 나섰다.

"그래, 바로 그거야. 그거 알아? 위원회에서 우리가 그 차이를 알도록 이끈다는 사실? 환약을 복용하지 않으면 우리 몸이 반응을 해. 우리가 느끼는 게 바로 그거야. 솔직히 난 좋아. 전에는 뭐든 간절히 원한 적이 없었는데 지금은 얼른 상품을 낳고 싶거든. 그 기분이 커질수록 행복하기도 하고."

미리엄이 배를 문지르며 미소 지었다.

다른 여자들도 자신들의 배를 문지르며 동의했다.

"멋진 기분이야."

낸시가 말했다.

"상품을 출산하고 나면 다시 환약을 먹어야 해. 다음 출산을 준비할 때까지는."

낸시는 당시 상품 셋을 생산한 터라 다음 배정을 기다리고 있었다.

클레어가 물었다.

"얼마나 오래 먹죠? 전 이번이 처음인데 한 번도 환약을 먹어 본 적이 없어요."

"먹게 될 거야. 출산 후에. 육 개월 정도? 그러고는 복용을 중지하고 다음 생산 준비를 하는 거지. 저쪽에 카렌 보이지?"

낸시가 옆 테이블의 젊은 여자를 가리켰다.

"얼마 전에 출산했는데 지금 약을 먹고 있어. 그러다 몇 달 지나면 두 번째 출산을 준비해야 하는 거야."

수전이 속삭였다.

"정말 따분해. 출산 사이에 약을 먹을 때 얘기야. 특별히 재미있는 게 아무것도 없거든. 어쨌든 잘 느끼지도 못하겠지만."

그리고 지금 부화장 식당을 둘러보면서, 클레어는 다른 노동자들 모두 아침마다 환약을 복용한다는 사실을 깨달았다. 그들의 대화가 늘 느긋하고 피상적이고 무의미한 이유가 바로 그 때문이었다. 이 사람들은 출산과 출산 사이 환약을 복용하는 수정모들과 같았다. 아무 감정이 없는 사람들. 지금에야 깨달은 바이지만, 클레어는 환약을 복용하지 않는 유일한 사람이었다. 단순한 실수겠지? 끔찍한 출산 경험, 그리고 그 후의 임무 중지가 너무도 급작스럽고 놀라운 탓에 출산동에서도 그녀에게 환약을 제공하거나 지시할 생각을 하지 못한 것이다. 다들 누군가 처리했다고 여겼을 수도 있겠다.

결국 클레어는 감정을 느끼는 유일한 사람이었다. 아기를 갈망하고, 아기가 작은 손을 흔들며 "바이바이."라고 인사하거나 은방울 같은 목소리로 자기 이름을 부르며 찬란한 미소를 지을 때마다 심장이 멎는 것도 바로 그 때문이었다.

절대 이 감정을 빼앗기지 않으리라. 누군가 실수를 알아차리고 환약을 가져온다 해도, 먹는 척만 하고 절대 복용하지 않을 참이다. 어떤 일이 있더라도, 이렇게 찾은 감정을 죽일 수 없다. 아들을 향한 사랑의 감정을 포기하느니 차라리 죽고 말 것이다.

16

보급선이 다시 부화장 옆에 정박했다. 선원들이 밧줄을 말뚝에 묶고 트랩을 강가에 비스듬히 붙였다. 일 년 전 부두에 꼼짝 못하고 묶인 경험이 있던 터라 이번에는 일찍 찾아와 이틀간의 행사가 있기 전에 떠날 참이었다.

배속제가 빠르게 다가오고 있었다. 벌써 그렇게 시간이 흘렀다고? 부화장에서 일한 지가 일 년이 넘은 건가? 믿을 수가 없었다. 하지만 어린 에이브가 있다. 처음 만났을 때 우유병 달라며 보채던 갓난아기가 어느새 훌쩍 커 버린 것이다. 지금은 키득키득 웃고 아장아장 걷고, 그녀의 이름을 부르며 바이바이 손을 흔들고, 인사처럼 굳어진 인상 쓰기를 하며 큰 소리로 웃기까지 하지 않는가.

배속제가 얼마 남지 않았다는 얘기를 들을 때마다 이번에야

말로 에이브도 떠나겠구나 하는 생각뿐이었다. 이제 거주 지역으로 옮겨 부모는 물론 어쩌면 더 나이 많은 형제까지 얻게 될 것이다. 클레어도 둘의 관계를 이어갈 새로운 방법을 찾아내야 하리라. 어쨌든 그의 가짜 엄마(클레어는 도저히 '어머니'라고 호칭할 수가 없었다.)도 다른 여자들처럼 공동체에서 일할 터이니, 아이도 매일 보육 센터에 가야 할 것이다.

클레어는 어렸을 때 그곳에서 자원봉사를 하며 의무 시간을 채웠다. 그녀도 그 시간을 즐겼기에 그곳에서 에이브를 잘 돌봐줄 수 있을 것이다. 교육 장난감으로 놀이를 하고 비타민이 가득한 균형 잡힌 식사를 하고, 거대한 다인승 유모차를 타고 산책도 하며, 기본적인 교육도 받는다. "안 돼.", "하지 마." 등의 의미를 배우고, 마음을 진정할 필요가 있을 때면 손가락을 무는 게 아니라 봉제 인형 따위를 안아야 하며, 낮잠 시간이면 조명을 낮춘 방 아기 침대에 눕게 된다.

낮잠 의식에 생각이 미치자 조금 불안하기는 했다. 에이브는 여전히 잠을 잘 못 이룬다. 보육 센터의 아기들은 대부분 엄격한 규칙에 따라야 한다. 조도를 낮추면 조용히 하는 법도 배워야 한다. 그녀 기억으로도, 아기 침대들이 길게 늘어져 있었는데 행여 잠 못 든 아이들도 조용히 천장만 바라보았었다. 어린아이들은 그때쯤 모두 이름이 있었다. 그녀는 줄을 따라 똑같은 모양의 명찰에 적힌 이름들을 떠올려 보았다. 리암, 스베틀라나, 바바라, 헨릭. 이제 곧 배속제가 끝나면 에이브도 공식적으로 에이브가 될 것이다. 클레어는 에이브의 이름이 적힌 바구니에, "툭하면 히포 인형을 내던지고 매트리스에서 마구 발을 구르며, 낮잠 시간에 떼나 쓰는 아이"라는 수식어가 붙지 않기를 정말로 정말로 바랐다. 양육 센터에서는 지금도 낮잠 시간이면 비명을 지르고 발버둥을 치고 얼굴이 흙빛이 될 때까지 숨을 쉬지 않는 아이가 아닌가. 보육 센터에서는 그런 아이들을 어떻게 다루지? 적응 부진. 에이브가 아주 어렸을 때 차트에 기록된 진단이었다. 그럼 지금은? 적응 장애? 클레어는 몸서리를 쳤다. 공동체 적응에 실패한 시민들에게는 매우 심각한 제재가 가해진다. 아직 아기니까 보다 관대하기는 하겠지? 솔직히 그녀도 자신은 없었다. 그 생각만으로도 초조하기가 이를 데 없었다.

배정식이 있기 이틀 전 오후, 자전거를 타고 양육 센터에 가는데 공회당 밖에서 청소 팀들이 열심히 일하고 있었다. 일 년에 단 한 번 공동체 전부가 모이는 행사를 준비 중이었다. 올해는 클레어도 참석할 생각이라 이미 다른 직원을 부화장에 배치해 두었다. 에이브가 어느 부모에게 배정되고 어디로 갈지 반드시 알아야 하기 때문이다. 배정이 임박했으므로 어쩌면 서류를 몰래 볼 수 있을지도 모른다. 이따금 양육사의 책상에 회람판이 놓여 있기도 했는데 그곳에 뭔가 적혀 있을 것 같았다.

하지만 양육 센터에 도착하자마자, 클레어는 뭔가 잘못되었음을 직감했다. 물론 배속제 준비 때문에 모두가 바쁘긴 할 것이다. 오십 명이나 되는 아이를 새 부모에게 넘길 준비도 해야 하고 신생아 한 명 한 명마다 편지도 써야 한다. 부모단에게 식사 습관, 일정, 교육 내용, 건강 기록, 성격 등의 사항을 알려 줘야 하기 때문이다. 당연히 직원들은 바빠서 정신이 없었다. 클레어는 자신이 느끼는 고도의 긴장도 그 때문일 거라고 생각했다. 조너스라는 아들이 있는 남자 양육사의 인사도 기이할 정도로 퉁명스러웠다. 그녀에게 늘 친절했건만…… 왠지 화가 난 것 같기도 했다. 모퉁이에서는 낮은 목소리로 언쟁이 벌어지고 있었다. 클레어에게 웃어 주는 사람은 아무도 없었다.

더욱 더 당혹스러운 일은, 바닥에서 나무 장난감을 갖고 노는 에이브를 안으려 하자 누군가 달려와 재빨리 낚아챘을 때였다.

여직원이 싸늘하게 몰아붙였다.

"이 아이와는 놀지 않는 게 좋겠어요. 저쪽에 여자애 있죠? 기저귀를 갈아 줘야 해요. 도와주려면 그 애를 부탁드릴게요."

여직원이 에이브를 안고 저쪽으로 가더니 비어 있는 아기 침대에 눕혔다. 아이가 곧바로 울부짖기 시작했는데도 아무도 개의치 않는 분위기였다.

클레어가 제안했다.

"내가 달랠 수 있을 거예요. 그럼 마음 편히 다른 일을 하실 수 있잖아요."

여직원이 딱 잘라 말했다.

"안 돼요."

클레어는 영문을 모르겠다는 표정으로 양육사를 보았다. 이제 친구나 다를 바 없건만, 문득 그 오랜 세월 동안 한 번도 이름을 물어본 적이 없다는 생각이 들었다. 물론 지금은 때가 아니다. 그가 딱딱한 표정으로 시선을 돌렸다.

"하지만……."

여직원이 야멸차게 되뇌었다.

"안 된다고 했잖아요."

따지고 싶었으나 당연히 안 될 말이었다. 클레어는 아무 말 없이 여자가 일러 준 아기를 안고 기저귀 테이블로 데려갔다. 등 뒤에서 에이브가 비명을 지르며 침대를 걷어찼다. 그래도 아무도 다가가지 않았다.

클레어는 여자 아기를 씻기고 기저귀를 갈아 준 다음 장난감들이 즐비한 바닥에 앉혔다. 다른 아기들도 기어 와 얌전하게 놀았다. 침대에서 비명을 질러 대는 아이한테 익숙해지기라도 한 것 같았다. 그때 책상에 앉아 있던 양육사가 갑자기 작업 중이던 기록 장치를 쾅 하고 덮더니 자리에서 일어나 벽시계를 보았다.

"일찍 퇴근하겠습니다." 그가 말했다.

"예?"

유니폼을 입은 여자가 올려다보았다. 지위가 꽤 높은 여자 같았다.

"두통이 있습니다." 양육사가 설명했다.

여자는 벽의 통신 시스템을 힐끗 돌아보았다.

"약을 처방 받아요." 그녀가 지적했다.

양육사는 그녀의 말을 무시하고는 아기 침대로 건너가 에이브를 안아들었다. 아이는 히포를 끌어안고 있었는데 울음 때문에 아직도 어깨를 들썩였다. 다행히 비명은 잦아든 터였다.

"아기를 데려가겠습니다. 밤에는 내 집에서 지내는 건 아시죠?"

"그럴 필요 없어요. 오늘 밤엔 이곳에 있도록 해요. 왜 데려가려는 거죠?"

그가 단호하게 선언했다.

"가족이 아이를 좋아합니다. 그리고 오늘 밤엔 아이와 지내고 싶으니까요."

여자는 논쟁을 벌여야 할지 고심하는 표정이었지만, 그냥 손에 든 서류로 관심을 돌렸다. 마찰을 피하기로 한 것이다.

그녀가 명령처럼 말했다.

"내일 일찍 데려와요."

"그러죠."

그는 아기를 안고 문을 향해 가다가 클레어에게 말했다.

"자전거 있지? 우리하고 중간까지만 같이 갈래? 대로에서 부화장으로 돌아가면 되나?"

클레어가 난감한 표정으로 고개인사를 했지만 여직원은 못 본 척했다. 클레어는 양육사와 에이브를 따라 나왔다. 양육사는 짐가방에 히포를 챙겨 넣고 아기를 자전거 의자에 띠로 묶었다. 클레어도 자기 자전거에 올라 나란히 길을 타고 내려갔다. 그는 아무 말도 하지 않았다. 아기는 마침내 웃는 얼굴로 클레어를 보았다. 클레어는 핸들에서 한 손을 들어 손짓을 해 주었다. 아이도 손짓을 했다. 자전거는 교차로에서 속도를 줄이다가 멈춰 섰다. 클레어는 오른쪽으로 가야 한다.

"내일 뵐 수 있을 거예요. 배속제 때문에 많이 바쁘신 줄 알지만……."

클레어가 머뭇거리는데 그가 말을 끊었다.

"작년에는 참석하지 않았잖아? 올해는 올 생각인가?"

클레어가 고개를 끄덕였다.

"에이브가 부모 만나는 걸 보고 싶어서요."

남자가 머뭇거렸다.

"이 애는 배정되지 않아. 더 이상 기간 연장도 없고. 저들도 인내심이 바닥난 거다. 오늘 그렇게 결정이 났어."

아이가 다시 발버둥을 치기 시작했다. 자전거가 움직이지 않는 게 마음에 들지 않는 모양이다.

"어떻게 그런…… 그럼 아이는 어디로……."

남자가 어깻짓을 했다.

"자, 바이바이 해야겠다. 이 애는 내일 아침에 다른 곳으로 떠날 거야."

"어디로 가죠?"

아이는 "바이바이."라는 말을 들었는지 포동포동한 손을 클레어에게 내밀고는 잼잼하며 "바이바이! 바이바이!"라고 소리쳤다. 그리고 혀를 뺨 안쪽에 밀어넣고 이마를 찡그리고 코를 찡긋했다. 두 사람만의 웃기는 얼굴이었다. 클레어도 그 표정을 지으려고 했으나 쉽지 않았다. 숨이 막히는 데다 두 눈에 눈물까지 고여 눈앞이 어른거렸다.

클레어가 다시 물었다.

"어디 가는데요?"

하지만 남자는 고개만 저을 뿐이었다. 말할 수 없다는 건 클레어도 알 수 있었다. 그가 숨을 가쁘게 몰아쉬다가 간신히 마음을 추슬렀는지 담담한 목소리로 입을 열었다.

"다 그런 법이야. 그게 최선이다. 항상 그렇잖니. 그리고 이름을 잘못 알고 있구나. 이 아이 이름은 에이브가 아니다."

"꼬마, 준비됐지?"

그가 고개를 돌려 뒷자리 승객을 확인했다.

"간다!"

자전거가 앞으로 나가면서 자갈 몇 개가 튀어 클레어의 발목을 때렸다.

클레어는 거주 지역으로 달려가는 자전거를 멍하니 지켜보았다.

몇 년, 아니 그보다 오랜 세월이 지난 뒤, 공동체에서 보낸 마지막 며칠을 돌이켜보면, 또렷하게 기억나는 모습이라고는 멀어져 가는 자전거와 아이의 뒤통수가 전부였다. 그다음의 몇 시간은 마치 산산조각 난 유리 같았다. 아무리 조립하려 해도 도저히 전체 그림으로 만들 수가 없었다.

보급선이 항구에 남아 있었다는 사실은 기억난다. 하역 작업 중이었는데 웬일인지 무척이나 서둘렀다. 누군가 날씨 걱정을 했지만 클레어로서는 이해할 수 없는 말들이었다. 항해 준비에 대한 복잡한 소리들도 이어졌다. 호각과 고함. 쿵 하고 상자들을 쌓는 소리.

그런데 밤이 지나도 배는 떠나지 않았다. 밤사이에 무슨 일이 있었던 것이다. 비상벨도 울렸다. 부화장? 실험실에 무슨 일이 있는 건가?

아니, 그곳이 아니었다. 그럼 보급선? 배에서 경고음을 울린 건가? 아니, 훨씬 더 먼 곳이었다. 본관 건물. 그래, 그곳이었다. 각 방에 매달려 있는 스피커에서도 시끄러운 목소리가 터져 나와 사람들을 모두 깨웠다. 하지만 왜? 뭐가 잘못된 거야?

클레어의 기억은 곧바로 아침으로 넘어갔다. 선원이 밧줄을 풀고 떠날 준비를 했으나 출항은 다시 연기되었다. 시간이 흘렀다. 언제나 곧바로 떠나던 보급선이건만 이번에는 정박이 길어졌다. 뭔가 출항을 막았기 때문이다. 모두가 뭔가를 찾고 있었다. 아니, 누군가를? 그렇다, 사람을 찾고 있었다. 누군가 사라진 것이다.

수색 팀이 와서 하루 종일 강둑을 뒤졌다. 수색은 어두워진 뒤에까지 이어졌다. 플래시 불빛과 고함 소리.

이상하게도 양육사가 오솔길에 서 있었던 기억은 난다. 왜 거기 있는 거지? 전에는 그곳에서 본 적이 없었건만. 양육사는 클레어를 알아보지 못했다. 돌아보지도 않았다. 그저 강을 바라볼 뿐이었다. 그가 이름을 불러 댔다.

조너스! 조너스!

그의 아들. 그렇다, 그의 아들이었다.

그러니까 그의 아들이 실종된 것이다.

기억의 편린들을 조각조각 이어가며 클레어는 맨발에 닿는 오솔길의 차가운 흙을 느낄 수 있었다. 왜 맨발로 있는 거지? 사람들은 언제나 신발을 신었다. 게다가 달리고 있지 않는가? 도대체 왜 달리는 거야?

양육사가 클레어에게 소리치기 시작했다. 그런데 무슨 말이었더라?

그 애가 데려갔어!

조너스가 아기를 데려갔어! 그녀에게 그렇게 외쳤던가?

타지 마을! 타지 마을! (그게 무슨 뜻이지?)

어느덧 흐리고 모호한 기억을 뚫고 클레어는 자신이 배 위에 있다는 사실을 깨달았다. 산발머리의 덩치 큰 여인이 선실에서 나와 클레어에게 두 팔을 내밀었다. 클레어는 포옹의 느낌을 기억했다. 냄새도 기억났다. 여자의 땀과 양파 냄새. 배의 연료와 축축한 나무 냄새. 연기 냄새. 사람들이 트랩을 끌어올렸다.

클레어는 그들과 함께 있었다. 배 위에. 엔진이 툴툴거렸다. 드디어 떠나는 것이다. 그런데 왜 배 위에 있는 거지? 그들은 타지 마을로 향했다. 그들은 소년을 찾도록 돕겠다고 했다. 그리고 아기도.

내 아들이에요. 클레어는 훌쩍거리며 그렇게 얘기했다.

그다음 어렴풋한 기억은 바다였다. 한 번도 본 적이 없는 바다. 그 외에도 처음 겪은 건 또 있었다. 비. 폭풍. 번개. 파도…… 그리고 두려움. 사람들이 소리를 질렀다. 거기서 알짱대지 마! 선원들이 그녀를 밀치며 황급히 화물을 묶기 시작했다. 클레어는 쓰러져 갑판 위에 대자로 누웠다. 물건들이 미끄러지고 깨지는 소리가 들렸다. 엄청난 파도가 그녀를 덮쳤다. 물살이 그녀의 옷을 잡아당겼다. 추위. 너무 추위. 정적. 공허하면서도 갑작스러운 정적. 암흑.

클레어의 기억은 그게 전부였다. 그 후 고통스럽고 고독한 세월 내내 아무리 노력해도 소용이 없었다.

2부

사이
Between

1

 청회색 바다가 좁은 백사장을 할퀴고 해변의 수초를 잡아당기고 바닷가 바위 뿌리를 파내려 했다. 배를 밧줄로 단단히 묶기 위해 바다로 나갔을 때도 물보라가 눈을 찌르고 염분이 턱수염과 눈썹에 달라붙었다. 그들은 밀짚모자를 단단히 눌러썼다.

 베네딕트 영감이 손을 눈 위에 대고는 쏟아지는 폭우를 뚫고 하늘을 가늠해 보았다.

 "쉽게 그치지 않겠어. 밤까지는 내리겠는데."

 하지만 그의 말은 완강한 바람에 흩어져 밧줄을 당기고 비틀던 다른 사람들 귀에 닿지 못했다. 물론 대답도 없었다.

 여자들은 오두막에 남았다. 날씨와 싸우는 건 남자들 몫이었다. 여자들은 바람이 굴뚝을 지나며 울부짖는 소리와 초가지붕을 갈가리 뜯어내는 소리, 그리고 겁에 질린 아이들이 훌쩍이는 소리를 들었다. 여자들은 난롯불을 정리하고, 수프를 젓고, 아이들을 달래며 기다렸다. 어차피 이번 폭우도 지나가고 바다는 얌전해질 것이다. 바다야 원래 그런 존재가 아닌가.

그 후 바다 소녀 클레어의 이야기는 계속 달라졌다. 이야기가 전해지고 전해지면서 잊히거나 덧붙여지거나 바뀌었기 때문이다. 하지만 언제나 변하지 않는 사실은 있었다. 그녀가 오래전 바다에서 왔으며, 12월의 가공할 폭풍 속에 내동댕이쳐졌다는 점.

누군가는 나중에 구름이 쏜살같이 걷히고 이른 저녁 해가 고개를 내밀었을 때 그녀를 발견했다고 했다. 옷이 반쯤 찢긴 채 모래사장에 누워 있었고, 다들 죽었다고 생각했는데 갑자기 그녀가 꿈틀대더니 짙은 호박 빛이 감도는 초록색 눈을 떴다는 것이다. 그리고 그 눈만은 모두가 똑같이 기억했다.

다른 얘기를 하는 사람들도 있었다. 그녀를 처음 목격한 사람은 껑다리 안드라스였다는 것이다. 그녀는 두터운 통나무에 매달려 있었는데, 그가 물속에 뛰어 들어가서는 기다란 머리카락을 잡고 헤엄쳐 나왔고, 마침내 들끓는 바다 안에서 그녀를 튼튼한 두 팔로 안고 일어나 사람들에게 단 한마디로 이렇게 선언했다고 했다.

"내 거야."

아이들은 돌고래들이 그녀를 데려왔다며 그 얘기로 놀이와 노래를 만들기도 했다. 하지만 그 모두가 흥미로운 소문에 불과했을 뿐 사실로 받아들이는 사람은 아무도 없었다.

이따금 '물개 인간'이라고 중얼거리는 사람도 있으나 그저 전설 같은 얘기였을 뿐이다. 껍질을 벗고 인간으로 변신한다는 물개 인간 얘기는 누구나 잘 알고 많은 사람들이 얘기하지만, 그 전설 속에는 항상 벗어 놓은 가죽이 있었다. 비록 거친 겨울바다에 찢겨 나가기는 했으되 바다 소녀 클레어는 분명 옷을 입고 있었다. 그녀는 분명한 인간이었다. 물개 비슷한 구석도 없었다.

당연히 인어와도 상관없었다.

그녀는 바다가 그들에게 보내 준 인간 여자였다. 그녀는 한동안 그들과 함께 살다가 여인이 되어 다시 떠났다.

실제로 그녀를 발견하고 데려온 사람은 베네딕트 영감이었다. 꺽다리 안드라스를 비롯해 몇 사람이 헤엄쳐 나갔지만, 튼튼한 근육질 팔로 물살을 가르고 가장 먼저 그녀에게 다다른 사람은 베네딕트 영감이었다. 베네딕트 영감은 말 그대로 돛대에서 그녀를 뜯어냈는데, 그녀의 손가락이 단단히 맞물려 있었기 때문이다. 그는 여자의 맥없는 두 팔을 자기 목에 감고 창백한 턱을 거품과 물보라 위로 올라오게 했다. 이런 식으로 들판에서 부상당한 양을 안아 옮긴 적도 많았다.

베네딕트 영감은 마침내 물이 얕은 곳에서 우뚝 서서 백사장으로 걸어 올라왔다. 모래는 발이 푹푹 빠지는 데다 얼음같이 차가워 걷기가 여간 어렵지 않았다. 베네딕트 영감은 여자를 백사장에 뉘었다. 아직 살아 있는 것만은 분명했다. 그는 바다에 뛰어들 때 벗어 둔 두터운 외투로 여자를 덮어 주고, 여자의 창백한 얼굴을 옆으로 돌린 다음 외투 위로 인공호흡을 시도했다. 그리고 마침내 그녀가 소금물을 토해 내며 기침을 했다.

껑다리 안드라스도 그 자리에 있었다. 그건 분명하다. 그녀를 내려다보며 자기 것으로 하고 싶다는 생각도 했지만 차마 입 밖으로 내뱉지는 못했다.

베네딕트 영감이 주변 사람들을 올려다보다가 가빈을 지목했다. 그중에서 가장 빠른 아이였다.

"어서 달려가 알리스에게 전해. 여자를 데려간다고."

남자들은 부지런히 장대와 외투를 모아 들것을 만들었다. 이미 수도 없이 만들어 본 덕에 들것은 순식간에 완성되었다. 아이들은 툭하면 배와 벼랑에서 떨어졌고 젊은 남자들은 갈고리와 밧줄에 부상을 당했다. 여자들은 아기를 낳다 죽고 신생아들도 죽었다. 그러면 묘지까지 가는 느린 장례 행렬을 위해 상여를 만들어야 했다.

하지만 여자는 살아 있었다. 여전히 눈을 감고 있고 부러진 돛대를 안듯 두 손을 꽉 움켜쥐기는 했지만 죽지는 않았다. 사람들이 들것에 싣자 여자가 다시 기침을 시작했다. 들것이 언덕을 오를 때였다. 찬바람이 젖은 머리를 헤집고 그녀의 뺨을 간질였다. 그녀가 눈썹을 파르르 떨고 몸서리를 치고 신음을 흘리기 시작했다.

그들은 조심스럽게 산마루를 올라갔다. 이곳 겨울은 여명이 짧기에 빠르게 어두워지고 있었다. 마침내 행렬은 자주 다니는 샛길에 다다랐다. 마을은 물론 동구 밖 알리스의 오두막까지 데려다 줄 길. 남자 넷이 들것을 들고 다른 사람들은 뒤를 쫓아왔다. 이따금 한 사람이 멈추어 돌아서서 바다와 수평선과 어두워지는 하늘을 보았는데, 이 놀라운 선물을 던져 주었을 배 그림자라도 찾는 듯했다. 하지만 그곳에는 오로지 백랍색 바다뿐이었다. 석양이 저물며 어둠 속으로 사라져 가는 바다.

마을은 팔꿈치처럼 굽은 내륙의 아득한 벼랑 발치에 있었다.

주 해안에서 뻗어 나온 반도가 고립된 지역을 형성했는데, 이곳은 변화가 전혀 없기 때문에 말 그대로 시간이 멈추어 있는 듯했다. 기억이 닿는 한 외부인이 나타난 적도 없다. 때때로 불만을 품은 사람들이 산을 넘거나 넘으려 시도하기는 했다. 그들은 마을을 떠나는 행위를 산을 넘는다고 표현했다. 벼랑 기슭까지 우거진 숲 사이로 뿌리들이 엉망으로 얽힌 꼬부랑길이 있기는 했지만 그마저 가파른 벼랑 아래에서 끊기고 말았다. 그 이후로는 암벽을 오르지 않는 한 더 이상 빠져나갈 방법은 없게 된다. 떨어져 죽은 사람들도 적지 않았다. '맹호 아이나르'가 한때 암벽을 오르는 데 성공했지만 정상에서 기막힌 상황을 겪고 다시 돌아왔다.

아이나르는 아버지와 싸우고, 어느 겨울 밤에 자기 소지품과 훔친 물건 약간을 봇짐에 챙겨 등에 메고 벼랑을 올랐다. 그가 벼랑을 타고 다시 돌아왔을 때는 거의 죽기 직전이었다. 이미 불구가 된 채 피투성이에 고통도 극심했다. 마지막 암반에서 눈 덮인 오솔길 위로 떨어졌을 때에는 고통과 좌절감에 미친 듯이 울부짖었다. 그다음부터는 완전히 입을 다물었다. 그는 엉금엉금 작은 나무까지 기어가 가지를 잘라 내고 줄기를 두 조각 냈다. 그리고 나무에 의지해 힘껏 몸을 일으킨 다음 나무를 지팡이 삼아 절름절름 아버지 집으로 돌아갔다. 그 후에는 맹호라는 별명을 잃고 대신 '절름발이 아이나르'로 불렸다. 열여덟 살이 된 지금도, 그는 아무 말 없이 양을 보살피며 깊은 절망감을 다독이며 산다.

마을을 벗어나는 최선의 길은 바다이나, 바다 또한 위험한 해류와 끊임없는 강풍 덕분에 거칠고 변덕스럽기만 했다. 어부들도 너 나 할 것 없이 여러 번 위기를 겪었으며, 또 누구나 친구며 가족을 잃었다.

알리스는 이는 다 빠지고 주름이 자글자글하지만 눈과 혀가 매서운 노파였다. 사람들이 덜덜 떠는 여자를 데려가자, "꺼져, 이놈들아!"라며 클레어만 남기고 모두 쫓아냈다. 노파는 밤새도록 클레어를 간호했다. 알리스 자신은 자손이 없으나 수많은 아기를 받았고 크게 다친 젊은이들도 낯설지 않았다. 알리스는 먼저 찢기고 젖은 옷을 벗겨 치우고, 마른 천으로 소녀를 닦은 다음 부드러운 양모로 감싸 주었다. 연기 나는 기름 등잔의 깜박거리는 불빛 아래에서 이 모든 일이 이루어졌다. 소녀가 더 이상 몸을 떨지 않자 알리스는 쇠솥에서 끓고 있던 허브 죽을 젓기 시작했다. 이윽고 죽을 조금 그릇에 담아, 소녀가 겁에 질려 밀쳐 내지 않도록 조심스레 수저로 떠먹여 주었다.

다행히 소녀는 죽을 받아먹었다. 처음에는 경계하며 홀짝거리다가 나중에는 더 달라며 입을 벌리기까지 했다.

"천천히 먹어. 그러다 토하겠다. 그런데 여기는 어떻게 온 게냐?"

소녀가 그릇을 다 비우자 알리스가 물었다. 소녀가 고개를 돌리며 반쯤 일어나 파도 소리에 귀를 기울였다. 하지만 질문에 대답하지는 않았고 노파도 재촉하지 않았다. 그 대신 노파는 가까운 선반에서 뼈로 만든 빗을 꺼내 소금물에 뻣뻣해진 머리카락을 풀고 빗겨 주었다.

바람은 초가지붕을 뚫고 울부짖었다. 한밤중이 되자 소녀는 반쯤 앉은 채 꾸벅꾸벅 졸기 시작했다. 알리스는 소녀를 침대에 눕히고 양모 이불을 끌어올려 벗은 어깨를 감싸 주었다. 알리스는 잠시 소녀가 자는 모습을 지켜보았다. 소녀의 머리카락이 머리 주변으로 넓게 펼쳐졌다. 알리스는 자신이 딸을 바랐기에 바다가 소녀를 보내 준 거라고 생각했다. 잠시 후 알리스는 등잔불 심지를 낮추어 오두막을 어둡게 했다. 어두운 그림자들이 벽을 가득 채웠다. 그리고 알리스 역시 양모 담요를 뒤집어쓰고 의자에 앉은 채로 잤다.

소녀는 아침에 깨어나 조용히 울기 시작했다. 옷을 보니 온통 누더기에 마른 소금까지 덕지덕지 달라붙어 있었다. 누더기가 된 옷을 손으로 만져 보다가 결국 체념했는지 시선을 벽으로 돌렸다. 잠시 후 소녀는 알리스가 준 촉감이 거친 원피스를 집어 머리부터 뒤집어썼다. 자리에서 일어나 보니 맨발과 팔이 온통 긁히고 멍들어 있었다. 한쪽 발목은 심하게 붓기까지 했다. 소녀는 간신히 절룩거리며 식탁으로 걸어갔다. 식탁에 알리스가 죽 그릇을 놓아 두었다.

소녀의 머리는 붉은빛이 감도는 금색이지만, 죽을 먹는 동안 작은 창을 비집고 들어온 이른 햇빛에 구릿빛을 띠었다. 날씨는 청명했다. 폭풍이 물러간 뒤의 전형적인 날씨였다.

알리스가 다시 물었다.

"여기까지는 어떻게 온 거냐? 뭘 타고 왔다가 태풍에 휩쓸린 게야?"

하지만 소녀는 이번에도 대답 없이 그저 금빛으로 반짝이는 눈으로 노파를 바라보기만 했다. 당혹스러운 표정이었다.

알리스가 물었다.

"우리말 몰라?"

물론 어리석은 질문이다. 어차피 모른다면 그 질문에 대답할 수도 없지 않겠는가.

노파가 자신을 가리켰다.

"나는 알리스…… 알리스."

노파가 이름을 반복하며 자기 가슴을 두드렸다.

"자식은 없다. 낳은 적도 없고. 그래도 다른 여자 아기는 많이 받았는데 내가 받다가 죽은 애는 거의 없지. 다들 내가 산파에 타고난 손과 감이 있다는 걸 인정하지. 그것뿐만 아니라 죽은 자를 장사 지내거나, 죽을 지경에 놓인 사람을 고쳐 주기도 한다. 너를 나한테 데려온 것도 그 때문이야. 치료를 받아야 한다고 생각한 게지. 설령 살릴 수 없다면 씻고 염해서 장사 지내는 것 또한 내 일이고."

소녀는 노파를 지켜보기만 했다. 그릇은 이미 비었다. 소녀는 옆에 있는 우유 잔을 들어 벌컥벌컥 들이켰다. 밖에서 갑자기 아이들이 키득거리는 소리가 들렸다. 알리스는 문을 열고 밖을 향해 소리쳤다.

"살아 있다. 죽도 먹고, 깨진 데 없이 말짱해. 가서 그렇게 전해라, 이놈들. 그리고 안정을 취할 때까지는 근처에서 알짱대지 마라! 네 녀석들 키득거리고 빽빽거리는 소리 따윈 필요 없으니까!"

한 아이가 소리쳤다.

"이름이 뭐래요?"

"꺼지지 못해! 곧 알게 된다. 아니면 하나 지어 주면 돼!"

노파가 소리치자 아이들이 달아나는 소리가 들렸다.

노파가 쭈글거리는 손으로 소녀의 머리를 빗겨 주었다.

"그냥 호기심 때문이다. 꼬마 세 놈이 항상 붙어 다니는데, 말 그대로 단짝들이야. 델위스, 베탄, 아이라. 그 애들 이름이다. 같은 해 다들 내 손으로 받아 냈지. 여섯 살이야. 짓궂은 짓들도 많이 하지만 그래도 착한 녀석들이다. 너한테 해코지 안 해."

그때 마침내 소녀가 입을 열었다.

"내 이름은 클레어예요."

2

사람들은 소녀를 바다 소녀 클레어라고 불렀다.

사람들은 다음 몇 주간 알리스의 오두막에 들러 클레어에게 선물을 주었다. 그녀에게 아무것도 없다는 사실을 알아서였다. 결국 선한 사람들이었다. 대머리 가레스가 수줍어서 둥근 뺨까지 벌게진 채 찾아와 신발을 만들어 주었다. 끈이 달린 가죽 샌들. 소녀는 부기가 빠지고 걸어도 통증이 느껴지지 않을 때쯤 두터운 양말 위에 그 신을 신기 시작했다. 어린 베탄의 엄마, 브린은 아마실로 속옷을 짜고 공들여 꽃무늬로 가두리 장식까지 해 주었다. 사람들의 보통 옷과 달리 기막힌 마감이었지만 아무도 브린에게 싫은 소리를 하지 않았다. 소녀가 그런 선물이 어울릴 만큼 고귀해 보인 탓이었다. 베네딕트 영감은 뼈를 깎아 빗을 만들어 주었다. 소녀는 빗을 주머니에 넣고 다녔다. 게다가 놀랍게도 절름발이 아이나르까지 지팡이 두 개를 짚고 절룩거리며 양 목장에서 나와 직접 밀짚으로 짠 모자를 선물해 주었다! 생전 집 밖으로 나오지도 않고 나올 때마다 싸움을 벌였던 그가!

봄이 오자 아이들은 이른 야생화를 꺾어 와 소녀가 모자챙에 꽃대를 엮어 넣도록 도와주었다.

클레어는 챙 모자로 눈을 가렸지만 그래도 바다를 볼 때면 손으로 눈 위를 가렸다. 회백색 파도에 부서지는 햇빛이 눈부셨다. 그녀는 이따금 머리카락과 치마를 날리며 해변에 서서 수평선을 바라보았다. 뭔가를 기다리는 사람처럼 보였지만 자신이 뭘 기다리는지는 그녀도 알지 못했다. 이름 하나만을 남긴 채 바다가 기억을 모두 가져가 버린 탓이었다.

"나이가 어떻게 돼요, 바다 소녀 클레어?"

신드리라는 여드름 소년이 물었다. 소년은 클레어 옆에 서서 키를 재 보았는데 클레어가 더 컸다. 클레어가 고개를 저었다. 그녀도 모르기 때문이었다. 다들 허브 채집을 하던 참이라 알리스도 함께 있었다.

"열여섯 정도일 거야."

알리스가 대신 대답했는데, 소년보다는 클레어에게 한 말이었다. 물론 사람들은 알리스의 추측이 맞다고 확신했다. 그들 모두의 몸을 치료하는 사람인지라 세월이 가져다 주는 징후들도 잘 알 게 분명했다.

"열여섯."

바다 소녀 클레어가 나지막이 되뇌었다. 그녀의 입에서 더 이상의 말은 나오지 않았으나, 바다가 삼켜 버린 세월의 기억을 안타까워하고 있음을 모르는 사람은 없었다. 클레어는 어린 소녀들이 노는 모습을 지켜보았다. 까르륵 웃으며 이리저리 목장을 뛰어다니는 아이들, 모두 나비처럼 빠르고 찬란했다. 클레어의 목장 시절은 사라졌기에 그녀의 눈엔 애잔함이 그득했다. 그 기억은 다시 돌아오지 않았다. 꿈에서조차.

"열여섯?"

꺽다리 안드라스도 그 얘기를 듣고 중얼거렸다. 신드리가 모두에게 전했을 때 대부분 어깨를 으쓱하고 말았으나, 꺽다리 안드라스만큼은 덥수룩한 금빛 턱수염을 쓰다듬으며 저 건너 시장 가판대에서 리본을 만지작거리는 바다 소녀 클레어를 보았다. 그리고 동료들에게 이렇게 말했다.

"그 정도면 결혼할 나이야."

이 마을에는 그 나이에 신부가 된 여자가 종종 있었다. 지금도 결혼식 준비에 마을이 분주했다. 반짝이는 눈에 수줍음 많은 글레니스와 말몰이꾼 마르틴이 짝을 이루는데, 신부는 채 열일곱이 못 되고 신랑도 갓 스물이었다. 하지만 베네딕트 영감과 알리스 모두 안 된다고 대답했다. 이 아이는 안 돼. 바다 소녀 클레어는 결혼할 수 없어. 바다한테 빼앗긴 기억을 돌려받을 때까지, 그래서 예전의 삶이 어떠했는지 알 때까지는 절대 결혼 못 한다. 두 노인이 단호하게 선언했다.

그 말에 꺽다리 안드라스가 놀라 황급히 끼어들었다.

"돌려받지 못하면요?"

베네딕트 영감이 대답했다.

"돌려받는다."

알리스가 거들었다.

"조금씩 조금씩 돌아올 거야. 세월이 약이지."

꺽다리 안드라스가 잔뜩 인상을 찌푸렸다. 소녀를 너무도 원했던 것이다.

"바다는 죽은 물고기만 뱉어 내죠. 아가씨한테 아무것도 돌려주지 않아요. 바다가 토할 때마다 썩은 냄새만 진동하는걸요."

알리스가 안드라스의 불행을 놀리며 말했다.

"너한테서 땀 냄새가 나는구나, 안드라스. 클레어한테 가까이 가고 싶으면 네놈 목욕부터 해야겠다. 머리도 감고 민트도 씹어라. 그럼 또 모르지. 어느 날 아침 저 아이가 네놈한테 미소라도 지어 줄지."

꺽다리 안드라스가 팩 하고 돌아섰다. 물론 동구 밖 짙은 숲 너머 깨끗한 연못으로 가는 중이리라. 베네딕트 영감도 안드라스를 지켜보다가 고개를 젓고 미소를 지었다.

"기억을 되찾는다고 얘기는 했다만 잘 모르겠군. 마치 바다가 저 아이를 쪽 빨아먹고 껍데기만 남긴 것 같으니. 알리스한테는 뭐라고 말하던가?"

"내 오두막에 들어온 것만 기억해. 그 전은 완전히 깜깜하고. 바다에 있었던 기억도 없어."

두 사람은 넓은 목장을 에두른 울퉁불퉁한 샛길을 함께 걸었다. 둘 다 지팡이를 들었다. 베네딕트 영감은 아직 튼튼했지만 허리가 굽었고 알리스 역시 곱사등이었다. 두 사람은 벌써 육십 년 넘게 친구 사이였다.

알리스는 허브 바구니를 들었다. 오늘 아침에는 나무딸기 이파리가 필요했다. 브린에게 차를 달여 주기로 했다. 브린은 아기 셋을 잃고 절망에 빠졌지만 다시 애가 들어섰다. 그래서 알리스는 나무딸기 이파리 차를 만들어 하루 세 번씩 복용하게 할 생각이다. 배를 단단히 조여 아기를 보호하는 데 효험이 있는 차가 아닌가.

"기억을 위한 허브는 없나?"

베네딕트 영감이 물었다. 알리스가 가시덤불 이파리를 뜯기 위해 허리를 굽히던 참이었다.

알리스가 키득거리더니, 가까운 나무에서 나무껍질을 조금 벗겨 영감의 손에 놓았다.

"당연히 있지. 이걸 씹어 봐. 그리고 옛날 생각을 하는 거야."

베네딕트 영감은 얼떨떨해서 이마를 찌푸린 채 껍질을 혀에 대 보았다.

"옛날 생각이라니? 어느 옛날?"

"아무 때나 원하는 대로."

알리스는 베네딕트 영감을 지켜보았다.

베네딕트 영감은 두 눈을 감고 씹다가 인상부터 찡그렸다.

"쓰군."

알리스가 웃었다.

잠시 후 베네딕트 영감이 눈을 뜨더니 껍질을 뱉어 내고 대신 멋쩍은 미소를 지었다.

"우리가 춤추던 날 생각을 했어."

"내가 열셋이었지. 당신도 그랬고. 아주 오래전이야. 그래, 선명히 기억나던가?"

베네딕트 영감이 고개를 끄덕였다.

"당신, 머리에 분홍색 꽃을 꽂고 있었어."

알리스도 고개를 끄덕였다.

"해당화였지. 한여름이었으니까."

"맨발이었고."

"당신도 맨발이었는걸. 더운 날이었잖아."

"그래. 잔디가 뜨겁고 축축했지. 이슬 때문이야. 이른 아침이었거든."

베네딕트 영감이 잠시 노파를 바라보다 이마를 찌푸린 채 물었다.

"그런데…… 왜 우리가 춤을 추었지?"

알리스가 키득거렸다.

"아무래도 나무껍질을 더 씹어야겠는데? 이유를 기억하려면 말이야."

"말해 봐." 그가 재촉했다.

알리스는 나무딸기 잎을 마저 바구니에 담았다. 그리고 허리를 펴고 지팡이에 의지해 오솔길 위에 올라섰다.

"오두막으로 돌아가 차를 달여야겠어. 주전자가 펄펄 끓고 있을 거야."

알리스는 먼저 걷기 시작했다.

베네딕트 영감이 물었다.

"그 아이, 바다 소녀 클레어를 위해서도 껍질을 쓸 텐가?"

알리스가 돌아서서 그에게 미소를 지었다.

"껍질은 소용없어. 그저 그 시절로 마음을 돌아가게 할 뿐인 걸. 때가 되면 그 애 마음도 돌아가겠지. 이런, 나도 돌아가야겠다. 브린한테 빨리 차를 줘야 해."

알리스가 오솔길을 걸어가는데 뒤에서 베네딕트 영감이 불렀다.

"알리스? 우리가 왜 춤을 추었지?"

알리스가 외쳤다.

"다시 마음을 돌려 봐. 그럼 기억날 거야!"

알리스는 그 시절을 돌이켜 보며 하릴없이 고개를 저었다. 흥겨운 기억에 눈까지 반짝였다.

그녀가 혼자서 중얼거렸다.

"고작 열세 살이었지. 그런데도 우리는 맨발에 꽃까지 뿌려 놓고 어리석은 첫사랑에 빠져 있었어."

3

오두막집. 클레어는 구릿빛 머리를 리본으로 묶고 집에서 만든 소박한 치마가 더러워지지 않게 허리에 천을 둘렀다. 클레어는 막 채소밭에서 캐 온 햇양파의 기다란 줄기를 다지고 있었다. 식탁 위에는 새로 따 온 채소와 두툼한 양 뼈가 놓여 있는데, 벌써 끓어오르기 시작한 물 냄비에 넣을 재료들이다. 알리스가 들어오면서 미소 지었다.

클레어가 말했다.

"수프 만들고 있어요."

알리스는 바구니의 나무딸기 잎을 그릇에 옮겨 담았다.

"그래, 그런 것 같구나. 먼저 차 우릴 물부터 담아야겠다."

알리스가 냄비에서 조심스레 물을 떠 그릇에 끼얹자 김이 생기면서 이파리가 파랗게 우러나기 시작했다.

"브런 차예요?"

소녀가 진한 색 차를 보았다.

"그래. 이번에도 잃으면 심장마비로 죽고 말 거야."

클레어는 그릇 안을 보았다. 알리스도 지켜보다가 눈을 감고 김을 들이마셨다. 꼬불한 앞머리가 더운 김에 말리며 클레어의 창백한 얼굴을 감쌌다. 클레어는 잠시 꼼짝도 않고 서서 심호흡만 했다. 그러다가 갑자기 헉 하고 숨을 삼키며 고개를 젖히더니 당혹스러운 표정으로 주변을 둘러보았다.

"어떻게 이런……."

클레어는 중얼거리다가 입을 다물었다.

알리스가 다가가 클레어의 젖은 머리를 쓸어 주었다.

"무슨 일이니, 얘야?"

"내 생각엔……."

하지만 소녀는 다시 말을 끊었다. 그리고 허겁지겁 가까운 흔들의자에 앉아 불을 노려보았다.

알리스도 지켜보기만 하다가 벽에 세워 둔 궤짝으로 향했다. 몇 년 동안 열지 않은 터라 걸쇠가 잔뜩 녹슬었다. 알리스는 튼튼한 손으로 빗장을 잡아 뜯고, 조각을 새긴 무거운 뚜껑을 들어

올렸다. 거의 백 년 전, 아버지가 어머니와 결혼할 때 만들어 선물한 궤짝으로, 어머니가 돌아가시고 알리스가 물려받았다. 어머니는 그 안에 이런저런 물건들을 보관했었다. 마른 라벤더 꽃을 뿌려 놓은 아마사와 아기 드레스 등으로, 지금은 어느 것도 남아 있지 않지만 궤 안에는 여전히 라벤더 향이 감돌았다. 알리스는 그 안에 보물만 담기로 했지만 사실 담을 만한 물건도 거의 없었다.

알리스는 물건들을 뒤져 바닥 근처에서 얇게 접은 천 조각을 꺼냈다. 그리고 헝겊을 들고 의자로 다가가 소녀에게 보여 주었다.

"잘 봐라."

알리스는 헝겊을 펼쳐 갈색 파편 약간을 보여 주고 "냄새 맡아 봐."라며 클레어의 코에 갖다 댔다.

"묵은내와 단내가 나요. 이게 뭐죠?"

클레어는 의자에 기대며 한숨을 내쉬었다.

"육십 년 전 해당화."

"그걸 왜……"

"기억을 간직하기 위해서. 향이 그런 역할을 하지. 조금 전 차 냄새를 맡았을 때……"

"예, 이따금 뭔가 떠오르기는 해요. 가벼운 산들바람처럼 왔다가 흩어져 버리는데…… 도저히 붙들 수가 없었어요. 내가 바라는 건……."

하지만 클레어는 자신이 뭘 원하는지 알지 못했다. 소녀는 한숨을 쉬며 고개를 저었다.

"그냥 사라져 버렸어요."

"아냐, 널 기다리는 거야."

알리스는 그렇게 말하고 헝겊으로 마른 꽃잎과 이파리를 감싸 다시 궤에 넣었다. 그리고 클레어가 지켜보는 가운데 짙은 차를 조심스레 작은 병 몇 개에 담아 주둥이를 단단히 막았다.

"이걸 브린에게 가져갈 거야. 딸기 잎 한두 장하고 밭에서 시금초도 약간 캐서 수프에 넣도록 해라. 향이 좋으니까. 네가 넣은 푸성귀들은 향이 너무 밋밋해."

클레어가 고개를 끄덕였다. 알리스는 소녀가 양파를 다져 손으로 가지런히 쌓는 모습을 잠시 지켜보았다.

알리스가 물었다.

"그런데, 요리해 본 적이 있더냐?"

소녀가 고개를 들고 잔뜩 미간을 좁혔다.

"아뇨."

알리스가 물었다.

"아무튼 조금 전에 뭔가 떠오른 게지? 차 향을 맡고?"

클레어는 잠시 눈을 감고 생각에 잠기더니 마침내 고개를 들며 어깻짓을 했다.

"차 때문이 아니었어요. 뭔가 다른 것 때문이었어요."

"말을 참 우아하게 하는 걸 보면, 그래, 누군가 널 위해 요리를 해 주었는지도 모르지."

클레어는 여전히 생각에 잠긴 채 깊게 심호흡을 했다. 그리고 국자를 집어 부글부글 끓는 수프 냄비를 향해 돌아섰다.

"어차피 옛날 얘기인걸요."

베탄, 델위스, 아이라, 이 세 소녀는 풀물이 잔뜩 든 맨발로 목장의 작은 모퉁이를 열심히 고르고 꾸몄다. 아이들이 찻집이라 이름 지은 곳으로 평평한 바위를 테이블로 삼았다. 아이들은 주변 야생화를 꺾어 찻집을 장식했으며, 잎이 무성한 가지로 빗자루를 만들었다. 아이라가 바위 주변을 쓸고 친구들을 초대했다.

"아가씨들, 앉아요. 깨끗해졌으니까 차 한잔 해야죠."

아이들은 종종 그런 식으로 놀았다. 서로 가상의 차를 대접하며 어른 흉내를 내는 것이다.

"머리가 헝클어졌네요, 베탄 양. 어지간히 급하셨나 봐요? 다과회에 초대 받으면 맵씨까지는 아니더라도 머리 정도는 빗어야 하는 거 아닌가요?"

베탄이 키득거리며 잔뜩 헝클어진 곱슬머리를 잡아당겼다.

"정말 죄송해요, 아이라 양. 배 속의 아기 때문에 날마다 깜빡깜빡하지 뭐예요?"

베탄은 밋밋한 배를 가린 옷을 실감나게 부풀렸다.

델위스가 심각한 표정으로 물었다.

"나도 아기 배 만들어도 돼?"

아이라가 자기 치마를 잡아당기며 말했다.

"그래, 우리 다 해 보자. 오, 아기가 빨리 태어나면 좋겠어. 뚱보 노릇도 정말 못해먹겠다니까."

델위스가 심각한 말투로 동의했다.

"그래, 뚱뚱한 건 힘들어. 숨도 훅훅 몰아쉬어야 하잖아. 너희들은 언제야? 난 내일 나오는데 아들이면 좋겠어. 그럼 그 애 이름을…… 음, 그래, 딜런이라고 지어야겠다."

델위스가 마침내 결정하고 다시 가상의 차를 홀짝였다.

베탄이 발표했다.

"아야! 우리 아기가 막 태어났어. 작은 아가씨네."

베탄은 투명 아기를 가슴에 안았다.

"나도!"

다른 두 아이도 큰 소리로 말하고 투명 아기를 살살 흔들었다.

베탄이 속마음을 털어놓았다.

"이러고 놀다가 들키면 엄마한테 먼지 나게 맞을 거야. 아기 배 흉내 내고 놀면 재수 없어진댔거든."

델위스가 아기 어르는 시늉을 그쳤다.

"재수가 없다고?"

베탄이 고개를 끄덕였다.

"그럼 그만두고 그냥 찻집 놀이나 하자."

델위스가 치마를 매만지고는 친구들에게 나뭇가지 하나씩을 건넸다.

"쿠키도 하나 맛보세요."

아이라는 씹는 시늉을 했다.

"델위스 양, 정말 훌륭한 요리사시네요."

델위스가 심각한 표정으로 고개를 끄덕였다.

"여왕마마한테 배운 거예요. 전에 부엌일을 도왔거든요."

클레어는 가까운 관목 숲에서 아이들의 수다를 들으며 슬며시 미소 지었다. 정말 예쁜 아이들이었다. 하지만 반면에 당혹스럽기도 했다. 아이들의 대화에 잃어버린 뭔가가 다시 떠올랐기 때문이다. 단순히 기억만 잃은 게 아니었다. 클레어는 아무것도 몰랐다. 여왕마마가 뭐지? 그런 말을 들어 본 적이 있었나? 아니면, 저런 식으로 놀았던 적은?

배 속의 아기 때문에 날마다 깜빡깜빡하지 뭐예요? 어린 소녀는 그렇게 말했다. 클레어는 알리스를 도와 베탄의 어머니를 위해 허브를 준비하고 있었는데, 그 어린 소녀가 하는 행동을 충분히 이해할 수 있었다. 그 이야기가 왜 이다지도 슬프게 느껴지는 걸까?

클레어는 밀짚모자를 매만지고는, 알리스가 모아 오라고 한 허브를 들고 천천히 오두막으로 돌아갔다. 클레어는 무엇이든 배우겠다고 다짐했다. 뭐든지 닥치는 대로. 여왕이 뭔지 모르지만 그것도 배우고, 허브와 새에 대해서도 배우고, 남자들이 어떻게 농사짓고 무슨 생각을 하는지도 배우고 여자들에 대해서도 배우리라. 여자들이 어떻게 시간을 보내고 무슨 얘기를 하며 어떤 꿈과 갈망이 있는지도 알고 싶었다.

그게 시작이야. 어쩌면 그런 식으로 잃어버린 삶을 되찾을 수 있지 않을까?

꺽다리 안드라스는 돌투성이 고원 밭에서 괭이로 김을 매다가 잠시 일손을 멈추었다. 그리고 이마의 구슬땀을 훔치며, 오솔길을 따라 걷고 있는 신비의 소녀를 지켜보았다. 클레어는 처음 몇 주간 다리의 상처와 붓기가 가라앉을 때까지 다리를 절룩거렸다. 그래서 안드라스는 클레어가 곱추에 절름발이가 되면 어쩌나 하며 불안해했다. 상처를 치료받지 못한 사람들이 종종 그랬다. 몇 년 전 보트가 뒤집혀 암초에 부딪힌 뒤로 아버지도 한쪽 팔이 갈고리처럼 굽어 있지 않은가.

하지만 바다 소녀 클레어는 지금 무척이나 편안히 오솔길을 걸었다. 두 다리 모두 곧고 튼튼하며 부드러운 가죽신을 신은 발도 문제없어 보였다. 그녀는 굽잇길까지 왔다가 숲 속으로 사라졌다. 알리스와 함께 사는 오두막으로 가는 길이다.

안드라스의 밭에 그림자가 가로지르고 있었다. 그는 고개를 들고 들판을 맴도는 까마귀들을 향해 팔을 저었다. 괭이로 밭을 파헤치면 벌레들이 나오는데 까마귀들이 좋아하는 먹이다. 결국 그 바람에 밭이 위험에 빠질 수도 있다. 농작물을 망칠 수는 없다. 이곳은 겨울이 길기 때문에 날이 따뜻할 때 대비를 잘해야 한다. 재배, 수확, 저장까지. 아버지는 늙어 가고 어머니도 몇 달간 몸이 좋지 않아 툭하면 열이 오르내렸다. 꺽다리 안드라스는 겨우 열일곱 살이지만 가족은 그에게 의지했다. 그래, 허수아비를 만들어야겠어. 문득 안드라스는 그런 생각을 했다. 지난여름에도 도움이 컸다. 헛간에 있는 커다란 조롱박으로 머리를 만들고 그 위에 얼굴을 새겨 넣도록 하자. 끔찍하기 짝이 없는 얼굴. 안드라스는 얼굴을 찡그리고 입술을 위로 잔뜩 밀어 올리고, 두 팔을 힘껏 펄럭였다. 허수아비는 바람 속에서 그렇게 소매를 펄럭이며 까마귀들을 쫓아 줄 것이다.

안드라스가 우뚝 동작을 멈추었다. 갑자기 바보라도 된 기분이었다. 그래도 바다 소녀가 안 본 게 다행이었다. 그녀한테는 지혜롭고 근면한 사내로 보이고 싶었다. 머지않아 신부를 들일 자격이 있는 남자로.

4

클레어는 그 짐승을 무서워했다. 얼룩다람쥐. 어린 세 소녀가 기르는 짐승인데 아이라의 손에 앉아 아이들이 주는 씨앗을 갉아 먹고 있었다. 클레어는 놀란 표정으로 뒷걸음질쳤다.

베탄이 말했다.

"바다 소녀 클레어, 전에 본 적 없어요? 물지 않아요."

델위스가 부추겼다.

"만져 봐도 돼요. 얘도 가만있을걸요?"

하지만 클레어는 고개를 저었다. 그녀는 작은 짐승들을 무서워했다. 생쥐가 알리스의 오두막 마룻바닥을 달려가도 거의 기절할 지경이었다. 새라면 걱정될 정도로 질색했다. 클레어는 개구리들은 신기하면서도 이상하다고 생각했으며 소는 너무도 끔찍하게 무서웠다. 껑다리 안드라스가 부모와 함께 살고 있는 오두막 옆에 나무 울타리로 만든 축사가 있었다. 소들이 주름진 입술을 부지런히 씰룩이며 여물을 씹고 있는 축사를 지나갈 때마다 그녀는 항상 숨을 죽이고 시선을 피했다.

클레어가 멋쩍어하며 알리스한테 말했다.

"짐승들에 대해 배워야겠어요. 무조건 무서워만 할 수 없잖아요. 아주 어린애들도 잘만 놀던데."

"언젠가 짐승한테 당한 적이 있어서 그럴 거다."

알리스는 흔들의자에 앉아 회색 양털로 옷을 짜고 있었다. 조명은 흐리고 깜빡거렸다.

클레어가 한숨을 내쉬었다.

"모르겠어요. 나쁜 기억이 있는 것 같지는 않아요. 그보다 한 번도 본 적이 없는 것 같아요."

"물고기도?"

"물고기는 익숙해요. 그것도 아주 많이. 어쨌든 무섭지도 않고 반짝이는 은색도 마음에 들고요."

"새는 못 봤고?"

클레어가 고개를 끄덕이며 몸서리를 쳤다.

"날개가 너무 낯설어요. 도무지 익숙해지지도 않고……. 아무리 작은 새라도 너무 이상한걸요."

알리스는 의자를 흔들며 생각했다. 뜨개바늘이 그녀의 옹이진 손에서 딸깍였다. 마침내 알리스가 말했다.

"절름발이 아이나르가 새를 잘 다룬다. 한 마리를 잡아 달래서 애완용으로 키워 보자꾸나."

"애완용이요?"

"예쁜 노리개 같은 거야. 그 애가 나뭇가지로 새장도 만들어 줄 게야."

클레어는 그 제안에 움찔했지만 그래도 동의했다. 그게 배움의 첫걸음이 될 것이다.

어느 날 오후, 클레어는 맨발로 해변에 서서 소녀 삼총사를 지켜보았다. 아이들은 나뭇가지로 집의 윤곽을 그리고, 백사장에서 주워 온 부유물들로 집을 장식했다.

"이건 내 침대!"

베탄이 선언하며 해초 한 아름을 매만져 침대를 만들었다.

"부엌에 컵도 있어!"

아이라는 움푹한 조개를 한 줄로 늘어놓았다. 그러고는 우아하게 조개 하나를 집더니 뭔가를 마시는 척했다.

델위스는 달려가 바위 옆에서 나뭇가지 하나를 끌고 왔다. 바람에 부러진 가지에는 아직 이파리가 잔뜩 붙어 있었다.

"빗자루야! 내가 빗자루를 구해 왔어!"

델위스는 신 나는 목소리로 선언하며 잠시 모래를 쓸었다.

"아냐, 조금 고쳐야겠다."

그러고서 곁가지 하나를 끊어 내 옆으로 던졌다.

"자, 이제 멋진 빗자루가 됐어."

클레어는 아이들을 구경하다가 델위스가 버린 잔가지를 집어 들었다. 그리고 축축한 백사장 위에 찍힌 자신의 발자국 발가락마다 가지 끝으로 찔러 둥근 구멍을 만든 다음 한참을 키득거리다 이파리로 발자국을 지워 버렸다. 부드러운 바닷바람이 거친 모래를 쓰다듬었다.

클레어는 뒤로 물러났다가 다시 허리를 굽혀 이름 첫 글자를 적었다. "C"

"L" 그리고 "A"

그때 바닷물이 밀려 들어와 글자들을 지웠다.

클레어는 바닷물에서 멀리 물러나 다시 "CLAIR"라고 적었다.

"그게 뭐예요?"

그림자 하나가 이름을 가렸다. 베탄이 내려다보고 있었다.

"내 이름."

베탄이 멍하니 내려다보았다.

"그 옆에 네 이름도 적어 줄래?"

클레어가 나뭇가지를 내밀었다.

"어떻게요?"

"그냥 글자를 쓰면 돼."

"글자가 뭔데요?"

클레어는 깜짝 놀랐다가 '오, 아직 글을 배우지 못했구나.' 하는 생각이 들었다. 문득 자신의 모습이 떠올랐다. 공부하는 클레어. 글자의 소리를 설명하는 선생님. 그녀가 다닌 곳도 기억났다. 학교라는 이름의 건물. 아이들은 모두 학교에 다녔다. 클레어는 벼랑과 언덕과 오두막과 바다를 둘러보았다. 멀리 배들이 흔들리고 사람들은 열심히 그물을 손질했다. 그런데 학교는 어디 있는 걸까?

"이제 곧 학교에 다니겠구나."

"학교가 뭐예요?"

클레어는 아이에게 어떻게 대답할지 난감했다. 그리고 문득 그게 무슨 상관이냐는 생각이 들었다. 알파벳 기호. 이름을 부르면 그만이지 굳이 쓸 필요가 또 뭐란 말인가? 그녀는 자신이 쓴 글자들을 내려다보다가 발가락으로 문질러 버렸다. 그리고 바닥을 밟아 다진 다음, 나뭇가지는 반짝이는 갈조 더미 속으로 던졌다.

알리스는 베네딕트 영감을 절름발이 아이나르에게 보냈다. 그리고 오래지 않아 젊은이가 낑낑거리며 언덕 위 오두막에서 내려왔는데 등에 나뭇가지 새장을 짊어지고 있었다. 새장 안에는 새도 한 마리 들어 있었다.

"여기 있습니다." 그가 알리스에게 말했다.

아이나르는 말이 없는 총각이다. 탈출에 실패한 뒤 은둔자가 되었지만 사람들은 예전의 착한 소년을 더 많이 기억했다. 비록 아버지 물건을 훔쳤다고는 하나 사람들은 그마저 용서했다. 그의 부친이라는 인간이 모질기 짝이 없는 심술쟁이였기 때문이다. 그가 암벽을 올랐다는 사실도 사람들의 존경을 받기에 충분한 위업이었다. 벼랑은 가파르고 험난하고 그 너머의 세상은 누구에게나 미지였다. 그 누가 아이나르만큼 용감할 수 있단 말인가. 사람들은 그의 실패를 안타까워하면서도 귀향을 환영해 주었다. 그래도 아이나르는 결코 자신을 용서하지 않았다. 스스로 씌운 굴욕 속에 살며 거의 말을 하지 않았다.

"노래도 합니다."

아이나르가 말했다. 그는 튼튼한 나뭇가지 지팡이를 알리스의 오두막에 기대 놓고 새장을 현관 옆 나뭇가지에 걸었다. 아이나르는 정교하게 만든 횃대가 더 이상 흔들리지 않고, 불안한 듯 밝은 색 날개를 퍼덕이던 작은 피리새가 잠잠해질 때까지 잠시 새장을 지켜보다가 다시 지팡이 두 개로 중심을 잡고 천천히 길을 나서기 시작했다.

클레어가 샌들을 들고 해변에서 돌아왔을 때 새가 짹짹거리고 있었다. 그녀는 깜짝 놀라 멈춰서는 새장과 그 안의 새를 보았다.

클레어가 겁먹은 목소리로 물었다.

"빠져나오지 못하겠죠?"

알리스가 웃었다.

"네가 손으로 잡으면 그놈도 무서워서 벌벌 떨 게다. 전에 작은 새 가까이 간 적이 없니?"

클레어는 고개를 끄덕여 그런 적 없다고 대답했다.

"네가 날마다 모이를 줘야 한다. 대개는 씨앗이지만 가끔 들판의 벌레들도 줘야 해."

클레어가 우는 소리를 했다.

"벌레 싫어요."

"새들을 아는 데 도움이 된다. 알면 알수록 두려움도 엷어지는 거야."

때마침 새가 시끄럽게 짹짹거리는 바람에 클레어가 펄쩍 뛰었다. 알리스가 다시 웃었다.

클레어는 심호흡을 하고 마음을 가다듬은 다음 조금 더 다가가 새장 안을 들여다보았다. 새도 고개를 갸웃하며 그녀를 보았다.

"이름이 있어야겠어요."

"그럼 하나 지어 주려무나. 네 거니까."

"한 번도 이름을 지어 본 적이 없는걸요."

알리스가 미간을 좁히며 곁눈질로 클레어를 보았다.

"그건 어떻게 아는 거냐?"

클레어가 한숨을 쉬었다.

"그냥 느낌일 뿐이에요."

"작명이 쉬운 일은 아니야. 네 이름도 누군가 지었겠지."

클레어가 시선을 돌리며 "그렇겠죠."라고 맥없이 대꾸하고 다시 관심을 새장으로 돌렸다. 새가 한쪽 날개를 들더니 깃털 아래를 꼼꼼히 쪼아 대기 시작했다. 클레어가 새를 가리키며 탄성을 질렀다.

"쟤 봐요! 목욕해요! 할머니, 그런데 날개가 정말 예뻐요."

클레어는 잠시 망설이다가 이렇게 덧붙였다.

"저런 색을 뭐라고 부르죠? 붉은색은 알아요. 할머니가 딸기를 보며 가르쳐 준 덕분예요. 새 눈 주변에도 예쁜 빨강이 있는데 날개에 저 밝은 색은 뭐라고 불러요? 도무지 기억이 안 나요."

그 말에는 알리스도 혼란스러웠다. 그때쯤 클레어가 영리한 소녀이고 아는 것도 많다는 정도는 파악했다. 하지만 그런데도 너무나 많은 곳이 비었다. 색의 영역도 그중 하나였다. 다양한 빛깔의 이름은 어린아이들이 처음 배우는 것 가운데 하나다. 며칠 전 클레어에게 간단한 심부름을 시킨 적이 있었다. 베네딕트 영감의 손자가 풀독에 걸린 탓에 봉선화를 따 오라고 했더니, 클레어는 개울 옆에 꽃이 많은데 그 꽃을 어떻게 찾아야 하는지 물었다.

알리스가 일러 주었다.

"밝은 오렌지색이야. 얼마 전에도 꺾었잖니."

클레어도 무척이나 당혹스러운 표정이었다.

"오렌지색이 어떤 건지 잊어버렸어요. 그날 꺾은 게 몇 가지 있었는데 어떻게 생긴 거였죠?"

게다가 이제는 작은 피리새의 날개 색 이름을 모른단다.

알리스가 말했다.

"노랑. 달맞이꽃하고 같다, 기억하지?"

"노랑."

클레어는 되뇌며 이름을 외웠다. 그리고 새의 이름도 노랑날개가 되었다.

어느 춥고 안개 낀 날 아침, 클레어는 절름발이 아이나르가 사는 언덕을 찾아가 감사 인사를 했다. 새한테 적응하고 두려움을 없애는 데 꽤나 시간이 걸렸지만, 그래도 지금은 클레어가 작은 조개 접시에 씨앗을 담아갈 때마다 새가 새장 옆으로 폴짝 날아와 접시를 내려놓는 동안 고개를 갸웃하며 기다렸다. 손가락을 내밀고 가만히 기다리면 새가 그 위에 앉는다는 사실도 알지만 아직 그럴 용기는 없었다. 물론 살아 있는 벌레를 먹일 자신도 없었다. 어린 여자애들이 그 일을 대신 해 주었다. 아이들은 기꺼이 풀밭에서 딱정벌레와 메뚜기를 잡아 와 노랑날개한테 선물했다.

아이나르는 집 근처에 있었다. 그는 편편한 바위 위에 앉아 나무 그릇을 닦는 중이었다. 타다 남은 재에 담근 걸레로 포플러 나무 그릇의 실금들을 박박 문지르는 식이었다. 안개 너머 가까운 들판에서 양들이 움직이는 소리며 이따금 매 하고 우는 소리가 들려왔다. 클레어는 조금 초조했지만, 그건 말수가 적고 속을 알 수 없는 남자와 함께 있어서가 아니라 짐승 소리 때문이었다.

아이나르는 그녀를 보고 놀란 표정을 짓더니 곧바로 그릇 쪽으로 고개를 떨구었다. 그녀가 오는 소리를 들었다면 안개 속으로라도 달아나 숨어 버렸을 것이다. 불행히도 클레어가 아무 예고도 없이 소용돌이치는 잿빛 안개에서 나온 탓에, 망가진 다리로 달아나는 건 처음부터 불가능했다.

"안녕하세요."

클레어가 인사하자 아이나르는 대답 대신 고개만 끄덕였다.

"새, 고맙다고 인사하러 왔어요." 그녀가 말했다.

"기껏 새 한 마리예요." 그가 중얼거렸다.

클레어는 잠시 그를 보았다. 문득 어떤 단어 하나가 머릿속을 가득 채웠다. 고독. 사람들은 그가 은자처럼 지내며 화도 잘 낸다고 하지만, 그를 괴롭히는 건 지독한 고독이었다.

클레어는 주위를 둘러보다가 근처에서 통나무를 찾아냈다.

그녀가 공손히 물었다.

"앉아도 되죠?"

그는 마지못해 끙 소리로 동의하고는 죄 없는 그릇만 긁어 댔다.

"새 한 마리라는 건 나도 알아요. 하지만 다들 알듯이 난 새를 무서워해요. 이유는 모르겠지만 너무 낯설거든요. 그런데 아이나르가 준 작은 새는…… 내가 노랑날개라고 이름 붙였는데……."

클레어는 아이나르의 당혹해하는 표정을 보며 웃었다.

"알아요. 그냥 색깔이지만 난 이제 겨우 색을 배우는 중인걸요. 색도 새만큼이나 낯설어요. 그래서 노랑날개라고 부르면 도움이 될 것 같아서요. 씨앗 접시를 새장 안에 넣어 주면서 이름을 불러 줘요. 그런데 그거 알아요? 새가 노래해요! 처음엔 무서워하더니 지금은 노래를 하더라니까요!"

아이나르가 그녀를 보았다. 그러고서 입 모양을 만들더니 시험 삼아 작은 소리를 내 보고, 다시 작은 새의 소리를 똑같이 흉내 냈다. 파릇파릇한 지저귐.

클레어는 그 소리가 마음에 들었다.

"다른 새 소리도 낼 수 있어요?"

그녀가 물었다. 하지만 아이나르는 당혹감에 고개를 푹 파묻고 대답하지 않았다. 이윽고 그가 그릇을 치우더니 대신 지팡이를 찾았다.

"양들을 돌봐야 해요."

그가 무뚝뚝하게 내뱉으며 일어나 안개 낀 목장 끄트머리로 절룩절룩 걸어갔다. 그가 다시 소리쳤을 때는 그저 모호한 그림자로만 남았다.

"채소를 줘요. 버드나무 씨도 좋아하고 민들레도 좋아해요!"

그는 더 이상 보이지 않았다. 그리고 클레어가 일어나 떠나려 할 때 그가 다시 새소리를 흉내 냈다.

알리스와 베네딕트 영감은 함께 글레니스와 마르틴의 결혼 준비를 지켜보았다. 신랑, 신부 친구들이 부드러운 버드나무 가지로 정자를 짓고 지금은 꽃과 고비로 장식하고 있었다. 그 너머 나무 탁자들 위에는 여자들이 먹을 것과 마실 것들을 내놓기 시작했다.

알리스가 눈을 찡그리며 구름 한 점 없는 하늘을 올려다보았다.

"날씨는 좋네."

베네딕트 영감이 키득거리며 말했다.

"내가 결혼할 때는 비가 왔는데 난 오는 줄도 몰랐어."

알리스가 그를 보며 미소 지었다.

"당신 결혼식 기억나. 아일리시도 좋아서 어쩔 줄 몰라했지. 그 애가 보고 싶지, 벤?"

베네딕트 영감이 고개를 끄덕였다. 그의 아내는 아이들과 손주들이 지켜보는 가운데 작년 겨울 갑작스러운 열병으로 숨을 거두었다. 아내는 마을 묘지에 매장되었다. 무덤은 작은 비석으로 표시하고 그 옆에 베네딕트 영감을 위한 자리도 마련해 두었다.

베네딕트 영감이 손가락으로 가리키며 키득거렸다.

"저기 꺽다리 안드라스를 봐. 바다 소녀를 지켜보고 있군 그래. 저러다 상사병으로 쓰러지고 말겠어."

두 노인은 흐뭇한 표정으로 사랑에 빠진 젊은이를 보았다. 정작 사람들과 함께 꽃 장식을 하고 있는 클레어는 눈치채지도 못했다.

"베네딕트, 저 아이는 참 신기한 아이야."

"그래. 아주 신비롭더군. 똑똑하기도 하고!"

두 노인이 지켜보는 가운데 클레어는 어린 여자애를 안아 올려 정자 위에 데이지꽃을 장식하게 해 주었다. 다른 아이들도 열심히 자기 차례를 기다렸다.

베네딕트 영감이 말했다.

"저 녀석들, 마치 엄마를 쫓아다니는 새끼 고양이들 같지 않아?"

"저 아이가 고양이를 무서워한다는 사실 알아? 새끼들까지? 그런 걸 처음 보는 애처럼."

"새들도 무서워한다며? 그 얘긴 들었어."

"절름발이 아이나르가 새를 잡아 새장에 넣어 주었어. 이제 저 애도 새를 좋아하게 된 것 같아. 노랫소리가 예쁘잖아. 하지만 벤······."

"응?"

"저 아이한테 새 색깔까지 가르쳐 줬어. 색 이름도 모르더라고! 노랑과 빨강을 말이야. 정말로 색을 처음 보는 아이 같은데······ 그런데도 영리하단 말이야. 무척 영리해! 어린아이들 놀이도 만들어 주고 내 허브 일도 도와주고……."

베네딕트 영감이 말했다.

"색을 모르는 사람은 처음이야. 정신이 나간 것도 아니건만…… 일리시의 조카가 그렇잖아. 나이가 서른인데도 어린아이 같지만, 그래도 초록 대신에 파란 셔츠를 주면 막 울거든."

"바다 소녀 클레어하고는 달라. 파란색을 좋아하지만 그냥 이름을 모르는 거야. 지금 배우는 중인데 그런 거 보면 정말 어린아이 같다니까."

그러자 베네딕트 영감이 알리스를 놀렸다.

"결국 당신도 돌봐 줘야 할 아기가 생겼군. 그렇게 오래 자식 하나 없이 살았는데."

베네딕트 영감이 두터운 치마를 입은 엉덩이를 두드리자 알리스가 손을 밀쳐냈다.

"가만있지 못해, 이 엉큼한 영감아."

하지만 싫지만은 않은 말투였다.

5

"결혼에 대해 얘기해 줘요. 다들 한 번씩 하는 거죠? 할머니도 했어요?"

클레어가 앨리스에게 물었다. 함께 만든 땅콩 케이크를 연회 테이블로 가져갈 때였다. 테이블 위에는 이미 푸딩과 당과들이 놓여 있었다.

앨리스가 웃었다.

"난 아니지만 대부분 하지. 마르틴과 글레니스처럼 나이가 차면. 남녀가 서로를 선택하고 부모들이 허락하면 이렇게 혼례를 치르는 거야. 예식은 언제나 여름에, 대부분 초승에 치른단다."

여름. 햇볕과 작물이 많고 짐승 새끼들이 태어나는 계절이라고 앨리스한테 배웠다. 여름 역시 그녀가 알지 못했던 개념이다.

앨리스가 몇 가지 음식을 재배치해 공간을 만든 다음에야 클레어는 케이크를 내려놓았다. 두 사람은 함께 노란 데이지로 케이크를 장식했다.

마을 사람들이 모여들고 있었다. 오늘은 어부들을 비롯해 아무도 일을 하지 않는다. 아기들은 아버지 어깨에 목말을 탔다. 클레어는 꺽다리 안드라스가 부모와 함께 있는 모습을 보았다. 셋 다 최고로 좋은 옷을 세탁해 입었다. 클레어의 눈에도 안드라스 어머니는 건강이 좋지 않은 게 역력했다. 안드라스 어머니는 얼굴은 열꽃으로 엉망이었지만 아들한테 기댄 채 미소를 지으며 사람들과 인사를 나누었다.

브린이 클레어에게 손을 흔들었다. 브린은 베탄의 손을 잡고 있었다. 베탄도 오늘만은 삼총사와 헤어져 부모와 함께 있어야 했다. 레이스를 수놓은 앞치마 아래 브린의 배가 불룩했다. 산달이 멀지 않았다는 뜻이다. 알리스는 위기가 지났기에 이번 아이는 무사할 거라고 했다.

"오, 저게 뭐죠?"

클레어가 깜짝 놀라 물었다. 오솔길에서 마을 청년 몇이 접근하자 군중들이 길을 열어 주었다. 한 사람은 예쁜 조각을 새긴 저를 불고, 또 한 사람은 텅 빈 호롱박에 동물 가죽을 팽팽하게 고정한 작은 북으로 박자를 맞추었다. 마지막 세 번째 사람은 목이 긴 나무 악기에 매단 줄을 뜯었다. 그들은 멜로디에 맞춰 자신들을 맞이하는 원 안으로 들어갔다. 클레어는 알리스와 함께 가장자리에 서서 구경했다.

"너무 멋있어요! 들어 봐요! 소리들이 어떻게 저렇게 잘 어울리죠? 저런 건 생전 처음이에요!"

알리스가 미간을 좁혔다.

"얘야, 음악이잖니. 그런데…… 음악을 들어 본 적이 없다는 거니?"

클레어가 중얼거렸다.

"예, 한 번도 없어요. 맹세할 수 있어요."

혼례는 마르틴과 글레니스가 서로에게 키스하고, 두 사람을 동여맨 붉은 리본을 풀어 두 연인을 자유롭게 해 주는 의식으로 끝났다. 음악이 다시 시작되었다. 더 크고 신나는 곡조였다. 마을 사람들도 환호하며 연회장으로 이동했다.

클레어는 넋을 잃고 구경했다. 음악도 경이로웠지만 사랑의 개념도 당혹스럽기만 했다. 예식은 감동적이었으며 경건하면서도 즐거웠다. 알리스를 찾기 위해 떠들썩한 군중들을 살피다가 문득 목장 끄트머리의 작은 둔덕 위에서 절름발이 아이나르를 보았다. 오래는 아니었다. 그가 곧바로 지팡이를 추스르더니 돌아서서 절룩거리며 돌아갔기 때문이다. 클레어는 그에게 달려가 그러지 말고 이리 와서 함께 어울리자고 얘기할까 했지만 이미 음악에 푹 빠진 터였다. 음악처럼 매력적인 건 생전 처음이었다. 맹세코! 이제 사람들이 파트너를 정하고, 줄을 서서 신나는 멜로디에 맞춰 춤을 추었다. 아이나르가 저렇게 깡충거리는 스텝을 따라하지는 못하더라도 구경은 좋아할 것이다. 클레어가 보기에도 모두가 아는 춤 같았다. 두 사람이 함께 지켜볼 수도 있다. 하지만 그녀가 돌아봤을 때 아이나르는 이미 숲 속으로 사라진 뒤였다.

껑다리 안드라스는 흥겨운 혼례 휴가가 끝나고 일상으로 돌아온 뒤, 들판에 무릎을 꿇고 앉아 조심스레 두터운 가지들을 묶기 시작했다. 계획했던 대로 허수아비의 몸체를 만드는 중이었다. 그리고 이제 막 작물들이 움을 틔운 밭 한가운데를 골라 중심 가지를 땅에 박고 기울어지지 않도록 주변의 흙을 단단히 밟아 주었다. 그다음엔 허수아비의 옷을 입히고 낡은 외투의 넓은 소맷자락을 두 개의 막대 팔에 끼워 넣었다. 그리고 외투가 벗겨지지 않게 허리에 띠를 단단히 동여맸다. 하지만 산들바람에도 헝겊 쪼가리들이 펄럭일 정도로는 헐거워야 했다. 안드라스는 뒤로 물러나 춤추는 허수아비를 지켜보았다. 소매에서 삐져나온 나뭇가지 손이 흡사 가까이 오라고 손짓하는 뼈다귀 손처럼 보였다.

클레어도 개울에 가다 말고 미소를 지으며 그 모습을 구경했다. 전에 이런 광경을 본 적은 없지만 그가 무얼 하고 있는지는 이해했다. 클레어는 한참을 지켜보다가 안드라스에게 소리쳤다.

"리본은 없어요? 기다란 리본을 달면 더 잘 펄럭일 텐데."

안드라스가 고개를 저었다.

클레어가 가까이 다가가며 물었다.

"하나 가져다줄까요?"

안드라스는 뒤로 물러나며 자기가 만든 허수아비를 보았다.

"리본도 좋겠네요. 목에다 걸면."

클레어가 웃으며 되물었다.

"목이요?"

누더기 옷에서 위쪽으로 돌출한 거라고는 옹이진 가지 끄트머리뿐이었다.

안드라스도 따라 웃었다.

"머리도 만들 거예요."

안드라스가 바닥에서 대기 중인 커다란 조롱박을 가리켰다. 그러고는 무릎을 꿇고 칼로 조롱박 한 끝에 구멍을 내고 안쪽의 부드러운 속을 파냈다. 그다음에 조롱박을 허수아비의 목 위에 얹고 빠지지 않도록 단단히 자리를 잡았다. 클레어가 보기에도 머리 같았다. 멀리서 보면 정말로 끔찍한 괴물이 펄럭이는 것처럼 보일 것도 같았다.

안드라스가 목에서 노란 조롱박을 들어올려 다시 바닥에 내려놓았다.

"얼굴이 있어야겠어요."

클레어도 부드러운 땅바닥에 앉아 안드라스가 조각하는 모습을 지켜보았다. 그는 우선 조롱박 중앙 양 옆에 동그라미 두 개를 파내고, 중앙 아래쪽 껍질을 벗겨 코 비스름하게 만들었다.

클레어가 충동적으로 풀 한 줌을 뜯어 그에게 건넸다.

"머리카락."

안드라스가 웃으며 조롱박 위에 풀을 올렸지만 풀 머리카락은 그냥 미끄러지고 말았다. 그가 주위를 둘러보며 말했다.

"잠깐만. 흘러내리지 않게 할 수 있어요."

안드라스는 조롱박을 클레어에게 맡기고 숲 가장자리로 건너가 마음에 드는 소나무에서 가지 하나를 길게 끊어 냈다.

"오, 그래, 이게 좋네."

안드라스는 클레어에게 돌아와 가지 끝을 보여 주었다. 껍질이 송진으로 번들거렸다. 그는 클레어가 진득한 소나무 향을 맡을 수 있게 가지를 들어 주었다.

클레어가 말했다.

"알리스 할머니는 베개를 솔잎으로 채워요."

그가 고개를 끄덕였다. 지금은 조롱박에 송진을 바르는 참이었다.

"예, 잠자는 데 도움이 돼요."

그가 풀을 집어 조롱박 머리에 붙였다. 풀 타래는 찐득한 수액 덕분에 단단히 들러붙었다. 그가 조롱박을 들어 보였고 두 사람은 함께 웃었다. 안드라스가 자랑스럽게 소리쳤다.

"대단한 허수아비 아니에요?"

"입도 필요해요."

클레어가 지적하고는 기이한 피조물에게 징그러운 웃음을 그려 주었다.

"예, 맞아요."

안드라스도 조롱박을 잡고 열심히 조각하기 시작했다. 클레어는 그가 일하는 모습을 지켜보았다. 그는 이따금 거리를 두고 자신의 솜씨를 점검하면서, 모양을 수정하거나 곡선을 손질했다. 마침내 그가 입꼬리를 손가락으로 문질러 다듬고 쪼가리들을 가볍게 털어 냈다.

"보여 줘요." 클레어가 말했다.

"아직 안 돼요."

그는 둥글게 파낸 눈 위로 칼을 가져가, 넓은 이마에 깊은 파도 선을 세 개 만들었다. 마침내 그가 "다 됐다!"라고 환히 웃으며 조롱박을 나무 목 위에 조심스레 얹은 다음 이리저리 돌려 자리를 잡았다.

"만세!"

그가 다시 자랑스럽게 외치고는 씩 웃으며 클레어의 반응을 살폈다.

클레어가 허수아비를 보았다. 괴상망측한 얼굴도 그녀를 마주보았다. 이마는 넓은 칼자국으로 잔뜩 주름져 있고, 비뚤어진 코 위에 그린 눈은 사팔뜨기에, 입은 혹독한 미소를 지었다. 그녀는 숨을 삼켰다. 심장이 쿵쿵거리기 시작했다. 안드라스는 여전히 웃기만 했다. 그녀가 안드라스를 돌아보았다. 이유는 모르겠지만 뭔가 두려웠다. 안드라스는 얼굴을 일그러뜨려 허수아비를 흉내냈다. 혀로 뺨 안쪽을 밀고 코를 찡그리고 이마에 주름을 잡은 다음 끽끽거리며 웃었다.

뒤틀린 얼굴, 기이한 웃음…… 뭔가 클레어의 기억 속으로 밀려들어와 파도처럼 용솟음치기 시작했다. 그녀도 한때 그런 얼굴을 만들며 즐거워한 적이 있었다. 그리고 누군가 똑같이 흉내도 냈다. 하지만 왜? 누가? 클레어는 자리에서 일어났다. 조금 전만 해도 그렇게나 즐거웠건만 갑자기 욕지기가 일었다. 그녀가 울기 시작했다.

클레어가 훌쩍이며 말했다.

"미안해요. 미안, 정말 미안해요……."

그리고 돌아서서 언덕 아래로 달려 내려갔다. 꺽다리 안드라스는 영문을 모른 채 멍하니 서 있기만 했다. 그 옆에는 둥근 머리의 처참한 나무 인형이 넝마를 걸친 채 서 있고 머리 위에서는 까마귀 두 마리가 깍깍거리며 하늘을 맴돌았다.

알리스가 바삐 말린 약초들을 분류하고 있는데 클레어가 문을 박차고 들어왔다. 얼굴이 눈물로 범벅이었다. 클레어는 침대 위로 몸을 던졌다. 물론 어린 처녀들이 종종 그렇듯 연애를 망치거나 친구들과 말다툼했을 때와는 사뭇 달랐다. 클레어의 울음은 더 깊고 처절했다. 노파는 소량의 마편초와 번대국화에 김이 펄펄 나는 물을 따라 차를 우린 다음 클레어의 손에 건네주었다. 클레어는 흐린 조명 아래 잔뜩 움츠린 채 덜덜 떨고 있었다. 알리스가 근심 어린 표정으로 지켜보았다.

"뭔가 기억난 게구나. 그것도 가혹한 쪽이야."

클레어가 고개를 끄덕였다. 그녀는 몇 번 떨리는 호흡을 가다듬고 따뜻한 차를 홀짝였다.

알리스가 제안했다.

"차라리 말하는 게 도움이 될 게다."

클레어가 노파를 올려다보았다.

"아뇨, 못해요. 기억은 나는데…… 너무도 가깝게…… 예, 느낄 수도 있는데…… 그런데도 뭔지 모르겠어요."

"어떻게 해서 기억이 돌아온 거지? 그 기억이 왔을 때 어디 있었던 거야?"

"언덕 위, 안드라스하고 있었어요. 까마귀를 쫓아내겠다며 나무 인형을 만들기에 도와주고 있었죠."

"허수아비."

"예, 안드라스도 그렇게 불렀어요."

"꺽다리 안드라스는 좋은 아이야. 그 아이가 했던 일과 관계 있는 건 아니지?"

클레어가 머뭇거렸다.

"예, 그건 아닐 거예요. 잘 모르겠어요. 함께 웃기도 했는데…… 어, 갑자기 모든 게 바뀌었어요. 이유도 없이."

"뭔가 있었어. 내가 안드라스한테 물어볼까?"

클레어가 찻잔을 잡고 차향을 깊이 들이마셨다.

"모르겠어요."

잠시 뒤 클레어는 중얼거리며 덧붙였다.

"아무튼 너무 슬퍼요."

알리스는 클레어를 살펴보았다. 다행히 차가 고통을 달래 준 듯싶었다. 이제 곧 마음을 진정하고 잠을 자게 될 것이다. 하지만 그렇다고 치유된 것은 아니다. 이 아이처럼 상처가 깊은 여자를 치료하는 건 쉽지 않은 노릇이다.

6

청명한 날씨가 이어졌다. 태양은 파도의 물보라를 반짝이는 보석들로 바꾸고 어부들은 날이면 날마다 눈부신 물고기로 어망을 채웠다. 꺽다리 안드라스의 들판에서는 허수아비가 헐거운 헝겊 팔을 펄럭이면 겁먹은 까마귀들이 깍깍 투덜대며 다른 들판, 다른 농작물로 달아났다. 조롱박 얼굴이 햇볕에 썩어 문드러지며 마치 큰 상처라도 입은 듯 보라색 고름을 흘렸다. 용감한 찌르레기 한 마리가 휙 덤벼들어 갈색으로 변색된 머리카락 일부를 채 가기도 했다. 클레어가 허브 채집을 나갔을 때 보니, 지금은 완전히 문드러진 채 아슬아슬 걸려 있을 뿐이었다. 허수아비가 가져다 준 기억도 더 이상 남아 있지 않았다.

안드라스의 어머니 아일웬은 더욱 허약해져 이젠 침대를 벗어나지도 못할 정도였다. 알리스가 그녀를 돌보았다. 그녀의 머리를 받치고는 야생 해바라기 뿌리를 샘물로 끓여 만든 따뜻한 미음을 먹여 주었다. 덕분에 기침이 나아지기는 했으나 그래 봐야 치료는 불가능했다.

알리스가 클레어에게 말했다.

"오래 못 살아."

클레어는 이곳에서 살면서 이미 죽음에 대해 배웠다. 늙은 어부를 매장할 때 알리스를 도와 시신을 씻기고 염했기 때문이다. 염한 시신은 어부의 두 아들이 인계받아 직접 제작한 관에 넣었다. 하지만 늙은 어부는 잠을 자다가 급사한 경우였다. 이제 클레어는 아일웬이 혼수상태에 빠지고 혼절하고 말라 가는 모습을 매일매일 지켜보아야 했다. 그러던 어느 초저녁, 아들과 남편이 지켜보는 가운데 아일웬은 숨을 거두었다.

아버지와 아들은 작별 인사 대신 아일웬의 이마를 가볍게 건드리고 자리를 떴다.

알리스는 물통에서 꺼낸 천을 짜서 하나를 클레어에게 건넸다. 둘은 시신을 닦기 시작했다. 염포는 깨끗하게 접어 준비해 두었다.

노파가 기억을 되새겼다.

"네가 바다에서 실려 왔을 때도 이렇게 씻겼단다."

"제가 죽을 거라고 생각했어요?"

알리스가 고개를 저었다.

"내가 보기에 넌 아주 튼튼했어. 너 때문에 애도 많이 먹었는걸."

알리스는 가볍게 키득거리며 아일웬의 마른 팔을 다독여 침대 위에 부드럽게 내려놓았다.

"기억 안 나요."

"당연하지. 제정신이 아니었으니까. 나를 애먹인 건 네 꿈속의 자아였다. 자, 여기."

알리스는 클레어에게 마른 천을 건넸다. 둘은 함께 죽은 여인을 깨끗이 씻기고 두 팔을 가지런히 접어 깡마른 가슴에 올려놓았다. 알리스가 머리를 빗긴 다음에는 함께 염을 했다. 밖에서 두 남자가 관을 준비하는 소리가 들렸다.

"여기도 여자가 필요하겠군."

알리스가 지저분한 오두막을 돌아보며 중얼거렸다. 요리 기구들은 설거지가 필요하며, 의자에 걸쳐 놓은 담요는 찢어진 데다 더럽기까지 했다.

클레어도 동의했다.

"그렇네요, 남자들은 가사 일을 잘 못하죠?"

알리스가 지적했다.

"꺽다리 안드라스도 결혼할 나이가 됐어."

클레어가 어깨를 으쓱했다.

"그럼, 해야죠."

"그 애는 널 원한다."

클레어도 그 정도는 알고 있었다. 그녀가 얼굴을 붉힌 채 중얼거렸다.

"전 결혼할 마음 없어요."

알리스는 못 들은 척했다.

"아들을 여럿 낳고 싶다더라."

"남자들이야 다 그렇죠."

이 마을에 살면서 배운 사실이다. 아들은 바깥일을 했다. 아버지가 늙으면 아들이 배와 들판을 떠맡는 식이었다.

알리스는 염포로 아일웬의 유품을 흩어지지 않게 묶었다. 클레어는 아무 말 없이 알리스를 도왔다. 문득 안드라스 같은 튼튼한 아들을 낳고 아일웬이 얼마나 자랑스러웠을까 하는 생각이 들었다.

두 사람이 물러나 앉았다. 작업은 끝났다. 이제 곧 남편과 아들을 불러 시신을 관에 넣을 것이다. 매장은 아침에 하고 마을 사람들은 그때 모이게 된다.

알리스가 클레어에게 말했다.

"그날, 너를 돌보던 날…… 상처를 보았다."

"상처요?"

"네 배."

클레어는 보호하듯 손으로 배를 만지다가 고개를 떨구었다.

"난……."

"큰 상처였다. 누군가 치료를 했더구나. 꿰맨 자국이 있었어."

"알아요." 클레어가 중얼거렸다.

"언젠가 기억할 게다. 다른 것들도."

"어쩌면요."

"하지만 걱정스러운 게 있구나. 아마도 아기를 낳지는 못할 게야. 그러지 못하게 만든 것 같다."

클레어는 아무 말 하지 못했다.

알리스가 몸을 숙여 기름 등잔의 심지를 올렸다. 밖은 벌써 어두워지고 있었다.

"여자의 가치는 출산 말고도 많다."

"예."

"자, 이제 사내들을 들이자꾸나."

두 여자가 일어나 밖으로 나갔다. 꺽다리 안드라스와 그의 아버지가 가랑비 속에서 기다리고 있었다. 표정이 둘 다 심각했다.

클레어는 마음속으로 자신에게 새로웠던 것들을 목록으로 만들어 보았다.

우선 색깔이 있다. 지금은 색을 알게 되어 정말 좋다. 빨간 딸기. 혼례의 빨간 리본…… 클레어는 빨간색의 반향과 생기에 홀딱 빠졌다. 지난 여름날처럼 하늘이 파란색일 때도 마음이 무척이나 포근했다. 이따금 바다도 잔잔하고 푸르렀으나, 대부분은 어두운 회색과 녹색으로 들끓거나 하얀 물보라를 일으키며 허공으로 흩어졌다. 클레어는 그런 식의 어둠도 마음에 들었다. 끊임없이 움직이는 신비의 바다. 그래도 그 깊은 곳에 그녀의 과거를 감춰 둔 것만은 원망스러웠다.

노란색은 생생함이 마음에 들었다. 작은 새 '노랑날개'는 이제 새장 안으로 손가락을 넣으면 날아와 앉는다. 폴짝 날아와서는 이상하다는 듯 고개를 갸우뚱거리며 그녀를 쳐다본다. 클레어는 처음에 왜 그렇게 새를 무서워했는지 의아했다.

새와 다른 동물들도 새로 배운 것들이다. 클레어는 아직도 소를 만나면 불안해하며 비켜가지만 절름발이 아이나르의 양, 특히 어린 양들은 좋아하게 되었다. 키 큰 목초 위를 깡충깡충 뛰어다니거나 분홍색 혀를 내밀고 신나게 매매 대는 모습이 무척이나 귀여웠다.

아이나르가 늑대 얘기를 해 주었지만 클레어는 아직 본 적도 없고 보고 싶은 생각도 없었다. 절대로.

클레어는 나비들도 좋아했다. 그래서 어린 소녀들이 나비를 잡으면 야단을 쳤다. 언젠가 베탄이 내민 손에서 잔뜩 찌부러진 점박이 날개를 보고는 슬퍼하기도 했다.

"그러면 나비가 죽잖니. 이 아이들도 살아서 날아다닐 자격이 있는 거야."

그들은 죽은 나비를 함께 묻어 줬지만 그 후에도 베탄은 나비를 쫓아다녔다.

벌은 무서웠다. 곤충들은 대부분 무서웠다.

"정말 어린아이 같구나." 하고 알리스가 웃었다. 덤불 속에서 미나리아재비 큰 잎을 채집하다가 살찐 딱정벌레를 보고 클레어가 기겁하며 뒷걸음질 쳤기 때문이다. 미나리아재비 우린 물은 아픈 목을 달래 주는데, 오랫동안 배를 타고 다닌 어부들에게 종종 그런 증상이 나타난다.

"전에 본 적이 없어서 그래요."

클레어가 언제나처럼 변명했다. 그녀한테는 처음 보는 게 너무도 많았다.

클레어의 목록에는 그녀를 깜짝 놀라게 하는 번개와 기겁하게 하는 천둥도 들어갔다. 또한 깔깔 웃게 하는 개구리도. 어느 날 아침에는 무지개를 보고 기쁨과 경이로 거의 기절할 뻔했다.

7

여름 끝 무렵, 클레어는 함께 추수를 하고 뿌듯했다. 추수한 농작물은 창고로 옮겨 저장했다. 들판에서는 새들이 떨어진 작물들을 쪼아 댔다. 사과는 아직 덜 익었으나 사람들은 개중에 괜찮은 열매를 따 주스를 만들었다.

이제 하루 해가 짧아졌다는 것을 몸으로 느낄 정도였다. 여름날 저녁에는 아이들이 맨발로 숨바꼭질을 하며 그림자가 길어질 때까지 놀았다. 남자들도 별이 뜰 때까지 고기를 잡다 돌아왔지만 하늘에는 여전히 밝은 기운이 남아 있었다. 하지만 지금은 오후가 되면 공기부터 쌀쌀해졌다. 해가 저물며 수평선을 진홍빛으로 물들이는 듯하다가 금세 바다 너머로 사라져 버렸다. 그러면 바람이 강해졌고, 갈색 나뭇잎들은 마구 펄럭이고 오두막

굴뚝에서는 연기가 흩어졌다. 연기에서는 으스스한 밤을 위한 양분인 수프와 스튜 냄새가 났다. 여자들은 아이들이 커 버려서 더 이상 못 입는 스웨터를 풀고, 새로운 문양과 밝은 줄무늬를 넣어 더 큰 치수로 다시 짜기 시작했다. 버리는 건 아무것도 없었다. 사내아이들은 뼈를 깎아 단추를 만들었다.

꺽다리 안드라스는 클레어에게 술 달린 숄을 선물했다. 그의 어머니가 입던 것이었다. 낮에는 그나마 햇볕도 따뜻하고 기온도 포근했지만 저녁이면 클레어도 부드러운 숄로 몸을 감쌌다. 절름발이 아이나르는 그녀가 숄 끄트머리를 묶는 모습을 보고, 버드나무 가지로 고리를 만들어 주었다. 나뭇가지를 물에 담가 부드럽게 한 다음 둥글게 꼬아 만든 것이다. 아이나르는 초록색 숄에 조심스레 장식을 매달고 두 고리를 연결해 두툼한 숄을 단단히 여미는 방법을 보여 주었다.

어느 날 이른 아침, 차고 깨끗한 공기에 클레어의 입김이 하얗게 서렸다.

"안개 같아요." 클레어가 알리스에게 말했다.

"입김이라는 거다." 알리스가 대답했다.

두 사람은 숲 근처 오두막으로 가는 중이었다. 브린이 어부 남편, 어린 딸과 함께 사는 곳이다. 동이 트기도 전에 베탄이 두 사람의 오두막으로 쳐들어왔는데, 스웨터를 입지 않은 탓에 덜덜 떨기는 했지만 크게 흥분해 추위도 잊은 듯했다.

"엄마 진통이 시작됐어요. 아빠가 보냈어요. 아빤 아무것도 모른다면서요!"

"어서 집에 돌아가라, 애야. 엄마한테 곧 간다고 전해."

알리스가 차분한 목소리로 이르고는, 어느새 일어나 불을 지피고 옷을 찾아 입었다.

"함께 올 거죠, 바다 소녀 클레어?"

베탄이 애원했다. 클레어도 일어나 앉아 하품을 했다.

"그래, 갈게. 먼저 가서 아빠 바보, 라고 놀리려무나."

클레어도 베탄의 아버지를 알고 있다. 자상하고 친절한 사람이지만 사내들은 원래 이런 일에 젬병이었다.

소녀가 키득거렸다. 클레어는 바닥에 두 발을 내려놓으며 한기에 몸을 파르르 떨었다. 그녀는 알리스가 짜 준 털양말을 찾았다.

"어서 가, 어서!"

클레어의 재촉에 베탄이 깡충거리며 집 밖 오솔길을 따라 발걸음을 재촉했다.

노랑날개가 횃대에서 몸을 뒤척이며 찍찍거렸다. 여름이 지나면서 새장도 집으로 들어온 터였다. 알리스가 나뭇잎 하나를 말아 새장 안으로 밀어 넣어 새가 쪼아 먹도록 했다. 클레어는 옷을 입고 따뜻한 양말 위에 가죽 샌들을 신고 끈을 묶었다. 그리고 노파가 모퉁이 선반에서 물건들을 챙기는 모습을 지켜보다가 몸서리를 쳤다.

"칼은 왜 챙겨요?"

알리스는 허브차 담은 코르크 병들 옆에 칼을 조심스럽게 놓고 부드러운 가죽으로 한꺼번에 말아 가방 안에 넣었다. 그리고 깨끗하게 접은 천도 그 위에 챙겨 넣은 다음 끈을 조여 가방을 단단히 묶었다.

"침대 밑에 칼을 놓아 두면 진통이 덜하다는 말이 있단다."

"그게 정말이에요?"

알리스가 어깨를 으쓱했다.

"그럴 리가. 하지만 그렇게 생각하는 것만으로도 고통을 줄일 수 있지."

알리스는 두터운 털 숄을 어깨에 두르고 가방을 짊어졌다.

"탯줄 자를 때도 칼이 필요하고."

클레어도 숄을 단단히 두르고 버드나무 고리를 걸었다.

"등잔불 들어라." 알리스가 지시했다.

두 사람은 발걸음을 재촉했다. 클레어는 등잔불을 높이 들어 앞길을 비추었다. 다행히 하늘도 밝아지고 있었다. 가느다란 은빛 초승달이 잿빛 새벽하늘에 쓸쓸히 걸려 있었다. 브린의 아이는 새벽 아기가 될 것이다.

베탄이 신이 나서 어두운 새벽길을 돌아다니며 친구들을 깨운 탓에, 두 여인이 오두막에 도착했을 때는 이미 잠옷 차림의 삼총사가 작은 방에서 초조하게 키득거리고 있었다. 침대에서는 브린이 신음하며 몸을 뒤틀었다. 알리스가 아이들을 문밖으로 내몰았다.

"해가 저만치 뜰 때까지 오면 안 된다. 돌아올 때는 목장에서 꽃을 한 아름씩 꺾어 와. 아기를 환영해야지."

아이들이 밖으로 나간 다음 알리스가 덧붙였다.

"시든 쑥부쟁이와 철늦은 메역취 정도나 있겠지. 하지만 따기가 여간 어려운 것들이라 쉽사리 돌아오지는 못할 게다."

아기 아버지는 보이지 않았다. 알리스는 남자들이 출산을 무서워한다고 말했다.

하지만 절름발이 아이나르는 달랐다. 지난 초봄 아이나르가 양들의 출산을 돕는 모습을 봤는데 양을 다루는 손이 안정되고 자애로웠을 뿐 아니라 그는 출산을 두려워하지도 않았다. 클레어는 우연히 그 장면을 지켜보았지만 아이나르는 개의치 않는 듯했다. 그가 젖은 다리를 풀어 주자 새끼가 비틀거리며 일어나더니 젖을 찾아 엄마 품으로 파고들었다. 그때 클레어는 아이나르가 미소 짓는 모습을 처음 보았다.

그가 무뚝뚝하게 내뱉었다.

"사실 내 도움 따위는 필요 없어요. 문제만 없다면 혼자서들 잘하니까."

"그래도 도와주는 모습이 보기 좋아요."

아이나르는 어깨를 으쓱하고는 젖을 먹이는 암양의 엉덩이를 두드려 준 다음 지팡이를 찾아 짚고 절룩절룩 그 자리를 떠났다. 클레어는 한참 아이나르의 뒷모습을 보다가 마침내 자기 발길을 재촉했다.

벌써 몇 달 전 일이다. 봄에 태어난 양들은 이제 키도 크고 양털도 덥수룩했다. 아이나르도 더 이상 그녀를 내외하지 않았다. 한 번은 아이나르가 거친 목소리로 꼬꼬댁 외치다가 갑자기 구구거리는 바람에 크게 놀란 적도 있었다. 그녀가 놀라서 빤히 쳐다보자 그가 짧게 설명했다.

"다른 새 흉내도 내는지 물었잖아요. 닭소리예요."

그러고서 고개를 들어 바다 위로 치솟는 무척이나 커다란 새

한 마리를 바라보았다. 그가 길게 목쉰 소음을 만들어 냈다.

"검은등갈매기."

지금은 저녁에 양떼를 불러모을 때 그녀가 도와주어도 마다하지 않았다. 둘은 함께 양떼를 세웠다. 아이나르는 늑대한테 한 마리도 빼앗기지 않았다며 자랑스러워했다. 갓 태어난 양들도 무척이나 애지중지했다.

"칼을 씻어 다오."

알리스의 명령에 클레어의 상념도 오두막으로 돌아왔다. 아이가 나오면서 브린이 숨을 몰아쉬고 갖은 힘을 다했다. 클레어가 보니 딸이었다. 끓는 물에 칼을 담그는데 아기 울음소리가 들렸다. 클레어는 깨끗한 천으로 조심스레 칼을 닦았다. 칼날이 뜨거웠다.

클레어가 갑자기 애원했다.

"브린을 베지 마세요!"

알리스가 그녀를 향해 이마를 찡그리다가 가볍게 대꾸했다.

"어미를 왜 베겠느냐?"

알리스는 펄떡거리는 탯줄에 노끈을 묶었다. 아기가 허공에 주먹을 휘두르며 울기 시작했다.

"해가 떠오르고 있다. 그리고 넌 건강한 딸을 얻었어."

알리스가 브린에게 말한 다음, 잠시 기다렸다가 클레어의 손에서 칼을 뺏어 들고 조심스럽게 신생아와 산모를 분리했다.

브린은 지친 표정으로 미소를 지었다. 그때 클레어가 부지불식간에 앞으로 나서더니 "아기를 빼앗지 마세요!"라고 외쳤다. 알리스가 아기를 포대기에 싸고 있었다.

알리스가 이마를 찡그렸다.

"뭘 빼앗아 가? 갑자기 무슨 일이니, 얘야?"

"아기를 브린에게 줘요!"

알리스는 당혹스러웠다. 노파는 몸을 숙여 아기 포대기를 브린의 가슴에 안겼다.

"내가 아기를 어떻게 한다는 거냐? 늑대한테 내주기라도 할까 봐? 물론 엄마한테 줘야지. 자, 보아라. 저렇게 작지만 뭘 해야 하는지 알고 있잖니."

엄마 젖을 찾아 비틀거리며 걷는 아기 양처럼, 브린의 아기도 엄마의 따뜻한 살갗을 향해 고개를 돌리고 입을 오물거렸다. 클레어는 아기를 바라보다가, 비틀비틀 오두막 밖으로 빠져나갔다. 알리스는 부지런히 조산 도구를 바구니에 챙겨 넣기 시작했다. 알리스 또한 당혹감과 근심으로 표정이 어두웠다. 어린 딸이 얼굴을 디밀고 젖을 빠는 동안 산모는 꾸벅꾸벅 졸기 시작했다.

문밖 저 멀리에서는 어린 소녀들이 점점 밝아지는 목장을 쏘다니며 부지런히 꽃을 모으고 있었다. 하지만 지금 오솔길에 서서 울고 있는 클레어에게, 해돋이는 기억과 상실감으로 인해 빛을 발하지 못했다. 어쩌면 앞으로 있을 모든 해돋이까지 그러할 것이다.

8

홀쩍이느라 가끔 중단되었지만 클레어는 자신이 기억해 낸 이야기를 띄엄띄엄 알리스에게 들려주었다. 노파는 놀란 표정으로 흉터를 다시 봐야겠다고 했다. 노파는 쭈글쭈글한 손으로 분홍빛 흉터를 만져 보고 도드라진 부분을 한 손가락으로 끝까지 훑어도 보았다.

"그래, 네가 왔던 날 이 상처를 보고 큰 사고를 당했다는 생각은 했다. 하지만 아기를 꺼낼 만큼 길다는 생각은 하지도 못했구나. 세상에, 여자를 이렇게 베다니! 심지어 어린 소녀를! 넌 기껏 어린 여자애였어! 그래, 고통이 얼마나 끔찍했겠니. 그러다 죽을 수도 있는 일인데."

"아뇨, 배를 가를 땐 아무 느낌도 없었어요. 그 전에는 진통이 있었죠. 브린처럼 아이가 꿈틀거렸으니까요. 하지만 배에 칼을 댈 땐 그냥 느낌뿐이었어요. 칼을 밀어 넣는 느낌인데, 통증은 없었어요."

알리스가 못 믿겠다며 고개를 저었다.

"어떻게 그럴 수가?"

"특별한 약이 있어요. 마약 같은 건데. 통증을 없애 주는 약이에요."

"하얀 버드나무가 통증을 줄여 주지. 하지만 배를 가를 때는 소용없어! 우리한테 그런 약초는 없어!"

"아무 감각이 없었어요."

"그럼 피는 어쩌고?"

알리스가 다시 흉터를 건드렸다. 세월에 손마디가 굽고 두꺼워진 손가락이 그 위를 길게 훑고 지나갔다.

"이런 흉터를 본 적은 있다. 갈고리에 살이 찢겨 나간 어부도 있고 짐승의 발톱에 살점이 뜯겨 나간 사냥꾼도 있었으니까. 그들을 봐 달라는 요청을 받기는 했지만 내가 할 수 있는 일이라고는 달래고 위로하는 것밖엔 없었지. 쿨럭거리며 쏟아지는 피 때문에 끝내는 죽고 말았단다. 피와 고통 때문에. 처음에는 고통의 비명을 지르지만 피를 많이 흘릴수록 그 소리도 잦아든단다. 그러고는 눈부터 죽어 가는 거야."

노파의 눈이 아련해졌다. 직접 눈으로 보면서도 치유하지 못했던 끔찍한 경험을 되새기는 중이었다.

클레어가 자신의 흉터를 내려다보았다.

"전 보지는 못했어요. 눈을 가렸거든요."

클레어는 얼굴을 덮은 가면 생각에 살짝 몸서리를 쳤다.

"그래도 배를 가르는 느낌은 있었어요. 예, 할머니 말이 맞아요. 당연히 피가 났겠지만 그마저 도구가 있었을 거예요. 작은 소리가 들렸는데……."

클레어는 기억을 떠올리며 그 소리를 재현해 보았다.

"지지직 지지직! 그리고 탄내가 났어요. 내 생각엔……."

앨리스는 당혹스러운 표정으로 클레어가 말을 잇기를 기다렸다.

클레어가 한숨을 쉬었다.

"여기 없는 기술이 있어요. 전기라는 건데 설명이 어려워요. 그러니까 전기로 혈관을 태워서 봉합하는 도구 같은 거죠. 지지직! 지지직!"

앨리스가 말이 된다는 듯 고개를 끄덕였다.

"이따금 뱀에 물린 상처를 태우기는 한다. 불 막대를 이용하는데 독은 없애도 출혈을 막지는 못해. 하물며 너처럼 큰 상처라면 말도 안 된다."

클레어가 옷을 내려 흉터를 가렸다. 그리고 두 여인은 조용히 앉아 있었다. 한 사람은 혼란스러운 기억 때문이고 다른 사람은 소녀가 겪은 고통과 이유가 당혹스러웠기 때문이었다.

클레어가 마침내 조용히 속삭였다.

"아기를 찾아야겠어요."

"그래, 그래야지."

"어떻게요?"

알리스는 대답하지 못했다.

클레어는 브린에게도 얘기했다. 어느 날 오후 브린이 아기를 안고 젖을 먹일 때였다. 클레어가 과거 얘기를 하자 브린은 충격과 슬픔에 빠진 채 경청했다. 클레어가 자신의 끔찍한 질문에 대답할 때는 아기를 좀 더 꼭 끌어안았다. 하지만 깨닫지 못한 게 있었다. 오두막 바로 밖, 시원한 가을바람을 위해 열어 둔 문 옆에서 어린 소녀들이 눈을 동그랗게 뜨고 이야기를 엿듣고 있었던 것이다.

아이들은 재빨리 달려가 다른 사람들한테 전했다. "끔찍한 비밀." 베탄은 그렇게 불렀다. 이것저것 과장을 섞은 이야기에 사람들이 보여 주는 반응이 재미있었다. 바다 소녀한테 아기가 있었대요! 예, 그렇게 어린 사람한테! 아뇨, 남편은 없어요. 사람들이 아기를 데려갔어요. 그냥 데려간 거래요. 그런데 그 후에 한 번도 못 본 거예요!

비밀은 마을 전체에 번졌다. 나이 든 여인들은 불쌍하다며 눈시울을 적셨다. 자식을 잃은 슬픈 경험들이 있기에 그 상실감이 얼마나 혹독한지 알기 때문이었다. 예쁜 이방인을 질투했던 젊은 여자들은 코웃음부터 쳤다. 남편이 없다고! 걸레 같은 년! 내, 그럴 줄 알았다니까! 그러니까 살던 곳에서 쫓겨난 거야!

초여름에 혼례식 때 클레어의 도움을 받았던 글레니스도 그새 부풀어오른 배를 보란 듯이 매만지며 홱 하고 고개를 젖혔다.

"알리스야 산파로 받아들이겠지만 그년은 안 돼."

껑다리 안드라스도 클레어를 보고 잔뜩 인상을 쓰며 고개를 돌렸다.

"무슨 일 있어요?"

클레어가 그의 냉대에 놀라 물었다. 지금껏 그렇게도 친절했건만.

"그게 사실이에요? 사람들 얘기가?"

"누구요? 뭐라고 하는데요?"

"모두가 다 아는 이야기요. 클레어가 남편도 없이 아기를 낳았다고."

클레어가 멍하니 안드라스를 보았다. 그 얘기는 자신한테도 여전히 너무 낯선지라 지금도 비밀처럼 여겨졌다. 아직 단편적인 기억들에 불과한 탓에 찬찬히 정리해 봐야 했다. 그나마 출산의 기억만은 분명하고도 끔찍했다. 하지만 아기는? 아니, 전혀 실감도 나지 않았다. 그저 뭔가 아주 작은 존재가 태어났다는 정도뿐.

"내가 살던 곳에서는 상황이 달랐어요. 결혼 같은 게 없었으니까. 하지만 사실이에요. 아이를 낳았었죠. 당신은 이해 못해요. 난 아이를 낳도록 선발되었는데 그곳에서는 명예로운 일이었어요. 그래서 출산모라고 불리기도 했고."

어느새 그를 대하는 클레어의 말투도 쌀쌀해져 갔다.

안드라스가 턱을 들고 경멸스럽게 그녀를 보았다.

"당신은 이제 여기 살아요. 그런데 더럽혀진 거요."

"더럽다고요? 그게 무슨 소리죠?"

"짐승처럼 들판에서 짝짓는 여자들. 그런 여자들은 더러운 여자들이오. 그런 여자는 아무도 안 데려가요."

오. 이제 무슨 말인지 이해되었다. 양들의 짝짓기를 본 적이 있었다. 아이나르는 그런 식으로 새끼 양이 생긴다고 설명했다. 그녀가 그런 일에 대해 너무도 무지하다며 웃기까지 했다.

클레어가 안드라스에게 쏘아붙였다.

"나와는 상관없는 얘기예요."

"나도 상관없어요."

안드라스가 차갑게 대꾸했다. 그는 등을 돌리고 계속 장작을 쌓아 나갔다. 클레어는 잠시 바라보다가 자리를 떴다. 안드라스 때문에 아침부터 기분이 엉망이었다. 나중에 점심 식사를 하면서 알리스에게 그 얘기를 해 주었다.

"여기 방식이야. 어리석기는 하지만 언제나 그랬단다. 여자들은 순결한 몸으로 결혼해야 해. 아니면 순결한 척이라도 해야겠지. 그렇지 않으면······."

"아무도 안 데려가겠죠?"

알리스가 어깨를 으쓱이며 키득거렸다.

"사람들은 쉽게 잊는다. 아무래도 안드라스가 너를 원했던 것 같구나. 어쨌든 건드리지 않으면 그 애도 저절로 잊을 게야."

클레어는 자리에서 일어나 노랑날개한테 시금치를 조금 주었다. 새는 횃대에서 신나게 깡충거리며 왔다 갔다 했다. 클레어는 접시에 남은 음식을 긁어 양동이에 버렸다.

"안드라스는 신경 안 써요. 결혼할 생각도 없고. 할머니도 안 했잖아요."

앨리스가 씩 웃었다.

"나야 제멋대로였지."

"제멋대로?"

"누군 바람난 야생마라고 부르더구나. 아무도 못 말렸어."

앨리스가 큰 소리로 웃었다.

클레어는 앨리스가 웃음을 통해 분노를 가라앉히고 있음을 깨달았다. 앨리스의 주름과 곱사등을 보면 그녀가 바람난 야생마였다는 사실을 믿기 어려웠으나, 거침없는 웃음을 통해서라면 먼 옛날 자유로웠던 영혼을 언뜻언뜻 볼 수 있었다.

아이들은 사람들이 수군대는 얘기에는 호기심이 많았으나 클레어를 판단하기에는 아직 어렸다. 그래서 클레어에게 질문도 거침없이 했다. 언젠가 해변에서 땔감을 모을 때였다. 거센 바람이 클레어의 치마를 낚아챘다.

베탄이 물었다.

"아기가 배 속에서 자란 거예요? 우리 엄마처럼?"

클레어가 고개를 끄덕였다. 어차피 모두 아는 얘기다. 클레어가 굽은 나무를 땔감에 더했다.

델위스가 눈을 동그랗게 뜨고 물었다.

"아들이었어요?"

클레어가 다시 고개를 끄덕였다.

"그래, 수컷이었어."

클레어는 그렇게 내뱉고는 스스로 깜짝 놀랐다. 왜 그렇게 불렀을까? 아기는 누구나 베탄의 여동생처럼 여아, 아니면 남아라고 부른다. 그런데 왜 수컷이라는 이상한 단어를 쓴 거지? 마치 숲이나 들판에 사는 짐승을 낳기라도 한 것처럼?

"그런데 어디 간 거예요? 언니 수컷? 누가 빼앗아갔어요?"

어린 아이라는 무척 걱정스러운 표정이었다.

클레어는 미소로 아이를 안심시켰다.

"다른 사람한테 그 아이가 필요했거든. 네 엄마도 이 땔감이 필요해서 가져가잖아. 그러니 저 큰놈을 여기로 끌고 와서 우리가 자를 수 있는지 한번 볼까?"

"할 수 있어요!"

"나를 봐요! 얼마나 힘세다고요!"

"남자처럼 힘세요. 수컷처럼!"

아이들은 젖은 모래 위를 마구 달리며 소리도 지르고 웃기도 했다. 문득 해변을 에두른 높은 둑을 보니 그곳에 아이나르가 서서 지켜보고 있었다. 넓은 어깨에 물지게를 지고 양쪽에 물 양동이를 매단 걸 보니 샘물에서 물을 길어오는 모양이었다. 그는 지게를 진 상태에서도 지팡이 두 개를 쓸 수 있었다. 그녀와 시선이 마주치자 아이나르가 한 손을 들어 손 인사를 해 보였다.

클레어도 손짓을 하며 미소 지었다. 그래, 나를 더럽다고 생각하지 않는 남자가 한 명은 있잖아. 아니면, 내가 저 남자만큼 더럽혀진 건가?

클레어는 오솔길을 따라 걸어가는 아이나르를 지켜보았다. 그는 두 발을 차례로 질질 끌며 걸었다. 백사장에서는 아이들이 웃으며 아이나르의 발걸음을 흉내 냈다. 잠시 후 아이들이 만들어 놓은 발자국을 바닷물이 채우고 지워 버렸다.

9

갑자기 뼈를 에는 혹한의 겨울이 들이닥쳤다. 습한 삭풍이 바다에서 불어와 오두막 틈새마다 비집고 들어올 때면 장작불까지 흔들리고 깜빡거렸다. 클레어는 알리스가 짐승 가죽을 꿰매

만들어 준 두꺼운 모피 조끼를 입고, 같은 가죽에 힘줄로 신발끈을 만든 따뜻한 부츠를 신었다.

어느 날 아침, 알리스와 함께 브린의 오두막에 갔다. 이름이 엘렌인 여자 아기는 몇 겹의 직물에 따뜻하게 싸여 요람에 누워 있었다. 장작불에 데운 돌들을 헝겊으로 감싸 보온한 요람이었다. 알리스가 날카로운 아기 울음소리를 듣더니 키득거리며 브린에게 말했다.

"여름 아기가 건강하다지만 이 애 목소리를 들으니 장난이 아니네."

브린이 두툼한 잔에 차를 따랐다. 밖에서는 바람 소리가 스산했다. 어린 베탄이 불 옆 바닥에 앉아 휘파람을 흥얼거리며 콩을 종류별로 분류하고 있었다. 클레어는 양해를 구하고 밖으로 빠져나왔다.

클레어는 모피 조끼 위에 단단히 숄을 감싸고, 두꺼운 니트 모자를 눌러 귀를 보호한 다음 언덕을 오르기 시작했다. 바람에 흔들리는 나무들 사이로 황량한 샛길이 굽이치며 이어졌다. 혹한의 날씨에 사람들이 집 안에서만 지내는 터라 주변에는 아무도 보이지 않았다. 그래도 아이나르는 목장에서 가축들을 돌보고 있을 것이다. 그리고 당연히 그녀를 반겨 줄 것이다. 클레어는 언덕을 오르며, 장갑 낀 손을 입에 대고 호호 불었다. 얼어 버린 진창길에 발이 자꾸만 미끄러졌다.

클레어에게는 계절을 이해하는 것도 쉽지 않았다. 기억은 돌아오고 있지만, 태풍이 다가오면 여름 나뭇잎이 아랫면을 드러내는 것도, 추운 밤이면 시들어 떨어지는 것도 여전히 생소하기만 했다. 추위도 그렇다. 그녀의 기억에는 추위가 없었다. 외투나 숄을 입어 본 적도 분명 없었다. 게다가, 비! 여름에도 비는 생소했지만 날이 추워지자 비는 얼음 조각과 섞여 내렸다. 그러니 다음에는 또 어떤 비가 내릴지 어찌 알겠는가! 알리스가 열심히 설명하고 대비해 주기는 했으나 매일매일이 클레어에게는 충격이었다.

클레어는 절름발이 아이나르가 사는 너와집 문을 두드렸다. 대답이 없었다. 문을 밀어 열고 안을 들여다보았더니 화로의 불씨는 아직 뜨거웠다. 가느다란 연기가 굴뚝에서 흩어져 바람을 타고 잿빛 하늘 속으로 사라졌다. 들판에 나간 모양이야. 클레어는 문을 꼭 닫고 숄을 여민 다음 오솔길을 따라 올라갔다.

아이나르는 가시덤불에 걸린 양의 다리에 연고를 발라 주고 있었다.

"여기…… 여기 좀 잡아 줘요. 자꾸만 달아나려고 해요."

클레어는 불안해하는 짐승의 목을 두 팔로 감싸 안고 부드럽게 양을 달래 주었다. "쉬이이이. 쉬이이이." 아기가 울 때 브린이 그런 식으로 속삭였다. 클레어는 양의 두터운 목털에 머리를 기댔다. 냄새가 나긴 했지만 느낌은 베개 같았다.

"됐다."

아이나르가 다리를 놓아주자 양이 몸을 흔들며 클레어의 품에서 빠져나갔다. 양은 마른 풀숲을 헤치며 깡충깡충 뛰어갔다. 양떼들이 일제히 매매 콧노래로 돌아온 양을 환영해 주었다.

아이나르가 클레어를 보며 말했다.

"추워 보여요. 자, 어서, 오두막으로 내려가요."

클레어는 그를 보며 웃었다. 당연한 얘기였기 때문이다. 그녀는 추위에 바들바들 떨며 다시 장갑 낀 손을 모아 입김을 호 불었다.

아이나르는 양떼를 돌아보았다. 양들은 옹기종기 모여 옹송그린 채 머리를 잔뜩 숙여 진눈깨비를 피했다. 이윽고 클레어도 아이나르를 따라 오솔길을 내려갔다.

클레어는 침대로 사용하는 가죽 더미 위에 앉았다. 아이나르는 재를 쑤셔 빨간 불꽃을 지피고 두꺼운 오크나무 가지 하나를 보탰다. 이제 클레어도 온기를 느낄 수 있었다.

"이런 날씨에 왜 여기까지 온 거예요?" 그가 물었다.

클레어는 망설였다. 그가 어떻게 나올지 몰라서였다. 마침내 그녀가 물었다.

"벼랑을 오른 적이 있다면서요?"

아이나르가 그녀를 쳐다보고는 다시 돌아서서 화로의 장작들을 재배치했다. 클레어가 보기에는 부질없는 행동이었다. 그저 시선을 피하고 싶었을 것이다.

아무튼 그가 인정했다.

"예, 그래요. 이유를 알고 싶은 건가요?"

"아뇨, 방법이요. 방법을 알고 싶어요. 벼랑을 봤는데 아뜩한 게 도저히 불가능해 보였거든요."

아이나르가 한숨을 쉬더니 무릎을 꿇고 있다가 끙끙거리며 일어나 그녀 옆으로 건너와 앉았다.

"먼저 이유를 말하는 게 낫겠어요. 그래야 이해하기 쉬울 테니까."

클레어가 고개를 끄덕였다. 때가 되면 그녀도 자신의 이유를 고백하게 될 것이다.

진눈깨비가 후두둑 오두막 지붕을 때렸지만 집 안은 따뜻했다.

"난 어머니를 본 적이 없어요. 나를 낳다가 돌아가셨거든요. 들기로는 알리스 할머니가 와서 도왔다는데 내가 너무 덩치가 컸대요. 진통이 너무 길어진 데다 출혈도 심해서 결국 돌아가시고 만 거죠. 종종 있는 일이라더군요."

클레어가 고개를 끄덕였다. 알리스한테 들은 얘기다. 클레어가 자기 이야기, 그러니까 배를 가른 얘기를 했을 때 알리스는 크게 관심을 보였었다. 그때 알리스가 한 말은, "이곳에선 죽었을 거야."였다.

"아버지는 어부였어요. 그날도 배를 타고 나갔는데 이맘때였죠. 춥고 바람도 거센 터라 다른 사람들처럼 고생했을 거예요. 아버지는 차가운 분이었어요. 강하고 풍파도 잘 이겨 내셨고."

아이나르가 어깨를 으쓱이며 덧붙였다.

"지금 나처럼."

"아이나르는 차갑지 않아요."

"생활에 적응한 겁니다. 짐승들 때문에라도 그래야 하죠."

물론 양떼 얘기다.

"클레어만큼 추위를 타지도 않아요."

"계속 여기 살았잖아요. 추위와 더불어 사는 법을 배워서 그래요."

두 사람은 잠시 아무 말도 하지 않았다. 이윽고 아이나르가 다시 얘기를 이어 갔다.

"그날 저녁 아버지가 바다에서 돌아와 어망을 비우고 배를 묶었지만 사람들은 아버지한테 아무 말도 못했대요. 아내가 건강한 아들을 낳고 죽어 간다는 말을 할 수가 없었던 거죠."

그가 잠시 시선을 돌렸다.

"아버지도 아들을 원했다지만, 아내를 앗아간 아들은 아니었어요."

바깥에서는 바람에 부러진 나뭇가지가 앞마당을 스치듯 날아가다가 쾅 하고 벽을 때렸다. 클레어는 이런 날씨에 집에 돌아와 빽빽거리며 우는 아기와 시퍼렇게 죽어 버린 아내를 목격한 어부를 그려 보았다.

"나를 불속에 던지려는 걸 알리스 할머니가 말렸어요. 다른 사람들도 들어와 아버지를 붙들었죠. 밤새도록 울부짖으셨대요. 모든 생명과 바람과 신들을 저주하고 심지어 자기 생계인 바다까지 저주했다더군요.

사람들 말로는, 아버지는 처음부터 차가운 분이셨어요. 어머니 덕분에 조금 부드러워지기는 했다는데, 어머니가 돌아가신 뒤에는 아예 돌로 변하셨죠. 그것도 날카로운 돌. 내가 어머니를 죽였기 때문에 나를 향해 날을 벼리신 거예요."

"하지만 그건 아이나르 잘못이······."

클레어는 말을 끝맺지 못했다. 그도 못 들은 척했다.

"나를 키운 건 다른 사람들이었어요. 마을 아주머니들. 내가 어느 정도 나이가 들었을 때에야 아버지가 데려갔죠. 내가 대가를 지불할 때라고 하더군요."

"그게 무슨 뜻이죠? 어느 정도 나이가 들다니? 몇 살이었는데요?"

그가 곰곰이 생각했다.

"여섯 살쯤? 앞니가 빠졌었거든요."

그렇게 어린아이가 어머니의 죽음을 속죄해야 했다는 생각에 클레어는 몸서리를 치고 말았다.

"아버지를 본 것도 그때가 처음이었어요. 그러니까 이방인에게 끌려간 격이었죠. 난 아버지 오두막으로 갔어요. 사람들도 가야 한다고 했고요. 그래도 그날 밤에는 먹고 마실 것도 주고, 밀짚 위에서 잘 때는 담요까지 덮어 주더군요. 아침이 되자 발로 차서 깨웠어요. 아직 동이 트기도 전이었는데 나한테 빚이 있으니 이제부터 어부로 만들겠다고 하더군요.

그 후, 나는 날마다 아버지와 함께 배를 타고 바다에 나갔어요. 아버지는 한 번도 부드럽게 말한 적이 없었어요. 풀나무나 짐승의 종류에 대해 가르쳐 준 적도 없고 밤하늘의 별을 가리킨 적도 없었죠. 노래를 불러 주거나 손을 잡아 준 적도 없고요. 그저 자칫 실수라도 하면 발로 차서 갑판 저 멀리 날려 보내고, 밧줄에 걸려 허우적대거나 갑판을 청소한 물에 미끄러지기라도 하면 비웃어 주는 게 고작이었죠. 파도가 거칠어 바다에 대고 뱃멀미라도 하는 날엔 머리를 때리기도 했어요. 아버지는 정말로 내가 갑판 밖으로 떨어져 죽길 바랐어요. 그렇게 얘기도 했었죠.

돛대에 올라가 돛줄을 풀게 하고는 손이 미끄러져 갑판 위로 떨어져도 비웃었어요. 팔이 부러졌지만 하루 종일 바다로 데리고 나가 그물을 끌어올리게 하더니, 그날 밤에 알리스 할머니한테 보내 아침까지 고쳐 놓으라며 으름장을 놓았죠. 아니면 다른 팔도 마저 분질러 버리겠다면서."

클레어가 나지막이 중얼거렸다.

"차라리 아버지를 죽이지 그랬어요."

아이나르는 한동안 입을 다물었다.

"난 이미 어머니를 죽인걸요."

아이나르가 갑자기 지팡이에 의지해 일어났다. 그리고서 문으로 걸어가 문을 빼꼼 열고 크게 심호흡을 했다. 그가 이 혹한에 밖으로 나가, 과거 때문에 이렇게 자학하며 산다고 고함이라도 칠까 두려웠다. 다행히 그는 문을 단단히 닫고 돌아왔다. 그리고 자리에 앉아 지팡이를 벽에 기댄 다음 심호흡을 몇 번 더 했다.

"난 아주 강하게 자랐어요."

"알아요."

"아버지보다 키도 크고 힘도 세졌죠. 아버지를 한 손으로 바다에 집어던질 수도 있었지만 그런 생각은 해 보지 못했어요. 그냥 묵묵히 아버지 말에 복종했죠. 어머니처럼 아버지를 위해 요리를 하고 빨래를 했어요. 그밖에도 한 일은 많았지만 너무 끔찍한 일들이라 여기서 그만두겠습니다. 간단히 말해, 내 자신을 돌로 만든 거예요. 나를 욕할 때는 귀머거리가 되고 증오심에는 눈을 감아 버렸죠. 그리고 기다렸습니다."

"기다리다뇨, 뭘요?"

"어른이 되기를 기다렸죠. 벼랑에 오를 만큼 강하고 용감해질 때를요."

"뭐가 잘못된 거죠?"

"암벽을 오르는 건 어렵지 않았어요. 그동안 훈련을 하고 준비도 했으니까요. 충분히 할 수 있었고 또 해냈죠. 잘못된 건 그다음이었어요."

아이나르는 다친 발을 보며 살짝 움직여 보았다. 그의 말투는 혹독했다. 이윽고 그가 보다 부드러운 목소리로 클레어에게 물었다.

"왜 이 얘기를 묻는 거죠?"

클레어가 대답했다.

"나도 할 거예요. 벼랑을 올라가야 해요."

그가 멍하니 클레어를 보았다.

"여자가 시도한 적은 없어요."

"해야 해요. 저 밖에 내 아이…… 아들이 있어요. 그 애를 찾아야겠어요."

클레어는 그가 비웃지 않으리라는 것을 알았다. 이 남자는 그런 사람이 아니었다. 어쩌면 불가능한 계획을 듣고 황당해할지도 모른다는 생각은 했지만 그러지도 않았다. 그래서 클레어는 그가 이미 아이 얘기를 알고 있음을 깨달았다. 그도 소문을 들은 것이다.

아이나르는 잠시 심각한 얼굴로 클레어를 보았다.

"이걸 밀어 봐요."

그가 그녀에게 팔을 내밀었다. 뭔가를 밀어내듯 손을 똑바로 쳐든 채였다.

"이렇게요?"

클레어가 자신의 손을 갖다 댔다.

그가 고개를 끄덕였다.

"밀어요."

클레어는 있는 힘껏 그의 손을 밀었다. 남자의 팔이 굽혀지도록 온힘을 다했지만 너무도 견고했다. 그의 팔은 끄떡도 않고 대신 클레어의 팔만 아팠다. 마침내 그녀가 포기했다. 무릎 위로 떨어뜨린 손은 덜덜 떨리고 힘이 없었다.

아이나르가 고개를 끄덕였다.

"최소한 팔 힘은 있네요. 등산은 해 봤어요?"

클레어는 깎아지른 벼랑을 떠올려 보았다. 벼랑은 마을 위에 떡하니 버티고 서서 한나절 내내 해를 가렸다. 그녀가 고개를 저었다.

"아이나르가 양을 키우는 목장까지 올라온 게 전부예요. 자주 봤잖아요. 그리고 가끔 허브 채집하러 폭포 옆 숲으로 들어가는데, 그때 힘든 적은 없었어요. 에, 거기도 가파르기는 하지만 물론 그 얘기는 아닌 거 알아요."

"먼저 힘을 길러야 해요. 내가 가르쳐 주죠. 쉬운 일이 아니에요. 정말로 간절해야 합니다."

"간절해요. 아들을 만나야 하니까."

클레어의 목소리가 갈라져 나왔다.

아이나르가 잠시 생각에 잠기더니 이렇게 말했다.

"그래요, 증오 때문에 떠나는 것보다는 뭔가를 찾아 떠나는 게 더 좋아 보이네요. 하지만 훈련을 마치려면 오랜 시간이 필요합니다."

"알아요."

"며칠이나 몇 주가 아니에요."

"알아요."

"몇 년이 걸릴 수도 있어요. 나도 그렇게 걸렸으니까."

"몇 년이나요?"

그가 고개를 끄덕였다.

클레어가 물었다.

"어떤 것부터 시작하죠?"

10

"아이나르 말로는 날마다 해야 한대요. 하루도 빠짐없이. 이 흉터가 있는 복근의 힘을 키워 준다네요. 보세요."

알리스가 고개를 돌렸다. 불 옆에서 양파 수프를 젓던 참이었다. 클레어는 오두막 바닥에 누워, 벽바닥에서 삐져나온 평평한 돌 밑에 두 발을 끼우고 상체를 일으켰다. 그리고 그렇게 비스듬한 자세로 잠시 버티다가 천천히 바닥에 누워 숨을 골랐다.

"설마 그 아이한테 흉터를 보인 건 아니겠지?"

"당연히 아니죠. 그래도 얘기는 했어요."

클레어는 입술을 깨물고 심호흡을 한 다음 상체를 들었다가 다시 천천히 내렸다. 그리고 다시 반복.

클레어가 잠시 후 가쁜 숨을 몰아쉬며 말했다.

"다 했다. 열 번이에요. 날마다 열 번씩 하라고 했어요."

"여기 있다. 수프하고 빵 좀 먹어 둬. 기운을 강화해 주는 차를 만들어 주마."

알리스가 들보에 매달아 놓은 말린 약초들을 올려다보았다. 그러고는 약초 이름을 하나씩 읊조렸는데(하양버들, 쐐기풀, 터리풀, 미나리아재비) 어떤 식의 조합이 효과적일지 고민하는 중이리라.

알리스한테는 계획을 얘기했지만 다른 사람들은 아무도 모른다.

알리스는 클레어가 만난 그 누구보다도 침착한 사람이다. 오랜 세월 고된 일들을 무수히 겪었기에 더 이상 어떤 일에도 놀라거나 불안해하지 않을 사람. 언젠가 한 아이가 바위에서 미끄러져 살이 깊이 찢겼을 때에도, 알리스는 맨살을 꿰매고 지혈제를 바르는 와중에도 차분한 목소리로 겁에 질린 어머니와 아파서 비명을 지르는 아기 모두를 달래 주었다. 지독한 난산을 목전에 두고도 알리스는 차분하고 단호했다. 거꾸로 서거나 옆으로 뒤집힌 아이들을 받아 낼 때면, 엄마는 차라리 죽여 달라고 울부짖고 아빠는 문간에 토악질을 했다. 클레어도 그곳에서 적잖은 죽음을 보았다. 열병과 기침으로 죽은 안드라스의 어머니를 포함해, 부러진 돛대에 맞아 두개골이 박살난 어부, 생일날 발작 증세를 보이다가 입에 거품을 물고 눈을 하얗게 까뒤집은 채 죽은 소년 등등. 알리스는 그들 모두를 염하고 가족들을 배려했다. 눈을 감기고 팔을 접어 준 다음 집에 돌아와서 도구를 소독하고 식사를 준비하고, 어느 순간 문을 두드리며 도움을 청할 또 다른 이웃을 기다렸다.

알리스는 무슨 일에도 당혹해하는 모습을 보이지 않았다. 아이나르와 클레어가 찾아와, 클레어가 암벽을 오를 거라는 얘기를 하기 전까지는.

"그건 안 돼! 오, 안 돼. 클레어! 그러다가 죽어."

알리스는 큰 소리로 외치더니, 마치 깊은 고통을 달래기라도 하듯 앉아 있던 흔들의자를 힘껏 구르기 시작했다.

이윽고 알리스가 다시 홱 하고 클레어를 돌아보았다.

"벼랑에서 죽는 거야. 떨어져서 산산조각 난단 말이다! 그런 사람은 수도 없이 봤다! 그래, 저 애를 봐라. 늑대처럼 팔팔하게 뛰어다니던 애야! 그런데 어떻게 됐니? 암벽을 오르다가 저렇게 된 거잖아! 미안하다, 아이나르, 넌 좋은 아이고 나도 네 어미를 사랑했다만, 넌 저 산 때문에 망가진 거다. 그런데 내 아이까지 망치게 하고 싶진 않구나!"

"나를 망가뜨린 건 산이 아니에요."

아이나르가 단호히 말했다. 그의 갑작스러운 확신에 클레어도 놀라지 않을 수 없었다. 항상 수줍어하고 말할 때도 머뭇거리기만 하던 그가 아닌가! 그런데 알리스한테 저렇게 자신 있게 말하다니!

"전 충분히 훈련했고 암벽을 오르는 데 성공했어요. 그 뒤가 문제였죠. 예, 클레어한테 그 준비도 시킬 겁니다. 어쨌든 당분간은 체력 단련에 힘써야겠죠. 그게 시작입니다. 물론 알리스 할머니 도움도 필요해요. 클레어는 아들을 원해요. 그러니 찾아 줄 방법을 알아봐야죠."

알리스가 소리쳤다.

"배가 있잖아. 꼭 가야 한다면 배를 타고 바다로 나가면 된다."

"아니, 바다는 싫어요. 정말로."

클레어는 벼랑도 무섭고 등반도 두려웠지만 바다는 더욱 끔찍했다.

알리스가 마침내 목소리를 누그러뜨렸다.

"지금은 겨울이다. 봄이 되면 저 아이를 강하게 만들 수 있어. 햇볕, 공기. 모두 힘을 키우는 데 도움이 될 거야."

아이나르가 웃었다.

"지금 시작할 거예요. 봄은 우리가 깨닫기도 전에 올 겁니다. 늘 그러니까."

정말 봄은 그렇게 왔다. 기나긴 겨울 내내 클레어는 하루도 빠짐없이 오두막 바닥에 누워 뒤통수에 깍지를 끼고 윗몸을 일으켰다. 흉터 있는 배는 단단하고 유연해졌으며 운동할 때 더 이상 숨이 가쁘지도 않았다.

클레어가 아이나르에게 선언했다.

"준비됐어요."

아이나르가 웃었다. 두 사람은 오두막 문 옆에 서 있었다. 아이나르는 언덕을 뛰어 올라가 폭포까지 갔다가 이곳으로 다시 내려오라는 지시를 내렸다.

한 주 내내 가랑비가 내린 탓에 오솔길은 미끄러운 진창이었다. 클레어가 인상을 찌푸렸다.

"너무 미끄러워요."

"저 산에 비하면 부드럽고 단단한 길이에요."

"그건 그렇지만……."

"달려가요. 두 발에 집중하고."

클레어가 자기 발을 내려다보았다. 지금은 두꺼운 양모 양말에 조잡한 가죽 샌들로 감싸여 있다.

"벗어요." 아이나르가 지시했다.

클레어는 한숨을 쉬면서도 그의 말에 따랐다. 땅은 너무도 차가웠다. 아직 이른 봄이라 가랑비도 쌀쌀하기만 했다. 그녀는 차가운 진창에서 발가락을 꼼지락거리다가 정신을 집중하고 달리기 시작했다.

오솔길 중간까지는 무척 가팔랐다. 미끄러지고 바위에 무릎을 긁히기 일쑤였다. 그래도 다시 일어났다. 두 손이 진흙 범벅이 되고 다리에서 붉은 핏방울이 점점이 배어 나왔다. 그녀는 숨을 고르며 젖은 비탈길을 올려다보고는 다시 심호흡하고 발걸음을 떼었다. 달려요. 아이나르는 그렇게 지시했다. 전에도 이따금 오른 길이지만 항상 천천히, 조심스럽게 발을 뗐다. 이제는 달려야 한다. 발끝을 땅 속에 단단히 박아 넣으려 했으나 이번에도 여지없이 미끄러져 넘어졌다. 클레어는 일어났다. 마침내 언덕 위에 다다라, 질주하는 폭포 옆에 설 때쯤에는 자신도 모르게 눈물이 흘러내렸다. 온몸이 진흙 범벅인 데다 추위에 온몸이 하릴없이 떨리기까지 했다. 무릎은 붓고 욱신거렸다. 그녀가 서 있는 곳에서도 아이나르가 보였다. 그도 그녀를 지켜보고 있었다. 부디 우는 모습을 들키지 않아야 하는데.

"이제 내려와요!" 아이나르가 소리쳤다.

클레어는 구르다시피 위험천만한 길을 달려 언덕 아래까지 내려왔다. 도중에 미끄러지기도 하고 나무뿌리를 잡아 간신히 추락을 피하기도 했다. 그녀는 눈물로 얼룩진 얼굴을 더러운 두 손으로 훔치며 황급히 아이나르 앞에 가 섰다.

"잘했어요. 그럼 다시 갔다 와요." 그가 말했다.

여름 내내 하루도 빠짐없이 언덕길을 달렸다. 어느 청명한 날

폭포의 안개가 무지개를 만들 때쯤 클레어는 정상에 다다라 웃을 수 있게 되었다. 처음 훌쩍거릴 때와는 사뭇 다른 모습이었다. 쉽지는 않지만 할 수 있다는 느낌이 들기 시작했다. 그녀는 자랑스럽게 웃으며 내려왔다.

아이나르도 씩 웃는 것으로 답해 주었다.

"이제 강해졌어요."

그러고서 재빨리 뒷말을 덧붙였다.

"여자치고는."

클레어는 그가 자신을 놀리고 있음을 알았다. 그의 표정에 애정이 배어 있었다. 아이나르는 재빨리 고개를 돌려 감정을 숨기려 했으나 클레어도 그 정도는 눈치채고 있었다. 한여름 오후, 목장에서 어린 양들의 날렵한 몸놀림을 칭찬할 때의 표정으로 클레어를 바라보았으니. 그 시선에는 분명 갈망이 가득 담겨 있었다.

아이나르는 클레어가 오솔길을 정복했다고 판단하고 난이도를 높였다. 이번에는 두 손을 묶어 중심을 잡기 어렵게 했다. 해빙기의 진창이 마르자 오솔길은 모랫길로 변해 또 다른 방식으로 위험했다. 발가락으로 버틸 수도 없었다. 손이 묶인 탓에 발을 헛딛기만 하면 여지없이 어깨부터 망가졌다. 그런 그녀를 아이나르는 조롱했다. 울면 외면했다. 클레어는 눈물을 닦고 다시 달렸다.

어느 날 오후, 브린이 가슴 멜빵에 아기를 안고 오두막에 들렀다. 거미한테 발목을 물려 약이 필요하다고 했다. 알리스와 클레어가 보니 상처가 벌겋게 부어올라 있었다.

알리스가 말했다.

"컴프리 뿌리 오일. 나한테 있다. 끓여 올 테니 기다려."

브린은 어린 엘렌을 클레어에게 맡겼다.

"밖으로 데려갈게요."

클레어는 건강한 곱슬머리 소녀를 안고 앞마당으로 나가 노랑애기국화꽃을 보여 주었다.

그때 아이나르가 찾아왔다. 클레어가 양떼 목장으로 올라가지 않는 날에는 그가 이곳으로 내려왔다.

"브린의 아기예요. 예쁘죠?"

클레어가 꽃 한 송이를 꺾어 주었더니 아기가 쥐고 허공에 흔들었다.

아이나르가 말했다.

"아기를 안고 달려요."

클레어는 놀란 표정을 지었지만 이내 미소를 짓고는 아기를 안은 채 작은 앞마당을 돌았다. 엘렌이 신이 나서 두 팔을 흔들었다.

"얼마나 무거운지 볼게요."

아이나르가 클레어한테서 아기를 받아들었다. 양이라면 누구보다 자신 있고 유능하겠지만 클레어가 보기에 아이나르도 인간 아기를 다루는 데는 젬병이었다. 그가 커다란 손으로 엘렌을 받치고 체중을 가늠해 보았다.

그가 아기를 돌려주며 말했다.

"이제 무거운 걸 달고 달려야 해요. 내일 가져오죠."

다음 날 그는 조잡한 가죽 마대를 갖고 왔는데, 안에 돌멩이가 반쯤 차 있었다. 그는 마대를 클레어의 등에 매달아 주고 언덕길을 달려 올라가라고 주문했다. 클레어는 시키는 대로 헐떡이며 폭포까지 올라갔다. 돌멩이 약간을 폭포에 던져 짐을 덜어 볼까도 고민했지만 역시 생각뿐이었다. 그녀는 마대를 멘 채 언덕길을 내려왔다. 중량이 더해지면서 호흡도 변했다. 몇 번 달린 뒤에야 긴 호흡이 자연스럽게 나왔는데 흡사 여태껏 마대를 메고 달린 사람 같았다. 알리스는 그게 여인의 길이라고 했다. 어린아이를 안고 다니다 보면 아이의 성장에 저절로 적응한다는 것이다. 아이가 살이 찌고 몸무게가 늘어난다 해도 엄마는 그 차이를 의식하지 못한다. 아이나르는 언덕길 초입에 돌무더기를 쌓아 두고 날마다 마대에 하나씩 추가하라고 했다.

그녀의 다리는 근육이 붙고 단단해졌다. 어느 날 클레어는 두 다리가 얼마나 튼튼하고 단단한지 보여 주었다. 아이나르는 커다란 손으로 클레어의 팽팽하면서도 매끄러운 다리를 만져 보며 고개를 끄덕였다. 그런데 그가 다리를 감싼 채 가만히 있는 것이 아닌가! 두 사람은 잠시 서로를 보았다. 아이나르가 황급히 손을 떼었지만 클레어는 또 다시 그의 연정을 느끼고 말았다. 그리고 그에 대한 자신의 감정까지. 둘 모두에게 부질없는 감정일 수밖에 없다. 그녀가 이곳에 머물 수 없기 때문이다.

어느 날 아침, 아이나르가 두꺼운 통나무를 세웠는데 높이가 클레어의 무릎까지 왔다.

"그 위에 올라서요." 그가 말했다.

클레어가 중심을 잡으려고 그에게 손을 뻗었으나 아이나르는 뒤로 물러났다. 클레어는 통나무가 제대로 서 있는지 확인한 다음 눈으로 높이를 가늠하고 한쪽 다리를 그 위에 올려놓았다. 그리고 몸의 중심을 잡고 다른 발을 올렸으나 결국 중심을 잃고 뒤로 넘어지고 말았다.

"다시."

오후 내내 클레어는 통나무 오르내리기를 반복했다. 처음에는 두 팔을 펴고 균형을 잡았는데 아이나르가 거친 밧줄을 갖고 왔다. 가파른 언덕길을 오를 때 두 손을 묶었던 바로 그 밧줄이었다.

"잠깐만. 묶을 필요 없어요."

클레어는 그렇게 선언하고 두 손을 양옆에 단단히 붙였다. 처음에는 불안정했지만 계속 시도한 끝에 마침내 팔을 움직이지 않고도 균형을 잡고 통나무에 오를 수 있었다.

"잘했어요."

다음 날, 아이나르가 더 길고 좁은 통나무를 가지고 왔다.

겨울이 왔다. 클레어는 꽁꽁 얼어붙은 언덕길을 뛰고 달렸다. 아이나르는 이제 밧줄 사용법을 가르쳤다. 밧줄을 묶고 돌리고 던져 바위나 나뭇가지에 거는 훈련이었다. 처음에는 아무 곳에나 제멋대로 걸리더니 조금씩 올가미가 목표물에 가까워지기 시작했고, 어느덧 돌이든 나무든 원하는 곳에 거의 정확하게 걸 수 있을 정도가 되었다. 그러자 아이나르는 올가미를 더 작게 만들고 더 작은 사물을 겨냥하게 했다. 바위틈에서 자라난 소나무 묘목, 그루터기에 올려놓은 돌멩이 하나. 두껍고 조잡한 밧줄 대신 가느다란 직물 노끈으로 시도하기도 했는데, 차가운 대기에서 작은 올가미를 돌리다가 나뭇가지에 걸 때면 쉭쉭 휘파람소리를 냈다.

오두막 안, 알리스가 치워 둔 구석자리에는 두 개의 기둥에 밧줄을 팽팽하게 묶어 놓았다. 클레어는 발가락으로 밧줄을 움켜쥐고 숨을 고르고 시선을 집중한 채 앞뒤로 오가며 줄타기를 연습했다. 처음에는 두 팔을 뻗어 균형을 잡았으나 봄이 다가오면서는 두 손을 옆구리에 붙일 수 있었다. 동작도 안정적인 통제가 가능했다. 밧줄 위를 오락가락할 수도, 그 위에 기둥처럼 서 있을 수도 있었다. 처음엔 오른발, 그다음엔 왼발. 이번에는 천천히 무릎을 굽혀 몸을 낮추었다가 잠시 후 다시 일어섰다.

노랑날개가 클레어를 보며 신이 나서는 횃대에서 짹짹대고 폴짝거렸다. 알리스도 숨을 죽이며 구경하다가 클레어가 동작을 취할 때마다 헉 하고 숨을 죽였다.

하지만 클레어는 차분했다. 그녀는 충분히 강해졌다. 자신도 있었다.

클레어가 아이나르한테 물었다.

"이제 됐죠?"

아이나르가 고개를 저었다.

"이제 팔 힘을 길러야 해요."

이듬해 봄, 브린의 건강한 아기 엘렌도 걸음마를 시작했다. 브린은 다시 임신을 했는데 이번에는 아들을 바란다고 했다. 베탄, 델위스, 아이라는 더 키가 크고 다리도 길어졌다. 셋이서만 속닥이고 키득거리는 비밀도 있었다.

마을 사람들은 대부분 클레어에 대한 관심을 끊었다. 더 이상 새로울 것도 신비로울 것도 없어졌기 때문이다. 아기에 대한 추문도 잊었다. 더 새로운 추문들 덕분이었다. 형부와 놀아난 여자, 동생 물건을 훔치다 들킨 어부 등등. 클레어의 기이한 과거와 취미를 신경 쓰는 사람은 거의 없었다. 게다가 언덕길은 보이지 않고 알리스의 오두막도 외딴 곳에 있었다.

클레어는 일상적인 허드렛일도 게을리하지 않았다. 약초를 채집하고, 알리스와 함께 출산과 임종을 도왔다. 때때로 알리스는 클레어를 혼자 보내 단순한 감기나 열병, 뾰루지 따위를 치료하게 했다. 노파는 점점 허리가 굽고 걸음걸이도 느려졌으며 시력도 약해졌다. 휴식도 더 많이 필요했다.

클레어는 알리스도 암벽 등반 훈련을 해야 한다며 가볍게 놀렸다.

"아이나르가 날 얼마나 강하게 만들었는지 봐요!"

클레어는 너스레를 떨며 맨팔을 내밀고 자랑스럽게 근육을 드러냈다.

날마다 저녁 식사를 마치고 오두막을 청소하고 나면 알리스는 흔들의자에 앉아 뜨개질을 하고 클레어는 벽 옆의 매트에 옆으로 누웠다. 클레어는 크게 심호흡을 하고 두 다리를 똑바로 편 다음 한 팔로 푸시업을 시작했다. 상체를 들어 가만히 있다가 팔을 굽혀 낮추고 다시 반복. 또 반복. 팔을 바꿔 다시 반복.

돌멩이 마대도 어찌나 무거운지, 보통 사람들은 들어 올리는 것만으로도 신음을 내뱉을 정도였다. 클레어에게는 식은 죽 먹기였다. 그녀는 아침마다 마대를 등에 둘러메고 채소밭을 돌보거나 약초를 채집했다. 언덕길을 오르내릴 때에는 등뿐 아니라 양팔에도 하나씩 마대를 찼다. 한때 툭하면 미끄러지고 넘어졌던 가파른 길은 이제 쉽고 친숙하기만 했다.

아이나르는 밤에도 언덕길을 달리게 했다. 어둠 속의 언덕길은 또 달랐다. 클레어는 발과 손으로 사물의 형태를 파악하고, 낭떠러지를 본능으로 파악해 떨어지기 전에 물러서는 훈련을 받았다.

아이나르는 낮에도 어둠에 익숙해야 한다며 눈까지 가리려

했지만 클레어는 싫다고 했다.

"그냥 밤에 할게요. 한밤중에 달이 없어도 좋고, 얼어붙는 추위도 좋지만 눈을 가리는 건 싫어요. 바다 위를 표류하는 기분인데, 나한테는 그것만큼 두려운 기억이……."

클레어는 말을 맺지 못하고 돌아섰다. 그도 이해했다.

"어쨌든 어둠을 배워야 해요. 암벽 등반 일부는 어두울 때 할 거니까. 등반은 해가 떠오르기 전에 시작해요."

"왜요?"

"해가 있을 때 끝내기엔 벼랑이 너무 길어요. 늑장을 부려 새벽이나 아침에 출발하면 정상 근처에서 어두워질 거예요. 자칫 실수라도 하는 날엔 곧바로 죽음과 직결되는 위치죠. 두 발로 세세한 것까지 파악할 수 있게끔 가르치겠지만 꼭대기 부근에서는 두 눈을 사용할 필요가 있어요."

두 사람은 함께 어두운 벼랑을 올려다보았다. 꼭대기를 보려면 몸을 한껏 젖혀야 할 정도로 높은 절벽. 그 위로 안개가 소용돌이치고 송골매들이 맴돌았다.

아이나르는 두 발로 지형을 읽을 수 있어야 한다고 했다. 그리고 얼마 뒤 클레어는 놀랍게도 발가락이 유연해졌음을 느낄 수 있었다. 아주 작은 돌멩이 조각까지 정확히 감지해 필요하다면 발가락 하나하나로 집어 올리는 것도 가능했다. 왼쪽 발 세 번째, 네 번째 발가락으로 작은 가지를 집거나, 오른쪽 엄지발가락으로 암반의 날카로운 가장자리를 훑을 수도 있었다. 이제 손가락 끝만큼이나 민감해진 것이다.

클레어는 신이 나서 아이나르에게 자랑했다.

"생각해 봐요! 발가락이잖아요!"

그는 그 말에 고개를 끄덕였지만 얼굴은 슬픈 표정이었다.

"왜 그래요?" 그녀가 물었다.

그는 아무 말 없이 돌아섰다. 그러고 보니 발을 잃은 사람에게 발의 힘과 유연성을 자랑한 꼴이었다. 이 얼마나 무지하고 잔인한 짓거리란 말인가!

11

쌍둥이! 선홍색 머리의 남자아이 둘! 브린은 탈진한 상태인데도 아기들을 보며 놀라움과 기쁨에 웃음을 참지 못했다. 클레어는 두 아이를 양팔에 안았는데, 어느새 아이들을 반복적으로 가볍게 들었다 내리고 있음을 깨닫고 실소를 지었다. 팔 힘을 키워야 한다며 아이나르가 무거운 바위를 들었다 내리는 훈련을 시켰는데 그 동작 그대로였다.

다시 겨울이 다가왔다. 클레어는 노랑날개의 집을 실내로 들였다. 여름 내내, 그리고 가을까지 문가의 나뭇가지에 걸어 두었다. 따뜻한 실내로 들어오자 새가 날개를 퍼덕이며 짹짹거렸다. 베탄과 엘렌도 함께 있었다. 산모는 어린 두 아기를 돌봐야 했기에 딸들을 여기로 보내 놀게 했다. 어린 엘렌은 바닥에 웅크리고 앉아 나뭇가지를 비틀어 새 모양을 만들어 노랑날개의 신부라며 우겼다. 베탄은 알리스를 도와 말린 약초를 분류하고 봉투로 싸서 정리하느라 바빴다. 그러고 보니 알리스가 어린 베탄을 가르치고 있었다. 몇 년 동안 클레어를 가르쳤던 똑같은 방법이 아닌가. 마을은 알리스를 대신할 인재가 필요했지만 물론 클레어는 아니었다.

아이나르가 두꺼운 나뭇가지 껍질을 벗겨 문 위에 단단히 고정시켜 두었다. 클레어는 그 나뭇가지를 두 손으로 감싸고 턱이 나무와 수평이 되도록 몸을 끌어올렸다. 그리고 그대로 머물러 열까지 센 다음 천천히 내려왔다. 여간 힘든 일이 아니었다. 말인즉슨 연습이 필요하다는 뜻이다. 지금의 통증이 멈출 때까지 날마다 반복해야 한다. 그러고 나면 아이나르는 당연히 돌멩이 마대를 메고 다시 시작하라고 할 것이다.

잠깐이기는 하지만 어느 날은 너무 힘들어 아이나르를 원망하기도 했다. 요구 사항이 너무도 많았다. 그는 쉴 틈도 없이 무자비하게 운동과 연습을 강요했다. 하지만 클레어는 아이나르가 그녀의 힘을 가늠하고 평가하며 어떤 식으로 지켜보는지도 생각했다. 자신을 사랑하는 사람의 시선임을 그녀는 알고 있었다.

꺽다리 안드라스는 한여름에 결혼했다. 그의 아내는 마렌이라는 소녀로 밝은 표정에 웃기도 잘했다. 클레어는 혼례에 참석했지만 미련 같은 건 없었다. 그의 아내가 되기를 바란 적은 한 번도 없었다. 한때 그가 클레어를 원하기도 했으나 지금은 그도 달라져 충분히 행복해 보였다. 산비탈 오두막에 사는 아이나르를 생각하면 슬펐다. 하지만 그 슬픔마저 두 사람 모두를 지나갈 것이다.

"이제 가도 돼요?"

클레어가 아이나르에게 물었다. 마대에 돌멩이를 가득 채운 상태에서 두 팔을 조금도 떨지 않고 턱걸이를 해 보인 직후였다. 그는 그녀의 질문을 무시했다.

"지금부터는 한 팔로 해요."

그가 보는 앞에서 클레어는 한 팔로 간신히 턱걸이를 했다. 그는 두 팔이 똑같이 강해지기를 바랐다. 지금의 두 다리가 그랬다. 그녀는 어느 다리로든 습하고 미끄러운 바위 위로 뛰어 올라가 다른 발로 중심을 잡고 서서 물새처럼 머리를 움츠릴 수도 있다. 비가 온 뒤에는 한 발로 가파른 진창길을 미끄러지다가 언제든 뒤꿈치나 발가락의 힘으로 멈춰 설 수도 있다.

발 위에 자갈을 올려놓고는 발가락 사이로 통과시켜 발바닥으로 옮기기도 하고, 그곳에서 발가락과 발가락, 발 위아래로 얼마든지 옮길 수도 있다. 그러면 어린 엘렌이 보고 깔깔거리며 통통한 발가락으로 따라해 보기도 했다.

클레어가 아이나르에게 따졌다.

"왜 이런 쓸데없는 기술만 배우면서 세월을 탕진해야 하죠? 이건 시간 낭비예요."

"그렇지 않아요. 두고 보면 알겠지만 중요한 일입니다."

클레어는 떠나고 싶었다. 너무 오랜 세월을 기다리지 않았던가.

하지만 그녀는 아이나르를 믿었다. 그의 지혜와 배려를 신뢰했다. 그래서 한숨을 내쉬고 고개를 끄덕였다.

겨울이면 클레어는 알리스와 함께 잤다. 한밤중, 밖에서 바람이 울부짖고 불기가 사그라들면 노파는 덜덜덜 사시나무처럼 몸을 떨었다. 클레어는 노파를 꼭 끌어안고, 자신의 체온을 전하려 애썼다. 더 이상 알리스의 연약한 몸뚱이는 스스로의 체온만으로 버티기 어려웠기 때문이다.

앨리스가 중얼거렸다.

"넌 정말 착한 애구나. 네 엄마도 널 무척이나 보고 싶어 할 텐데."

클레어는 깜짝 놀랐다. 알리스의 말에 대답하려고 했지만 어머니에 대한 기억이 하나도 없었다. 부모. 그래, 부모는 있었다. 얼굴도 기억나고 목소리도 기억나지만 그게 전부였다.

"아뇨. 어머니는 날 사랑하지 않았어요."

알리스가 돌아누웠다. 클레어는 화롯불의 마지막 불씨가 던져 준 희미한 불빛에 비친 알리스의 밝은 눈을 보았다. 놀라서 동그래진 눈.

"어떻게 그럴 수가 있겠니, 아가."

클레어가 키득거리며 노파를 안아 주었다.

"난 더 이상 아기가 아니에요, 할머니. 나를 발견했을 땐 그랬겠죠. 그땐 어린 소녀였으니까. 하지만 세월이 많이 흘렀어요. 이제 전 여자예요."

"나한테는 아직 아기야. 그리고 엄마는 언제나 자기 아이를 사랑한단다."

"그래야 하는 거죠? 그런데 뭔가 달랐어요. 그러니까…… 예, 환약이라고 불렀는데, 엄마들은 모두 그 약을 먹었어요."

"환약?"

"예."

"하지만 약은 아픈 사람을 치유하는 용도잖니?"

하긴, 아무리 알리스라도 이해 불가능한 게 있는 법이다.

클레어가 하품을 했다. 온몸이 쑤시고 아팠다.

"공동체 사람들…… 그 사람들은 그것만으로도 많은 질병을 고친다고 생각했어요. 사랑 같은 감정을 없애는 것만으로도요."

공동체 사람들? 그게 무슨 뜻이지? 내가 왜 그 단어를 썼을까?

알리스가 중얼거렸다.

"멍청이들. 그래도 넌 네 아들을 사랑했잖아. 네가 머지않아 저 벼랑을 오르려는 이유가 그거지?"

클레어는 두 눈을 감고 노파의 등을 다독여 주었다.

"예, 사랑했어요. 지금도 사랑하고요."

12

 늦봄, 꺽다리 안드라스가 통통한 아들을 낳았다. 언덕 목장에서는 양들이 뛰어놀았다. 온화해진 날씨 덕에 양털도 더 복스럽고 포근해졌다. 이른 야생화들이 꽃을 피우고 레이스 무늬 날개를 가진 나비들이 이 꽃 저 꽃을 날아다녔다. 브린의 쌍둥이 아이들이 씩 웃을 때 보니 각각 이가 두 개씩 나 있었다. 어부들은 겨울 내내 손보아 둔 새 어망을 접었다. 그리고 그동안 불 옆에서 남편이 바다에서 입을 스웨터를 짜던 부인들도 나머지 감침질을 서둘렀다.

 심지어 바람도 달라졌다. 초가를 뜯어 내고 눈보라를 일으켰던 야만적인 바람과는 거리가 멀었다. 이제 바람은 백사장을 지나 언덕 위로 파도와 바닷말의 따뜻한 소금 향을 배달해 주었다. 무릎을 꿇고 앉아 바구니에 쐐기풀을 채우던 클레어의 긴 머리칼을 흩날려 주기도 했다. 쐐기풀의 뻣뻣한 줄기와 하트 모양 이파리는 따가운 가시에 뒤덮여 있었지만, 클레어에게는 알리스가 만들어 준 보호 장갑이 있었다. 쐐기풀은 베네딕트 영감의 통풍에 좋은 진통제가 되어 줄 것이다.

 "건드리면 안 돼. 찔리니까. 넌 저기서 딱총나무 껍질을 모아.

네 동생들한테 필요한 거야."

클레어가 베탄에게 경고했다. 요즘에는 베탄이 도우미처럼 쫓아다녔다.

베탄은 나무껍질을 조금 뜯어 바구니에 넣었다. 쌍둥이들이 이가 나느라 여간 호들갑이 아니었다.

"내가 떠나면 그땐 네가 채집을 책임져야 해. 할머니가 네 장갑도 만들어 줄 거다. 쐐기풀 다룰 땐 조심해야 하거든."

베탄이 고개를 숙였다.

"못할 것 같아서? 넌 지금도 많이 알고 있어."

클레어가 격려해 주었다.

"할 수 있어. 그래도 클레어 언니가 떠나는 건 싫어."

"아, 베탄. 내가 왜 떠나는지 알잖아."

클레어가 소녀를 안았다.

"아기 찾으러. 응, 알아."

베탄이 한숨을 쉬었다.

"이제 아기가 아니라 소년이 됐겠지. 서두르지 않으면 어른이 될 거야!"

"클레어 언니가 걱정돼서 그래."

"걱정은 왜? 내가 얼마나 강한지 알잖아. 봐!"

클레어는 한 팔을 들어 딱총나무 가지를 잡고는 턱걸이를 한 채 흔들림 없이 매달렸다. 한참 후 클레어는 천천히 바닥으로 내려왔다.

"네 아빠도 이런 건 못하지?"

베탄이 배시시 웃었다.

"당연히 못하지. 아빠가 뚱보가 됐다고 엄마가 투덜대던걸?"

"내 걱정 할 필요 없어. 너도 알잖아. 내가 건강하고 건실하다는 거. 그리고······."

"건장하고 건재하고 또······."

베탄이 키득거렸다. 종종 둘이 하는 첫말 잇기 놀이다.

"건들거려!"

"건방져!"

"건성건성!"

"건둥건둥!"

늘 그렇듯, 단어는 헛소리로 이어지고 둘은 웃으면서 바구니를 들고 언덕을 내려갔다.

시간이 쏜살같이 흘렀다. 계절이 바뀌고 또 바뀌었다. 클레어는 더 이상 계절 변화를 두려워하지 않았다. 다른 마을 사람들처럼, 겨울이 다가오면 혹독해지는 날씨에 대비하고 봄이 오면 기뻐했다. 그녀는 아이들이 자라는 모습을 보며 세월을 실감했다. 베탄과 그 친구들도 더 이상 키득거리며 뛰어노는 아이들이 아니었다. 키도 크고 태도도 차분해져, 머지않아 여자가 될 날에 대비했다. 엘렌도 아기라기보다는 작은 악동에 가까웠다. 벌써 저 옛날 언니가 했던 상상놀이를 하고 있지 않은가! 붉은 머리의 쌍둥이 꼬마들이 서로 싸우거나 울기 시작하면, 엄마 브린은 아이들 장난에 불안해하다가도 결국 재롱에 웃음을 터뜨리고 말았다.

"얼마나 살까요?"

어느 날 클레어가 새 모이를 주며 아이나르에게 물었다. 문득 모든 생명에 시작과 끝이 있다는 사실이 새삼스러웠다.

"새는 오래 살아요. 클레어가 떠난 뒤에도 노랑날개는 알리스 할머니를 지켜 줄 거예요."

클레어가 그를 보았다. 오랫동안 거론조차 하지 않았던 얘기다. 그녀가 떠난다는 사실. 계속 힘과 기술을 점검하고 훈련을 시켰지만 몇 개월 동안 등반에 대해서는 함구해 왔다. 그녀가 바다에서 실려 온 지 육 년, 그리고 엘렌의 출산으로 아들에 대한 기억이 돌아온 순간부터 오 년이 흘렀다. 어딘가에 있을 아들은 이제 제법 소년 티가 날 것이다. 뛰어다니고 소리치고 장난치며 놀겠지.

아이나르가 그녀의 의아해하는 표정을 보고 말했다.

"거의 다 됐어요."

여름이 가까워지자 식물들이 꽃망울을 터뜨렸다. 알리스는 힘이 점점 달려서 도움이 더 많이 필요했지만 할 일도 더 많아졌다. 클레어에게 운동은 일상이 되었다. 날마다 동이 트기 전에 일어나 팔을 바꿔 가며 돌 마대를 여러 번 들어 올린 뒤에야 화로에 주전자를 올렸다. 찻물이 끓는 동안에는 바닥에 누워 스트레칭이나 윗몸 일으키기를 했다. 지금이야 식은 죽 먹기인 일들이다. 처음에 얼마나 힘들었는지 떠올리면 실소가 나올 정도였다. 이제는 손목과 발목에 무거운 바위를 메도 동작은 익숙하고 고통 따위는 없었다.

클레어는 노랑날개의 새장을 청소했다. 아침마다 하는 일이다. 며칠 동안 비가 내렸지만 이제 막바지인 듯 보였다. 오늘은 구름만 많은 봄날 아침이다. 클레어는 새장을 들고 나가 오두막 옆 버드나무 가지에 내걸고 노랑날개에게 휘파람 인사를 했다. 새는 바깥을 좋아했다. 그때 낯익은 휘파람 소리가 들려 돌아보았다. 아이나르가 목장 길을 따라 내려오고 있었다.

클레어가 상쾌한 마음으로 인사했다.

"할머니가 아침에 빵을 구웠어요. 넉넉히 아이나르 것까지."

아이나르가 말했다.

"하늘을 봐요."

그녀는 하늘을 보았다. 멀리 아스라한 벼랑 위로 창백한 뭉게구름이 옹기종기 모여 있었다. 아이나르의 양떼는 눈이 녹은 뒤에도 추위를 피하기 위해 동그랗게 모여 목장의 새싹을 뜯어먹었는데 구름의 모양새가 딱 그랬다. 하지만 아이나르가 그 얘기를 하자는 건 아닐 것이다.

"왜요?"

"구름 뒤에 해가 보여요. 당분간 비는 오지 않을 거예요."

아이나르처럼 양떼를 몰거나 안드라스처럼 농장을 돌보는 사람들, 그리고 마을 어부들은 누구랄 것 없이 하늘을 잘 읽어냈다. 클레어는 그의 말에 힘껏 고개를 끄덕였다.

"잘됐다. 이제 빨래해서 나뭇가지에 걸어도 되겠네요."

"아니, 더 이상 빨래는 하지 않을 거예요. 벼랑을 탈 때가 됐으니까."

아이나르가 선언했다.

13

 밤하늘에 여전히 별이 반짝였다. 은빛 봄 달은 잔잔한 바다 위에 낮게 걸렸다. 옹기종기 붙은 양들도 조용했다. 소리라고는 숲 속 저 너머 폭포에서 물 떨어지는 소리뿐.
 두 사람은 함께 서 있었다.
 클레어가 간신히 입을 열었다.
 "아이나르, 당신한테 있었던 일은 정말 안됐어요."
 "예, 알아요."
 마침내 그가 어떻게 부상당했는지 얘기해 주었다. 클레어가 상상했던 것보다 더 참혹했다. 그러나 당장 그 일을 생각할 여유는 없었다. 그건 정상을 정복한 뒤에나 되새겨볼 터이다. 그때 가서 그 얘기를 토대로 계획을 세워야 한다. 지금은 오직 등반에만 집중해야 한다.
 "그가 정상에 있을 것 같아요?"
 "처음엔 아니지만 기다리면 와요. 아무튼 지금은 그 생각 하지 말고."
 "내가 알아볼 수 있겠어요?"
 "당신이라면 그럴 수 있을 거예요."

"아이나르, 내가 해낼 수 있을까요?"

"해낼 거예요."

아이나르가 웃으며 그녀의 턱을 만졌다.

"저 산에서 내려온 이후 내 머릿속에 있던 것들을 지난 몇 년 동안 당신한테 알려 줬어요. 그 이후로도 난 밤마다 저 산에서 내려왔어요. 바위 하나, 이끼 한 점, 나뭇가지, 구멍, 균열, 굴곡 하나까지 모두 느낄 수 있었죠. 다른 남자들이 어망을 고치고 연장을 벼리고 자기 여자와 사랑을 나눌 때, 난 그때의 등반을 되새김질하고 있었던 겁니다. 이제 머릿속에 들어 있던 지도를 클레어한테 줬어요. 그러니 걱정 말아요."

그가 키득거리며 클레어를 안으며 덧붙였다.

"당연히 무사해야죠. 그렇지 못하면 내가 바보가 될 테니까. 클레어를 강하게 만든 게 나잖아요! 자, 이제 봇짐을 확인합시다. 이건 단단하게 메야 해요."

클레어가 무릎을 꿇고 있는 동안 아이나르는 지팡이를 벼랑에 기대 놓고 그녀의 등짐을 확인했다.

"칼은?" 그가 물었다.

칼은 노끈에 단단히 매달아 목에 걸었다.

"밧줄?"

밧줄은 어깨에 잘 감아 두었다.

"물병은 봇짐 안에 있는데 아무리 목이 말라도 바위에서는 꺼낼 생각 말아요. 잠시 쉴 곳이 한 군데 있어요. 바위턱 같은 곳인데 보통 '레지'라고 부르죠. 꾸준히 올라가면 정오쯤 첫 번째 레지에 도착할 거예요. 물은 그때 마셔요."

"예, 알아요. 얘기했잖아요."

"이건 뭐죠? 물병 아래쪽, 장갑 옆에?"

그가 봇짐을 더듬었다.

"할머니가 넣었어요. 치료에 쓰는 허브 연고."

"예, 그건 좋아요. 장갑을 낀다 해도 밧줄에 손을 다칠 수 있으니까. 밧줄에서 미끄러지면 살갗이 벗겨져요. 그러니까 절대 손힘을 빼지 말아요."

"안 그래요. 알잖아요."

"밧줄을 잡을 때 말고는 장갑은 끼지 마요. 손으로 직접 느껴야 해요."

"아이나르."

"예?"

클레어가 손을 내밀었다.

"이것도 할머니가 만들어 준 거예요. 어두워서 보이지 않을 테니 만져 봐요."

클레어는 둥근 원반 같은 물건을 건네고 기다렸다.

"그냥 보통 돌인데 선홍색 천으로 감고 꿰맸어요. 내가 겨울에 썼던 양모 모자에서 오린 거예요."

"이건 왜?"

"정상 바로 밑에 아주 가파른 곳이 있다고 했잖아요. 정말로 조심해야 한다는……."

"예, 계단 모양 바위가 있는 곳이에요. 거기서는 절대 내려다보면 안 돼요."

"안 그래요. 그냥 아이나르가 시킨 대로 할 거예요. 바위 계단을 하나하나 철저히 확인하고, 신중에 신중을 기하되, 절대 내려다보지 않는다. 다 왔다고 방심하지도 말고."

"그럼 왜죠?"

"바위 계단을 지나 꼭대기에 오르면…… 그래서 단단한 땅을 밟게 되면 이 돌을 벼랑 아래로 던질게요."

"해가 지고 있을 거예요."

"예, 석양을 향해 던질게요. 당신이 내일 찾아봐요. 이곳에 선홍색 천이 있으면 내가 성공했다는 걸 알겠죠. 암벽을 모두 올라갔다는 걸 말이에요."

"예, 찾아볼게요. 좋은 생각이네요."

아이나르가 그녀의 뺨에 손을 대고는 잠시 가만히 있었다.

"보고 싶을 거예요, 바다 소녀 클레어."

"나도 영원히 못 잊어요, 맹호 아이나르."

두 사람은 잊힌 지 오랜 이름들을 부르며 미소 지었다. 그리고 아이나르가 그녀에게 키스하고 돌아서서 지팡이를 찾았다. 다시는 보지 못하리라. 그녀가 떠날 시간이다.

벼랑은 반들반들하고 거대한 바위들로 시작되었는데, 그늘진 곳은 군데군데 습한 이끼가 있어 미끄러웠다. 어렵지는 않았다. 이미 어둠 속에서 여러 번 오른 터라, 두 발은 돌의 느낌과 형태를 모두 기억하고 있었다. 나중을 위해 봇짐에 샌들을 넣어 두기는 했으나 지금은 맨발이다. 하지만 이렇게 쉽고 익숙한 곳일수록 위험을 간과하기도 쉬운 법이다. 자칫 이끼에 미끄러지거나 발을 헛딛거나 발목을 삐끗했다가는 도전은 시작도 하기 전에 끝나고 만다. 그녀는 새삼 절대 방심하지 않겠다고 다짐했다. 동작 하나하나에 집중하고, 신중에 신중을 기해 발을 내딛고, 발가락으로 바위의 결을 느낄 것이며, 무게 중심부터 옮기고 다음 동작을 취할 것이다. 작은 바위를 지나는데 돌조각 몇 개가 무너져 내렸다. 그녀는 자신을 나무랐다. 사소한 판단 착오라 피해는 없었다. 하지만 오늘은 아무리 사소한 실수라도 결코 허락할 수 없다.

등반을 하는 동안에는 등반 말고는 아무 생각도 말라고 아이나르가 경고했다. 하지만 비교적 쉬운 등반 초반에는 클레어 자신도 모르게 생각이 절벽에서 멀어지고는 했다. 머릿속에서 누군가 속삭이는 소리…….

만일…….

만일 그날 아기를 데려왔다면? 이곳으로 어린 아들을 데려왔다면 어떻게 되었을까? 그럼 아이나르한테 새와 양에 대해 배우면서 성장했을 텐데…….

어쩌면 바다에서 죽었을지도 모른다. 그녀는 그 생각에 몸서리를 쳤다.

아이나르가 암벽 탈 생각을 하지 않았다면?

내내 이곳에 머물러 있었다면?

그러면 아이나르와 내가 아들을 찾아 함께 떠나…….

클레어는 애써 잡념을 몰아냈다. 집중해. 오로지 절벽에만, 등반에만.

이곳에서도 식물이 자랐다. 바람에 실려 바위틈에 자리를 잡은 씨앗들이 녹은 눈을 양식 삼아 싹을 틔우고 줄기를 뻗은 것이다. 동이 트면 풀과 나무들이 태양을 향해 고개를 빼는 모습을 보겠지만 지금은 어둠 속이라 식물이 있다는 것을 느낄 수만 있었다. 맨다리를 스치는 덩굴손들. 그녀는 연약한 싹을 짓밟고 싶지 않았다.

아, 여기. 아이나르가 상념을 버려야 한다고 했던 곳이다. 그가 설명해 준 장소. 거대한 바위들 사이에 갑자기 깊은 균열이 나타났다. 바위가 푹 하고 꺼진 통에 다음 디딤판까지는 건너뛸 수밖에 없다. 이곳에 다다를 때 아직 깜깜하리라는 것도 아이나르는 알고 있었다.

"우리 둘이 낮에 연습 삼아 다녀오면 안 돼요? 그럼 얼마나 뛰어야 하는지 정확히 알 수 있잖아요. 이런, 오……."

클레어는 황급히 입을 다물었다. 그에게는 불가능한 일이다. 그녀를 돕고 가르치기 위해 양 목장에서 내려오는 것도 상상 이상의 고역이다. 이 울퉁불퉁한 바위를 기어오르는 건 말도 안 된다.

대신 아이나르는 연습장을 만들어 주었다. 거리와 높이를 재고 진흙으로 형태를 만들어 단단히 굳혔다. 클레어는 쉬지 않고 연습했다. 어렵지는 않았다. 들쭉날쭉한 바위 위에서 균열을 넘어 평평한 화강암으로 뛰면 된다. 달 없는 밤이면 아이나르는 끊임없이 반복하도록 했다. 그래서 클레어는 아무것도 보이지 않았지만 거리를 정확히 판단해 실수 없이 동일한 발판에 착지할 수 있게 되었다.

"어깨 높이쯤에 두 바위 사이로 비집고 들어가야 하는 데가 나올 거예요. 브린의 쌍둥이처럼 똑같이 생긴 바위인데 크기도 같죠. 거기를 통과해요. 봇짐이 끼지 않도록 조심하고. 바위 꼭대기까지 쭉 올라가면 돼요. 다음 바위는 경사가 졌는데 날카로운 가장자리가 있을 거예요. 거기가 도약점이에요. 끄트머리에서 아래로 뛰어내리는 겁니다."

그가 설명한 대로였다. 쌍둥이 바위는 턱 높이에 있었고, 그 사이는 좁았다. 클레어는 두 손으로 조심스레 바위 양쪽을 더듬었다. 어둠 속에 비좁은 바위 사이를 비집고 들어가다 얼마든지 거친 표면에 긁히거나 베일 수 있다. 그녀는 등을 굽혀 두툼한 봇짐을 조정한 다음(물병이 깨지는 날에는 그야말로 재앙이다.) 슬며시 바위를 통과했다.

다음 바위도 예상대로였다. 경사면은 가파를 뿐 아니라 여기저기 날카롭게 돌출되어 있었다. 그녀는 예리한 곳을 피해 조금씩 조금씩 올라갔다. 자칫하면 발을 베일 수도 있었다. 그녀는 훈련 받은 발가락을 손처럼 사용해 길을 더듬었다. 신중에 신중을 기한 탓에 진행은 느리기만 했다. 이 또한 그가 가르쳐 준 대로였다. 마침내 경사면 끝에 다다랐다. 그가 일러 준 대로 도약을 할 곳인데 끄트머리가 무척 날카로웠다. 클레어는 중심을 잡고 크게 심호흡을 하며 건너뛰어야 할 거리를 머릿속으로 되새겼다. 그리고 망설임 없이 어둠 속으로 몸을 날렸다. 클레어는 평평한 화강암에 착지해 완벽하게 균형을 잡았다. 사실 클레어에게는 첫 번째 시험대나 마찬가지였다. 작은 고비였지만 자칫 사소한 착오라도 있을 경우에는 치명적일 수밖에 없으니 고비를 하나 넘은 데 만족할 일이다. 그녀는 봇짐에서 물병을 꺼내 한 모금 마신 뒤 잠시 휴식을 취하며 다음 단계를 점검했다. 멀리 바다 건너 수평선에서 분홍빛 새벽이 깨어나고 있었다.

14

정오. 태양이 머리 꼭대기에 있었다. 발밑으로 나무 이파리들이 가볍게 흔들렸다. 산들바람이 분다는 얘기겠지만 이곳까지 닿지는 않았다. 클레어는 이마의 땀을 훔치고 젖은 머리카락을 뒤로 넘겨 목 근처에서 다시 묶었다. 젖은 두 손도 옷으로 꼼꼼히 닦아 냈다. 암벽 구간. 조금이라도 손이 미끄러지는 날에는 그걸로 끝이다. 조금 전만 해도 사소한 실수 정도는 용서할 수 있었다. 심지어 발목을 삔다 해도 부목을 하고 강행할 수 있었다. 하지만 이곳에서는 자칫 발을 헛딛거나 손을 놓칠 경우 그대로 황천행이다. 그녀는 두 손에 입김을 불어 땀을 말렸다.

그녀가 중심을 잡은 곳은 좁은 레지였다. 아이나르는 정오쯤 이 지점에 도착할 테고 잠시 쉬면서 물을 마시기에 안전할 거라고 했다. 새벽에 아래쪽 바위에서도 물을 마셨다. 그때는 서 있기도 봇짐 위치를 바꾸는 것도 힘들지 않았을 때였다. 하지만 이곳에서는 훨씬 더 어려웠다. 다행히 균형 잡는 법을 배운 시간들이 큰 도움이 되었다. 기껏 두 발을 간신히 붙일 정도의 레지. 그녀는 몸을 틀고 봇짐을 당겨 안에서 호리병을 꺼냈다. 물을 마실 때에도 조심스레 두 손을 이용했다. 그리고 물병을 다시 봇짐에 넣고 대신 장갑을 꺼냈다. 이제 장갑이 필요할 때다.

이 위태로운 공간에서 두 손으로 균형을 잡아야 했다면 사실 물을 마시는 건 꿈도 꾸지 못했을 것이다. 그녀의 몸은 물을 필요로 했고 이때를 대비해 훈련도 받았다. 클레어는 봇짐을 다시 등에 멘 다음 두 다리로 서서 양쪽 손에 장갑을 착용했다. 그리고 밧줄을 풀기 시작했다.

사실 단 한 번 올라온 사람이 레지와 디딤판을 모두 기억하고 설명했다는 건 거의 기적이었다. 아니, 다시 내려갔으니 두 번인 셈이지만 어차피 부상당한 몸이라 남들 같으면 외울 생각 따위는 하지도 못했을 것이다. 그 오랜 세월, 오두막에 혼자 앉아 마음속으로 이 벼랑을 오르고 올라 밤마다 등반 지도를 각인했을 아이나르. 문득 그가 그리웠다.

여기서 멈춰서 조심히 위를 살펴요. 약간 위쪽에 손 잡을 곳이 있어요.

이곳에 흔들리는 바위가 있는데 혼동하기 쉬워요. 무너지니까 절대 발을 디디면 안 돼요.

여기 갈매기 둥지가 있어요. 나뭇가지로 지은 둥지 밑을 더듬으면 잡을 곳이 있을 거예요.

여기부터는 밧줄을 이용해요.

이제 발가락으로 더듬어야 해요.

내려다보지 말고!

클레어는 그가 밧줄을 사용하라고 말한 지점에 다다랐다. 앞쪽 머리 위에 암벽 틈새에서 삐져나온 옹이진 나무가 있고 그 아래 작은 레지가 있다. 지금 중심을 잡고 선 레지와 나무 아래 레지 사이에는 손을 잡거나 발을 디딜 데가 전혀 없다. 따라서 올가미를 나무에 걸어 넓은 암벽을 가로질러야 한다.

클레어는 매듭을 지어 올가미를 만들었다. 저 건너 위쪽에 발육부진의 나무가 보였다. 그녀는 눈으로 나무를 확인하고 올가미의 지름을 결정했다. 아이나르는 자신이 갔다 온 지 오래되었으니 나무도 자랐을 거라고 했다. 그래서 비틀린 가지들을 모두 통과해 줄기에 걸어 매려면 올가미가 아주 커야 할 수도 있다고 했다.

하지만 한눈에 보기에도 나무는 거의 자라지 않은 듯 보였다. 그보다는 까맣게 탔고, 가지 하나는 죽어 꺾인 채 줄기에 매달려 있었다. 벼락이야. 벼락에 맞았어. 클레어는 그렇게 생각했다.

클레어는 바위 어느 지점에서 뿌리가 노출되었는지 살펴보았다. 뿌리도 갈라졌을까? 버틸 수는 있을까? 하지만 그 너머는 커다란 옹이에 가려 보이지 않았다.

이곳에서 절대 아래를 내려다보지 말라는 아이나르의 경고가 있었지만, 유혹을 이기기가 쉽지 않았다. 만일 그녀의 체중을 이기지 못해 나무가 뽑힐 경우 어떻게 될지 알고 싶었다. 하지만 그때 그의 목소리가 들렸다. 오직 등반에만 집중해요. 자신이 통제할 수 있는 일만 생각해야 해요.

저 나무, 갈라지고 까맣게 탄 줄기는 그녀의 통제 밖이었다.

벼랑에 뿌리를 박고 있는 비틀린 뿌리들이 버텨 줄지도 판단이 불가능했다.

하지만 자신의 몸을 통제하는 법은 그에게 배웠다. 팔, 손, 손가락, 발과 다리. 그리고 자신의 온몸을 이용해 밧줄을 통제할 수도 있다. 클레어는 두 손으로 올가미를 적당한 길이로 풀어 낸 다음 돌리기 시작했다. 아이나르와 함께 무던히도 연습한 동작이다.

지금! 그녀는 줄을 놓았다. 올가미는 마치 공포에 질린 쥐를 공격하는 뱀처럼 쏜살같이 풀려 나갔다. 언젠가 눈 깜짝할 새에 쥐를 죽이는 뱀을 본 적이 있다. 클레어도 그만큼 정확해야 했지만 이번에는 올가미가 너무 작았다. 나무를 완전히 감싸지 못하고 간신히 나무 끝에 걸린 것이다. 새총 모양으로 갈라진 가지였다.

힘껏 잡아채자 다행히 가지가 부러지며 밧줄이 떨어져 나왔다. 그녀는 손을 번갈아 움직여 줄을 만 다음 올가미를 더 크게 조절하고 두 손으로 매듭을 고정했다.

클레어는 뱀의 이미지를 재소환했다. 눈, 목표, 빠르고 정확한 공격. 그녀는 다시 밧줄을 돌렸다가 놓았다. 밧줄은 뱀처럼 정확히 날아가 나무를 통째로 옭아맸다.

클레어는 올가미가 줄기 아래까지 미끄러져 내려가게 한 다음 밧줄을 당겨 조였다. 그리고 좁은 레지에 선 채로 자기 허리에 밧줄을 묶었다. 이제 다음 동작은 레지를 떠나 팽팽한 밧줄과 발끝에 걸리는 작은 돌출부들에 의지해 깎아지른 화강암을 건너는 것이다. 행여 뿌리가 뽑히는 날에는 그녀도 함께 추락사하고 만다.

오직 임무에만 집중해요. 등반에만.

클레어는 한 발을 내밀고는 암벽에 발가락을 단단히 붙여 자리를 잡았다. 그리고 밧줄을 잡고 레지에서 다른 한 발을 떼었다. 숨 막히는 찰나, 그녀는 그대로 허공에 매달렸다가 발을 벽에 붙여 중심을 잡았다. 나무는 뽑히지 않았다. 그리고 한쪽 발을 조금 옮겼다가 다시 폭을 넓혔다. 나무는 아직 무사했다. 그녀는 밧줄을 당겨 두 번째 발을 내밀었다. 그리고 다시 다른 발. 이제 밧줄을 조금 더 당긴 다음 천천히 암벽을 가로질렀다.

마침내 나무 아래의 작은 레지에 두 발을 디뎠다. 그녀는 크게 심호흡을 했다. 이곳에서는 수직으로 뚫려 있는 바위 틈을 통해 위로 올라가겠지만 그나마 디딤판은 충분할 것이다. 머리 바로 위에도 몇 개가 보였다. 그 끝에 휴식처가 있다고 했다. 그녀는 어렵사리 나무에서 밧줄을 벗겨 내 다시 감았다. 장소가 너무

좁고 위험해 장갑을 봇짐에 넣을 방법이 없어 그냥 어깨에 멘 밧줄 아래에 끼워 넣었다. 그리고 마침내 첫 번째 홈을 잡고 한 팔로 몸을 끌어올렸다.

그늘이라 더 서늘했다. 문득 피로감이 몰려왔다. 이제 겨우 이른 오후이건만. 아직 갈 길이 멀다.

좁고 어두운 터널을 지나는 데 예상보다 시간이 지체되었다. 깎아지른 벼랑이 아니기에, 밧줄에 매달려 암벽을 가로지르는 것만큼 목숨을 걸 일은 아니었다. 그녀는 두 암벽 사이의 경사를 따라 위로 이동했다. 서늘한 건 좋았다. 암벽 바깥 면은 무척 뜨거웠을 뿐 아니라 태양이 화강암을 때릴 때면 미광 때문에 이따금 시야가 흐려지기도 했다. 이곳은 정반대 이유로 잘 보이지 않았다. 어두운 그림자. 그래 봐야 처음에 어둠 속에서 암벽을 타던 때와 비슷했다. 그때도 감각으로 해냈다.

한기 때문에 바위가 젖어 있는 것도 문제였다. 햇볕이 들지 못한 탓에 좁은 바위 터널로 스며든 물이 그대로 남아 있었다. 그래서 암벽은 축축하고 미끄러웠다. 클레어도 두 번이나 손을 놓치는 바람에 미끄러져 원래 위치로 돌아가야 했다. 옷에 두 손을 닦아 보았으나 옷 역시 지금은 잔뜩 젖은 채였다. 마침내 밧줄에 끼워 놓은 장갑이 생각났다. 그런데 한 짝뿐이었다. 나머지는 어딘가로 떨어진 모양이다. 그녀는 한동안 절망했다. 그리고 아이나르의 경고가 떠올랐다. 뭔가 어긋날 경우(분명 그렇게 될 거예요.) 잠시 중단하고 주변에서 방법을 찾아볼 것.

클레어는 두 다리를 단단히 붙인 자세로 터널 벽에 기대 생각하기 시작했다. 이윽고 그녀는 남은 장갑을 오른손에 끼고 방금 미끄러진 손잡이를 잡았다. 장갑을 끼니 조금은 수월했다. 비록 젖기는 했으나 두껍고 거친 덕에 흡착력도 강했다. 덕분에 어느 정도 안정을 되찾고 두 다리를 양쪽 바위에 대고 한 번에 몇 센티미터씩 움직이는 식으로 체중을 지탱했다.

그다음에는 천천히 조심스럽게 장갑을 벗어 다른 손에 끼고 다른 손잡이를 향해 손을 내밀었다. 손잡이를 잡은 뒤에는 다시 자세를 점검하고 두 다리를 조금씩 끌어올렸다. 어둠 속이라 장갑을 끼지 않은 손으로는 벽을 더듬어 그다음 버틸 곳을 정해야 했다. 그렇게 위치를 정하면 조심스럽게 장갑을 바꿔 끼고 다음 손잡이를 단단히 붙잡았다. 끔찍할 정도로 더딘 속도였지만 그래도 미끄러지지 않고 오를 수는 있었다. 멀리 머리 위 입구에서 해가 비쳤다. 그곳을 통해 다시 암벽으로 빠져나가게 되는데, 그녀의 기억으로는 커다란 새둥지가 있는 곳이다. 나뭇가지 구조물 아래에서 손잡이를 찾을 수 있을 것이다. 그곳을 지나면 계단 비슷한 돌출부가 이어진다.

"둥지. 계단. 둥지. 계단."

그녀는 리듬을 타며 두 단어를 중얼거리기 시작했다! 리듬은 계속해서 위로 올라가는 데 도움이 되었는데 어둡고 축축한 암벽 사이에서 고통스럽게 위로 전진하는 동안 정신을 집중할 수 있었다.

15

암벽 터널에서 나오자 또 다시 깎아지른 낭떠러지였다. 떨어지는 날에는 그대로 즉사. 그나마 아이나르 말대로 커다란 둥지가 보이자 위안이 되었다. 그녀는 숨을 죽인 채 손을 내밀어 둥지의 마른 해초를 조금 잡아 뜯었다. 해초로 손의 땀을 닦아 낸 다음 해초는 소매 안에 밀어 넣었다.

둥지 아래로 손을 뻗어 봐요. 그럼 잡을 곳이 나와요.

아이나르는 그렇게 말했다.

그 말대로 클레어는 벼랑에 기댄 채 둥지를 향해 몸을 기울였다. 둥지. 그리고 계단.

공격은 빠르고 고통스럽고 급작스러웠다. 뒤쪽 머리 위에서 뭔가 거대한 물체가 급강하하더니 귀 뒤를 무자비하게 뜯었다. 따뜻한 피가 목을 따라 흘러내렸다.

클레어는 헉 하고 숨을 들이키고는 터널 안으로 후퇴해 벽면에 두 발을 붙였다. 황급히 해초 뭉치를 상처에 댔지만 쿨럭거리며 흐르는 피만 확인해야 했다.

그녀는 즉시 상황을 이해했다. 아이나르는 겨울에 등반을 했다. 그때는 둥지가 비어 있었다. 지금은 새끼 새들이 있을 것이다. 그렇다. 귀를 기울이자 자그마하니 짹짹거리는 소리가 들렸다. 클레어는 살짝 고개를 내밀어 보았다. 하늘을 선회하는 엄마 갈매기의 그림자.

셔츠 옷깃이 피로 흥건했지만 그나마 출혈은 조금씩 잦아들었다. 그녀는 우선 집에서 만든 붕대를 찾아냈다. 다행이야. 상처는 피가 조금 배어 나올 정도이고 날카로운 통증도 가라앉았다. 물론 나중에야 붓고 쓰라리겠지만 말 그대로 나중 일이다. 당장 급한 문제는 저 아래 손잡이를 이용해 둥지를 통과하는 방법을 찾아내는 것이다. 그래야 정상으로 이어지는 계단 모양 돌출부에 다다를 수 있다.

클레어는 벽에 붙인 다리와 발을 점검해 터널 아래로 미끄러지지 않도록 한 다음, 등에 멘 봇짐에서 물병을 꺼내 꿀꺽꿀꺽 물을 들이켰다. 그때 문득 알리스가 봇짐 바닥에 넣어 준 연고 생각이 났다. 물병을 넣으면 약을 꺼낼 수 없다. 그렇다고 따로 물병을 놔둘 만한 곳도 마땅치 않았다. 병을 흔들어 보니 물도 거의 남지 않았다. 결국 모험을 할 수밖에……. 그녀는 남은 물을 마저 마시고 빈 병을 터널 아래로 떨어뜨렸다. 물병이 벽에 부딪히며 텅 하는 공명음을 연이어 토하더니 이내 조용해졌다.

이제 봇짐 안에 손을 넣을 수 있었다. 그녀는 먼저 샌들을 꺼냈다. 신발 끈으로 서로 묶여져 있는 터라 샌들을 목에 걸고 연고를 꺼냈다. 용기는 쉽게 열렸다. 그녀는 상처에 연고를 두껍게 바르고, 작은 찰흙 용기와 피에 젖은 해초 다발을 봇짐에 넣었다. 봇짐은 이제 거의 텅 빈 채 어깨에 대롱거렸다.

드디어 재도전할 준비가 끝났다. 입구 위를 날던 갈매기 그림자도 보이지 않았다. 부디 바다로 날아가 새끼들한테 줄 물고기로 부리를 가득 채울 때까지 돌아오지 않으면 좋으련만. 이번에는 좀 더 서두를 참이다. 그녀는 마음속으로 계획을 세웠다. 입구에서 몸을 기울여 가파른 바위로 몸을 던진 다음 둥지 아래 손잡이를 잡는다. 그리고 그곳에서 재빨리 반대편으로 건너가 첫 번째 계단만 찾으면 된다. 아이나르도 아주 가깝다고 말하지 않앉던가. 쉽게 건널 수 있다고. 그녀는 작전을 하나하나 곱씹어 보았다.

하나. 재빨리 터널 입구를 빠져나간다.

둘. 팔을 쭉 뻗어 왼쪽 손으로 둥지 아래 손잡이를 잡는다.

셋. 두 다리를 힘껏 박찬다. 오직 한 손에만 의지해(그 오랜 동안 팔 힘을 키워 온 게 얼마나 다행인지!) 암벽을 건넌다. 두 발 끝으로 작은 레지를 찾는다. 레지가 큰 도움이 될 것이다.

넷. 첫 번째 계단을 찾아 오른손으로 잡는다. 그러면 둥지에서 왼팔을 뗄 수 있다. 그곳이면 갈매기도 클레어를 더 이상 위협적인 존재로 보지 않을 것이다.

서둘러야 해. 새한테 공격 당하기 전에 둥지를 지나야 한다. 그 전에 잠깐 하늘을 보았다. 해가 많이 기울었다. 시간이 없다. 이번 고비만 넘기면 고지가 보이고 어둡기 전에 끝낼 수 있으리라.

가자!

클레어는 터널 밖으로 빠져나와 입구에 무릎을 꿇었다. 그리고 둥지를 받치고 있는 돌뿌리를 향해 왼팔을 내밀었다. 혹처럼 둥근 손잡이가 만져지자 단단히 잡았다. 깍깍거리는 새끼들 울음소리가 더 커졌다. 두려움 때문에 새들도 필사적이었다.

그녀는 왼손으로 손잡이를 틀어잡고 이제 유일한 생명줄이 되어 줄 팔 힘을 잠시 가늠하고 두 다리에 힘을 주었다. 이제 두 발을 힘껏 밀어 바위 너머로 몸을 날리는 일만 남았다.

하늘에서 엄마 갈매기가 검은 날개를 접고는 어린 새끼를 구하기 위해 클레어에게 돌진했다. 분홍색 다리에 단단히 붙은 하얀 발톱, 칼처럼 날카로운 노란색 부리. 문득 그 끝에 박힌 붉은 점을 본 듯도 했으나 그건 순간이었다. 갈매기가 클레어의 팔 살점을 쪼아 뜯었다. 클레어는 비명을 지르며 터널 안으로 떨어졌다. 다행히 본능적으로 두 발에 힘을 주어 아래로 추락하지는 않았다.

출혈이 심했다. 부리에 뜯긴 상처는 팔뼈까지 노출될 정도였다.

클레어는 머리를 최대한 낮추고 파르르 떨리는 목으로 깊이 심호흡을 했다. 여기서 기절한다면 터널 아래까지 미끄러지고 말 것이다. 여기까지 오르는 데 몇 시간이나 걸렸건만.

절대로 기절하지 않을 거다.

새한테 당해 죽지도 않을 거다.

문득 어떻게 해야 할지 떠올랐다.

그녀는 다시 봇짐에서 연고를 꺼내 크게 벌어진 상처에 두텁게 바르고, 연고를 접착풀 삼아 해초 다발을 상처에 붙였다. 출혈은 여전했다. 이제 작은 연고 단지도 비었다. 손을 놓자 단지가 떨어지며 물병과 똑같은 공명음을 토했다. 다시 봇짐에 손을 넣었지만 이제 남은 거라고는 꼭대기에 다다랐을 때 신호로 쓰기로 했던 붉은 천 돌멩이뿐이었다. 그녀는 돌을 이에 문 다음 봇짐을 잘라 긴 가죽 끈을 만들었다. 그리고 평평한 돌을 해초 위에 놓고 가죽 끈으로 다친 팔과 함께 힘껏 묶었다. 시험 삼아 팔을 이리저리 움직여 보니 붕대는 안정적이었다. 이윽고 망가진 봇짐도 터널 아래로 떨어뜨렸다. 봇짐은 금세 암흑 속으로 사라졌다.

클레어는 터널 입구로 올라갔다. 갈매기가 맴을 돌며 대기 중이었지만 무시했다. 그녀는 어깨에 멘 밧줄을 풀어 올가미를 만들었다.

그리고 다시 한 번 작전을 세웠다. 머릿속으로 계획하고 연습까지 했다. 이 동작, 저 동작. 이번에는 정말로, 정말로 빨라야 한다. 이번에도 검은등갈매기한테 당한다면 그대로 황천행이다. 그럴 수는 없다.

자, 준비가 끝났다. 가자. 그녀는 터널 입구에서 상체를 빼낸 뒤 올가미를 돌리다가 밧줄을 놓았다. 이번에는 짧은 거리였고 겨냥도 정확했다. 그녀는 둥지에 밧줄을 걸고 올가미를 조였다가…… 잡아당겼다. 나뭇가지, 해초, 잡초로 만든 것치고는 놀랍도록 무거웠다. 어쨌든 둥지가 구겨지고 찌부러졌다. 그녀는 벼랑에서 둥지를 낚아채 허공으로 날려 버렸다. 그리고 잠시 둥지와 새끼들의 추락을 지켜보았다. 어미 갈매기가 비명을 지르며 둥지를 향해 곤두박질쳤다.

마침내 클레어는 몸을 일으켰다. 이번에는 의기양양하게 훤히 드러난 손잡이를 잡고 절벽을 지나, 그녀를 정상으로 이끌어 줄 계단으로 건너갔다.

16

클레어는 헐떡이며 바닥에 누웠다. 단단한 땅. 이제 어두워졌다. 갈매기 공격에 아까운 시간을 낭비한 터라 마지막 관문인 계단 바위에 다다랐을 때는 벌써 해가 지고 있었다. "내려다보지 마요." 그의 경고였다. 비록 계단처럼 들쭉날쭉한 발판 덕분에 상대적으로 등반이 쉽다 해도 깎아지른 절벽이다. 내려다봐야 아득한 높이에 두려움만 더해질 것이다. 하루 종일 위험과 고통을 겪은 후에, 간신히 고지를 눈앞에 두고 공포에 질려 손을 놓는다……. 아이나르는 바로 그 점을 걱정했다. 하지만 클레어가 자리에서 일어나 아래를 내려다보았을 때 보이는 건 어둠뿐이었다. 하늘에 별이 가득했다.

문득 목 상처를 만져 보았다. 피딱지가 앉은 상처가 무척이나 쓰라렸지만 심각해 보이지는 않았다. 바위에 굴러 떨어진 아이들에게서 더 심한 상처도 보지 않았던가. 그보다는 팔이 더 걱정이었다. 그녀는 천천히 가죽 끈을 풀어 바닥에 떨구었다. 평평한 돌멩이는 해초로 덕지덕지했다. 그녀는 하나하나 해초를 벗겨 냈다. 붉은 천은 그녀가 무사히 도착했다는 신호로 쓰기로 했다. 아이나르가 그 돌에 묻은 피까지 알아볼까? 그녀는 돌에 짧은 입맞춤을 했다. 메시지를 함께 전하고 싶었다. 고마워요, 아이나르. 안녕. 그녀는 어둠을 향해 있는 힘껏 돌을 던졌다.

그녀는 욱신거리는 상처에 덮은 해초를 그대로 둔 채, 이와 오른손을 이용해 다시 그 둘레에 가죽끈을 묶었다. 샌들도 신었다. 그곳에서 새벽을 기다려요. 아이나르는 그렇게 말했다. 새벽에 남자가 나타날 것이다. 검은 외투를 입은 신비의 남자. 그녀를 아들에게 데려다 줄 존재다. 아이나르도 어떻게 그럴 수 있는지는 몰랐다. 그저 남자에게 특별한 능력이 있다는 것만 알고 있었다. 어려움에 처한 사람들에게 나타나 도움의 손을 자처한다고 했다.

클레어는 사내의 제안에 응해야 한다. 대가가 있겠지만 그 역시 지불해야 한다. 선택의 여지는 없다. 제안을 거부할 경우 끔찍한 형벌이 가해질 것이다. 아이나르는 그 사실을 알았다. 그 남자는 가까이 다가와, 등반을 끝낸 아이나르가 얼마나 처절하게 추위에 떨고 있는지 판단하고 아이나르의 발이 하얗게 서리로 덮여 있는 것도 보았다. 남자는 아이나르가 조건에 합의한다면 온기와 휴식은 물론 어디든 원하는 곳으로 보내 주겠다고 제안했다. 매혹적인 제안이었으나 아이나르는 오만하고 고집도 셌다. 그는 거절했다.

"도움 필요 없어요. 난 강해요. 혼자서 벼랑도 올라온걸요."

남자가 다시 제안했다.

"한 번 더 기회를 주마. 대가는 네가 충분히 지불할 수 있다. 공정한 거래를 약속하마."

하지만 아이나르는 남자를 불신하고 다시 싫다고 대답했다. 순식간에 아이나르는 바닥에 내동댕이쳐졌다. 남자의 신비한 힘 때문에 꼼짝도 할 수 없었다. 그리고 그렇게 바닥에 누워 공포에 질린 눈으로 지켜보는 가운데, 남자는 외투에서 손도끼를 꺼내 아이나르의 오른발 반쪽을 자르고 다시 왼발을 잘랐다.

클레어가 기다리는 남자는 바로 그런 존재다.

클레어는 벼랑 가장자리에서 조심스럽게 물러섰다. 그리고 어둠 속을 더듬으며 덤불 숲 옆 이끼 밭으로 자리를 옮겼다. 그 후에는 잠시 몸을 뒤척이다가 지쳐 곯아떨어진 모양이었다. 그가 찾아왔을 때는 아침이었고 그녀는 여전히 자고 있었다. 그가 클레어의 팔을 건드려 깨웠다.

"기막힌 눈이군."

클레어가 눈을 뜨자 남자가 감탄했다. 클레어는 눈을 깜빡였다. 기대했던 모습과 너무도 달랐다. 그냥 보통 사람이 아닌가. 클레어는 강력한 힘이 뿜어져나오는 외모를 생각했다. 거대하고 무시무시한 외모. 그런데 실제로는 어깨가 좁고 말랐으며 혈색도 좋지 않아 보였다. 흑발 머리는 짧게 깎았다. 이렇게 황량한 곳치고는(주변을 둘러보았지만 황량한 풍경뿐이었다.) 너무도 기괴한 옷차림이었다. 아니, 클레어는 저런 차림을 처음 보았다. 아이나르가 설명한 대로 외투 속에 꼭 끼는 검은 정장을 입고 있었고 바지는 바짝 주름을 세웠다. 신발은 번쩍번쩍 광이 나는 고급 가죽 구두였다. 손에 낀 장갑도, 클레어가 겨울에 쓰던 털장갑이나 절벽을 오르며 밧줄을 잡을 때 썼던 거친 면장갑과는 완전히 달랐다. 검은 장갑은 얇은 비단 종류로 그의 가느다란 손가락에 딱 맞았다.

클레어는 그 장갑이 무서웠다. 장갑은 그녀의 팔을 잡으려고 했고, 클레어는 비단으로 감싼 저 불길한 손이 몸에 닿는 게 싫었다. 그녀는 움찔하고는 눈을 비비며 사내의 도움 없이 자리에서 일어났다. 기막힌 눈? 그게 무슨 뜻이지?

그가 조금 뒤로 물러나 클레어를 바라보았다. 잠시 후 그가 허리를 굽혀 인사했는데 얇은 입술이 일그러지며 음산한 미소를 그려 냈다.

"아가씨 성함이 클레어? 아, 내가 갑자기 등장해서 놀라셨나? 부디……."

클레어가 그의 말을 끊었다.

"아뇨. 오실 거라는 얘기 들었어요."

그녀의 무례에 남자는 화가 난 듯 보였다. 하지만 클레어는 갈가리 찢긴 옷차림에 피까지 흘리며 그의 도움이나 바라고 서 있자니, 무기력한 데다 치욕스럽기까지 했다. 어떤 식으로든 자신감을 찾아야 했다.

"오, 아가씨를 돕고자 왔다오. 소원을 이뤄 드리지. 물론 대가야 서로 만족스러운 선에 맞춰야겠지만."

클레어가 당당하게 말했다.

"그것도 알아요."

그러자 남자는 다시 불쾌감에 몸이 딱딱해졌다. 그는 그녀가 나약하고 난감한 상태이기를 바랐고, 그녀는 절대 그러지 않겠다고 마음을 다져먹었다.

"아시겠지만, 저한텐 드릴 게 하나도 없어요."

"그건 내가 판단하지."

그가 나지막이 속삭였지만 말투는 위협적이었다.

"원하신다면." 클레어가 대답했다.

"그럼 시작해 볼까? 이렇게 합시다. 아가씨가 먼저 이루거나 얻고 싶은 게 뭔지 얘기하는 거야. 그런 다음 소원을 이루는 데 필요한 대가가 뭔지 상의해 보자고, 응?"

그녀는 갑자기 마음이 약해졌다. 대답할 때는 목소리까지 흔들렸다.

"아들을 찾고 싶어요."

"아들! 오, 정말 멋지군. 모정이야말로 감미로운 흥정거리라오. 그런데…… 돈이나 연애가 아니라 딸랑…… 아들 하나?"

그가 '아들'이라는 말을 조롱하듯 씹어 냈는데, 왠지 역겨웠다.

"나를 도와줄 수 있다고 들었어요."

"제대로 들었군. 정확하게. 하지만! 그 전에 가격을 먼저 맞춰야 한다 이 말씀이야. 거래가 다 그렇잖아? 아들을 돌려주는 대가로……."

클레어는 애써 목소리에 힘을 주어 말했다.

"가진 게 없어요. 보시다시피. 내가 원하는 건……."

그때 끔찍하게도 그가 손을 내밀어 클레어의 긴 머리를 한 움큼 쥐었다. 그녀가 움찔했다.

"이건 뭔데? 정말 아름다운 머리야. 이 풍성한 타래라니! 그렇게 호된 시련을 겪었건만 향기도 좋기만 하고. 이러고도 아무것도 없다?"

그는 그녀의 머리에 얼굴을 파묻고 숨을 크게 들이마셨다. 입 냄새가 지독했다. 클레어는 역겨워도 뒷걸음치지 않으려고 애썼다. 머리카락을 아프게 비틀었지만 그대로 서서 버텼다. 대가가 그거라고? 겨우 머리카락? 그 정도라면 얼마든지 환영이다. 어차피 더럽고 잔뜩 엉킨 터라 당장이라도 벗어 버리고 싶었다.

그는 머리카락을 놓고 한 발짝 물러나더니 새우 눈을 하고 클레어를 이리저리 살폈다. 그를 만났을 때의 첫인상은 '평범하다'였다. 하지만 이제 보니 평범한 게 아니라 사악하고 불길한 쪽이었다. 입 냄새 때문만은 아니다. 갑자기 그가 지독한 악취에 휩싸였는데 어찌나 짙은지 마치 안개처럼 보였다. 그의 말도 얇은 입술에서 새어 나오는 것처럼 보였다.

"그래, 공정한 거래는 못 되겠지? 치렁치렁한 구릿빛 곱슬머리랑 살아 있는 아이를 바꿔? 그것도 아들을?"

"예, 공평한 거래 같지는 않네요. 하지만 말했잖아요, 나한텐 아무것도 없어요."

"'아무것도 없어요.' 참, 애처로운 말이다, 그지? 하기야 아가씨가 애처롭긴 하지. 옷은 누더기에 목은 온통 울퉁불퉁 피딱쟁이 투성이니, 원. 하지만……."

그가 머뭇거렸다.

"내 소명, 내 사명, 내 명분과 존재가 바로 거래를 성사시키는 거거든. 주거니 받거니, 물물교환!"

그가 '물물교환'이라는 단어를 내뱉는데 혀가 날름거렸다. 클레어는 소름이 끼쳤지만 냉정을 잃지는 않았다.

"그래, 아이를 원한다고? 아들을? 이름이 뭔데?"

"글쎄요, 잘 몰라요. 기억을 잃어서…… 베이브였던 것 같기는 한데."

"베이브?"

그의 목소리에 경멸이 가득했다. 아무래도 시험에 떨어질 모양이다.

"잠깐! 에이브였던 것 같아요. 아주 오래전이지만…… 예, 에이브였을 거예요."

"에이브, 베이브······."

남자가 노래하듯 두 단어를 되뇌며 몸을 앞뒤로 흔들었다. 이윽고 그가 입을 다물었다. 그리고 그녀에게 다가와 몸을 앞으로 내밀고는 거친 목소리로 속삭였다.

"거래를 제안하겠다. 제안은 단 한 번뿐이니 수락하든지, 아니면 떠나라. 준비됐나?"

그가 무슨 말을 할지 두렵기는 했으나 클레어는 고개를 끄덕였다. 선택의 여지는 없었다.

그는 섬뜩한 장갑으로 클레어의 목을 움켜잡고 얼굴을 바짝 들이댔다. 상처까지 짓누른 터라 통증이 칼날처럼 온몸을 헤집었다.

"네 젊음을 가져가겠다."

그가 그녀의 귀에 대고 으르렁거렸다. 따뜻한 침이 그녀의 뺨에 튀었다.

그가 그녀를 움켜쥔 채 중얼거렸다.

"거래하겠나?"

클레어가 간신히 대답했다.

"예."

"정확히 말해!"

클레어가 큰 소리로 대답했다.

"거래할게요."

"거래 성사."

그는 그 말을 끝으로 클레어를 밀쳐내더니, 곧바로 돌아서서 걷기 시작했다. 문득 그녀도 따라가야 할 것만 같았다. 그런데 기이하게도 걷기가 힘들었다. 다리에 힘이 하나도 없고 몸을 곧바로 펼 수도 없었다. 불과 스물네 시간 전만 해도, 저 깎아지른 벼랑의 바위와 바위를 뛰어넘고, 손힘만으로 몸을 끌어올리지 않았던가? 그런데 갑자기 허리를 굽히고 발을 질질 끌다니. 거기에 숨을 쉬기도 어려웠다. 남자는 빠른 속도로 성큼성큼 걸었다. 그녀는 낑낑거리며 따라잡았다. 그런데 얼굴 앞쪽으로 흘러내린 머리카락을 넘기다 보니 손이 달라진 게 보였다. 핏줄과 반점이 여기저기 드러나 있었다! 더욱이 흘러내린 머리카락도 조금 전에 남자가 그렇게도 감탄했던 풍성한 적금색이 아니었다. 지저분한 회색에 그마저 듬성듬성하다니!

그가 잠시 돌아서더니 당혹해하는 클레어를 보며 능글맞은 미소를 그렸다.

"어서 움직여, 할망구야. 그건 그렇고……."

클레어가 발을 질질 끌며 매끈한 바위를 돌아가는데 그가 경멸의 표정으로 지켜보았다.

"네 아들놈 이름은 게이브다. 가브리엘의 애칭. 그리고……내 이름? 내 이름도 알려 주랴?"

그가 오만하고 냉담한 미소를 지으며 말했다.

"내가 바로 거래 마스터다."

3부

너머
Beyond

1

 노파는 자주 눈에 띄었다. 우거진 강변 솔밭에 갑자기 나타나서는 게이브가 일하는 모습을 지켜보는 것이다. 손으로 짠 우중충한 옷, 굽은 허리, 그리고 어디에선가 본 듯한 저 친근하고도 깊은 시선. 하지만 어느 순간 노파는 어두운 나무들 사이로 슬며시 사라져 버렸다. 행여 돌아보기라도 하면 더 이상 보이지 않았다. 솔가지 사이로 살랑거리던 인기척조차 없었다. 그냥 사라져 버린 것이다. 이따금 노파를 불러 누군지, 왜 자신을 지켜보는지 물어볼 생각도 했다. 그런데 이유는 모르겠지만 게이브는 그때마다 망설이고 말았다.

 마을에서도 노파를 보기는 했으나 대개 친구들과 함께 있었기에 눈길이 덜 갔다. 친구들, 그러니까 게이브와 함께 살고 있는 무리는 등하교를 하면서 씨름을 하고 농담을 주고 받고, 누가 가장 똑똑한지, 가장 힘이 센지 겨루었다. 이따금 마을 사람들이 그들의 짓궂은 장난에 대해 투덜대기도 했다. 시끄럽고 경솔하기가 지금껏 소년동에 살았던 아이들 가운데 최악이라는 얘기도 했다. 한 아줌마는 그 아이들을 '떼강도'라고 불렀는데, 아이들이 그 집 나무에서 자두를 따 길바닥에 온통 짓이겨 놓았기 때문이다.

그런데 이 묘한 노파는 가까이 있으면서도 악동 패거리를 노려보거나 꾸짖는 법이 없었다. 그저 지켜볼 따름이었다. 벌써 오랫동안. 게이브는 어쩐지 그 노파가 오직 자신만을 주목한다는 생각이 들어 당혹스러웠다.

이따금 자신의 힘을 이용해(에, 게이브도 그 힘을 정확히 뭐라고 불러야 할지 알 수 없었으나 일단 접혼(接魂) 정도로 생각했다.) 노파의 정체와 자신을 따라다니는 이유에 대해 알아볼까도 해 봤지만 그러지 않았다. 사실 그 힘 때문에 게이브는 마음이 편치 않았다. 접혼은 고되고 고통스러운 데다 두렵기까지 했다. 따라서 지금도 그대로 있는지 확인하고(늘 그랬다. 가끔 사라졌길 바라기는 하지만.) 이해하기 위해(물론 이해 못한다. 전혀.) 가끔 시도해 보지만, 실제로 활용해 본 적은 거의 없었다.

어쨌든 노파는 더 이상 보이지 않았다. 게이브는 화가 났다. 할 일이 태산이건만 기껏 노파 때문에 시간만 낭비한 것이다. 게이브는 한숨을 쉬며 강기슭의 공터를 둘러보았다. 자신의 임무를 위해 선택한 장소. 날마다 몇 시간씩 보내는 곳. 그의 맨발은 대팻밥에 푹 빠져 있었다. 게이브가 슬며시 미소 지었다. 땀 때문에 톱밥이 얼굴에 들러붙어 있겠다는 생각이 들어서였다. 입술을 핥자 삼목 가루 맛이 났다.

그가 깎은 판자는 깔끔하게 쌓여 있는 반면 연장은 아무렇게나 널브러져 있었다. 구름이 짙어지더니 우르릉 천둥소리까지 들렸다. 아무래도 비가 올 모양이다. 물건을 창고에 집어 넣을 때가 되었다는 얘기이기도 했다. 하지만 숲 속에 지어 놓은 작고 조잡한 구조물을 오가며 연장들을 정리하는 동안에도, 게이브는 자기도 모르게 노파 생각을 하고 있었다.

작은 마을인지라 사건은 거의 없다. 새로운 주민이 들어오면 항상 환영식을 거행하고 그들의 과거를 소개했다. 게이브는 노파의 얘기를 알지 못했지만 당시 그가 아주 어렸기 때문일 수도 있었다. 노파를 본 지가 벌써 수년이고 아주 어릴 때부터 노파의 시선을 느끼지 않았던가. 더욱이 그는 환영식에 거의 참석하지 않았다. 몇몇 이야기는 재미있었다. 특히 위험을 겪고 가까스로 탈출에 성공한 경우에 그랬다. 하지만 사람들은 대부분 횡설수설하고 만다. 이따금 울기도 하는데 그럴 때면 그도 난감하기만 했다.

더 이상 쭈뼛거리지 않겠어. 다음에 할머니가 또 지켜보면 그냥 가서 내 소개를 하는 거야. 그럼 그분도 자신이 어떤 사람인지 얘기해 주겠지.

그런 생각을 하는데 갑자기 비가 떨어지기 시작했다. 게이브는 비틀린 헛간 문을 닫았다. 낡은 판자로 대충 만든 헛간이라 여기저기가 엉망이었다. 게이브는 점점 굵어지는 빗방울 사이로 노파가 서 있던 나무를 잠시 돌아본 다음, 창고 걸쇠를 걸고 마을을 향해 달리기 시작했다.

게이브가 계단을 올라와 젖은 머리를 흔들어 털고 있는데 소년동 현관에 서 있던 시몬이 물었다.

"배는 잘 되어 가냐?"

"그럭저럭. 조금 느리긴 하지만."

게이브는 마른 옷으로 갈아입으려고 안으로 들어갔다. 곧 저녁 식사 시간이다. 마을에 시계는 없지만 대신 종탑이 간격을 두고 울린다. 오후 중반을 알리는 종을 친 지도 꽤 시간이 흘렀다.

게이브는 자기 방 선반에서 깨끗하게 개어 놓은 셔츠를 찾아 입고, 젖은 옷은 복도 세탁통에 던져 넣었다.

게이브는 고아 소년 열두 명과 함께 소년동에 살고 있다. 대부분 병이나 사고로 부모를 잃었지만, 타리크만큼은 아주 어렸을 적 자식 양육에 관심이 없는 무책임한 부모한테 버림받았다고 했다. 아이들 모두 나름대로 아픔이 있었다. 그 점에서는 마찬가지지만 게이브는 신세 한탄에는 별로 흥미가 없다. 게다가 모르는 부분이 너무 많기도 했다.

조너스한테 묻기도 많이 물었다. 몇 년 전, 갓난아기인 그를 이곳으로 데려온 사람이 바로 조너스였다.

"부모님이 왜 날 형한테 맡긴 거야?"

"넌 부모가 없었어."

조너스의 대답은 늘 그랬다.

"부모 없는 애가 어디 있어!"

"우리가 살던 곳. 완전히 상황이 다른 곳이다."

"형은? 형은 부모님이 있었어?"

"내가 어머니, 아버지라고 부른 사람들이 있기는 했지. 하지만 난 그저 그들에게 배정되었을 뿐이야."

"에, 그럼 나는?"

"넌 배정받지 못했어. 문제가 조금 있었거든."

게이브는 그 말에 씩 웃고 말았다. 자신이 말썽쟁이였다는 말이 마음에 들었다. 어딘가 잘나 보이기 때문이다.

"그래도 부모가 있었을 거야. 아니면 하늘에서 떨어지기라도 했나?"

"있잖아, 게이브. 당시엔 나도 어린 소년에 불과했다. 아기들은 보육 센터에서 부모에게 넘겨졌는데 그때는 나도 그런 일이 당연한 줄 알았다. 그 방법밖에 몰랐으니까. 아기들이 어떻게 생기는지 물어본 적도 없고."

게이브는 웃음을 터뜨렸다.

"하! 아기가 어떻게 생기느냐고? 그야 어린애들 누구나 묻는 얘기 아냐?"

게이브는 웃었지만 조너스는 진지하고 걱정스러운 표정이었다.

"네 말이 맞다. 내가 기억하기로는 해마다 어린 여자들을 '출산모'라는 이름으로 선발했어. 필경 그들이……."

"출산모는 어떻게 되는데? 내 출산모는 또 어떻게 됐어?"

"나도 모른다, 게이브."

"출산모가 날 원치 않은 거야?"

조너스가 한숨을 쉬었다.

"나도 몰라, 게이브. 복잡한 시스템이었으니까."

"내가 알아낼 거야."

"어떻게?"

그때 게이브는 겨우 아홉 살이었지만 대답은 확신으로 가득했다.

"그곳으로 돌아갈래. 막을 생각하지 마. 어떻게든 돌아갈 테니까."

유아동에서 몇 년을 살다가 소년동에 들어오면 당연히 아이들의 관심사가 바뀐다. 어렸을 때 얘기는 거의 하지 않는다. 게이브 생각에 그런 건 여자애들이나 하는 짓이다. 소녀동에서는 저녁 늦게까지 수다를 떨고, 서로 자기 얘기를 하고 또 한다고 했다. 하지만 소년들의 화제는 학교, 스포츠, 미래이지, 절대로 과거는 아니다.

소년동은 동지 그룹이다. 저녁이면 함께 숙제를 하고, 함께 밥을 먹었다. 식사는 부엌에서 일하는 직원이 만들어 주었다. 사감도 있다. 사감은 친절한 사람인데 소년동 안에 살며, 가끔씩 벌어지는 소년들의 분쟁을 중재했다. 문제가 발생하면 아이들이 사감을 찾아가기도 했다. 하지만 게이브는 가족과 함께 집에서 살고 싶다는 생각을 했다. 딱 너대니얼처럼. 너대니얼에겐 가족이 있다. 여동생도 둘이나 된다. 그래서 너대니얼 집은 매일 말다툼과 웃음으로 떠들썩했다.

비는 거의 멈췄다. 창밖으로 구불구불한 길 저 멀리 너대니얼의 집이 보였다. 작은 뜰이 여름 꽃으로 만발했다. 문이 열리더니 회색 고양이가 밖으로 나왔다. 고양이는 좁은 현관에서 잠시 자세를 취하며 제 발을 핥았다. 디아드라의 고양이. 게이브는 이름을 떠올려 보았다. 너대니얼의 여동생이 웃으며 알려 주었건만 잘 기억나지 않았다. 카타콤? 캐터클리즘? 아니, 아냐. 어쨌든 그런 식의 기이한 이름이기는 했다. 디아드라는 어휘를 잘 다뤘다.

예쁘기도 하다. 게이브는 그 생각을 하면서 살짝 얼굴을 붉혔다. 좀 당혹스럽기도 했다. 게이브는 고양이를 바라보며 디아드라가 따라 나오기를 기대했다. 고양이 옆에 앉아 털을 쓰다듬어 줄지도 모를 일이다. 캐터펄트! 그래, 그 이름이야! 게이브는 캐터펄트를 쓰다듬는 디아드라를 그려 보았다. 그 아이도 아련한 눈빛으로…… 내 생각을 할까? 어쩌면. 아니, 말도 안 돼. 문득 깨달은 바이지만, 물론 접혼 기술을 쓰면 알아낼 수 있다. 하지만 정말 알고 싶은 걸까? 어쨌거나 그럴 시간은 없다. 당장이라도 저녁 종이 울릴 것이다. 아이들이 웃고 떠들며 복도를 달려가기 시작할 것이다.

게이브는 황급히 디아드라의 검은 머리와 예쁜 얼굴을 떨쳐내며 생각했다. 자신을 좋아한다는 사실을 안다 해도 그건 그녀에게 공평하지 않다. 그녀가 좋아한들 무슨 소용이란 말인가. 이제 곧 배는 완성되고 그럼 곧바로 떠날 텐데……

2

"그 애가 배를 만들고 있던데…… 알아요?"

키라가 고개를 끄덕였다. 겨우 아이들을 재운 터였다. 너무도 팔팔한 아이들이라 정신이 하나도 없었다. 애너벨리가 걷기 시작하면서 두 살짜리 오빠 매튜를 쫓아다니며 온갖 심술을 부리는 통에, 저녁 무렵이면 키라도 완전히 녹초가 되고 말았다. 키라는 차를 가져와 지팡이를 옆에 세워 놓고 조너스 옆에 앉았다. 조너스는 걱정스러운 표정이었다.

"알아요. 책 빌리러 왔을 때 나도 있었잖아요."

조너스는 벽을 둘러보았다. 책으로 가득한 책장이 바닥에서 천장까지 이어졌다. 이 방뿐 아니라 가족과 함께 쓰는 다른 방들도 마찬가지였다. 아이들에게 책을 빼내거나 잡아당기지 말라는 얘기도 자주 한다. 책이 밝은 색이라 아기들한테는 커다란 유혹이다. 폴짝이도 어렸을 때는 마찬가지 심술을 부렸다. 툭하면 아래쪽 책 모서리를 씹어 놓은 것이다. 지금은 중년의 나이에 살도 찌고 게을러진 터라 더 이상 책을 괴롭히지는 않는다. 그저 하루 종일 자기 담요 위에서 코를 골며 잘 뿐. 대신 책을 잡고 물어뜯는 만행은 아기들 몫이 되었다.

조너스가 말했다.

"이때가 올 줄 알았어요. 아주 어렸을 때부터 과거를 찾아 떠나겠다고 했으니까."

키라는 다시 고개를 끄덕였다.

"당연히 궁금하겠죠. 다음 세대나 되어야 그런 의문을 품지 않을 거예요. 이곳에서 태어난 우리 아이들처럼."

이 작은 마을 사람들 대부분이 다른 고장을 탈출해 온갖 역경을 딛고 이곳에 도착했다. 그건 두 사람도 마찬가지였다. 조너스가 일어나 창밖의 어둠을 노려보았다. 키라도 그 시선을 안다. 남편은 언제나 시선을 밖으로 돌려 문제의 해답을 구하려 했는데, 가장 먼저 남편에 대해 알게 된 특성도 바로 그 점이었다. 꿰뚫는 듯한 푸른 눈. 사물의 너머를 볼 때의 저 표정. 두 사람이 만났을 때는 그가 지도자였기에 문제에 대한 해답을 얻기 위해 종종 '너머'를 보곤 했다. 하지만 마침내 문제는 떨어져 나가고 마을은 번성했다. 조너스도 지도권을 다른 사람들한테 넘기고 가족과 함께 홀가분한 삶을 살 수 있었다.

이제 그는 책과 지식의 수호자이다. 말하자면 학자이자 사서이다. 얼마 전 가브리엘이 배 만드는 법을 배우려고 설명과 그림이 있는 책을 빌려간 것도 조너스한테서였다.

조너스가 한숨을 내쉬며 마을을 에워싼 어둠에서 돌아섰다.

"그 애가 걱정이오."

키라는 바느질하던 손을 놓고, 조너스에게 다가가 허리를 끌어안고 진지한 눈을 들여다보았다. 자신만큼이나 파란 눈을.

"당연히 걱정해야죠. 당신이 데려왔으니까."

오래전, 가브리엘을 데려온 사람이 바로 조너스였다. 당시 조너스는 어린 소년에 불과했으며 가브리엘도 걸음마를 갓 뗀 아기였다. 과거는 없으나 미래는 마땅히 누려야 할 아기. 마을은 아무 질문 없이 두 사람을 환영해 주었다.

"그 애는 너무 어린 데다 아무도 없었어요."

"당신이 있었잖아요."

"나도 어린아이였잖소. 부모가 될 수는 없었지. 그게 무슨 뜻인지도 몰랐고. 나를 키워 준 사람들도 최선을 다했지만 그저 자신들 일을 한 것뿐이었으니."

조너스는 당시 어머니, 아버지라고 부른 남녀를 떠올리며 한숨을 내쉬었다.

"언젠가 두 분한테 나를 사랑하는지 물어본 적이 있었다오."

"그런데요?"

조너스가 고개를 저었다.

"사랑이 무슨 뜻인지도 모르더군. 무의미한 단어라고 일축했어요."

"그분들은 최선을 다한 거예요."

키라가 잠시 후 이렇게 말하자 조너스가 고개를 끄덕였다.

"지금 게이브는 그 애를 데려왔을 때의 나보다 나이가 많아요. 힘도 세고 더 용감하고."

"하지만 당신만큼 잘생기지는 못한걸요."

키라가 미소를 지으며 손으로 남편의 머리를 넘겨 주었다. 평소라면 그도 씩하고 웃었을 터이나 지금은 심각하기만 했다. 생각도 다른 곳에 가 있었다.

"아무래도 그 애한테 재능이 있는 모양이오."

키라가 한숨을 내쉬었다. 그 말이 어떤 뜻인지 잘 알기 때문이다. 키라와 조너스에게도 재능이 있다. 이따금 덕분에 기운이 나기도 하지만 언제 어떻게 적절히 사용할지 판단하는 일은 늘 버겁고 부담스러울 수밖에 없다.

"오히려 낭패만 보게 될까 걱정이오. 그 아이는 가족을 찾고 싶어 해요. 하지만 그런 게 있을 리 없으니 그 애는……."

조너스가 적당한 단어를 찾으며 미간을 찌푸리다가 마침내 이렇게 덧붙였다.

"그 앤 제조 상품이었으니까. 우리 모두."

키라는 아무 말 하지 못했다. 너무도 잔인한 묘사였기 때문이다.

한참 후 그녀가 남편에게 상기시켰다.

"우리 모두 어려운 곳에서 왔어요."

"하지만 당신은 자상한 어머님이 있었잖소."

"그랬죠. 돌아가시기 전에는. 하지만 그때부터는 나도 혼자였어요."

"어쨌든. 적어도…… 돌아가셨을 때 당신이 몇 살이었죠?"

"열다섯."

"지금 게이브 나이와 비슷하군. 저렇게 뭔가를 갈망하는데 결코 찾지 못할 테니 걱정이오. 처음부터 존재하지도 않았으니. 다만……."

조너스가 일어나 창문으로 갔다. 키라는 조너스가 창가에 서서 어둠 속을 응시하는 모습을 바라보았다. 창밖 어둠 속 나무 그림자들이 밤바람에 살랑거렸다. 별 한 점 없는 칠흑의 밤.

그가 한참 동안 아무 말 없이 서 있기만 하자 키라가 물었다.

"다만 뭐요?"

"정확히는 모르겠지만, 저 밖에 뭔가 있어요. 게이브와 관련 있는 뭔가가."

키라가 겁먹은 목소리로 말했다.

"위험한 건가요? 그럼 게이브한테 알려야죠. 조심하라고."

조너스가 고개를 저었다. 여전히 창 너머 뭔가에 집중하고 있었다.

"아니. 위험에 처한 건 아니에요. 적어도 아직은. 그런데 누군가 있어요. 좋은 사람 같긴 한데, 내 생각엔…… 내 생각엔 뭔가…… 누군가 그를 찾고 있어요. 아니, 기다리는 건가? 그 아이를 기다려? 지켜보고 있는 건가?"

그렇지만 또 다른 느낌은 키라에게 말하지 않았다. 그도 이해하지 못했기 때문이다. 그런 일로 아내를 겁주고 싶지는 않았다. 하지만 저 밖에 또 다른 뭔가가 있었다. 그의 각성 끄트머리에 모호하게 뭔가가 걸렸다. 그나마 이번에는 게이브와 관계된 것은 아니었다. 하지만 어딘가 낯익으면서도 아주아주 위험한 존재였다.

3

처음에는 친구들이 도와주었다. 그러나 그 시절도 일찌감치 끝났다. 이제 친구들은 낚시를 하러 가거나 공놀이를 하거나 각종 여름철 놀이를 하며 짧은 방학을 즐겼다. 게이브의 프로젝트에 대한 아이들의 흥미는, 함께 강기슭을 따라 노 젓는 뗏목을 만드는 게 아니라는 사실을 깨달으면서 멀어져 갔다.

게이브는 줄자로 판자를 재면서 콧노래를 흥얼거렸다. 머릿속으로는 판자가 딱딱 맞아떨어질 것 같았다. 하지만 조너스한테 빌려온 책들은 펄럭이는 돛배에서 노꾼들이 줄지어 앉아 노를 젓는 기다란 배까지 온갖 종류의 선박을 소개하면서도 정작 배 만드는 기술에 대해서는 한 마디도 없었다. 물론 게이브가 만드는 배는 아주 소형이다. 자기 몸과 약간의 물자를 실을 정도면 된다. 노도 하나 있어야 했으므로 벌써부터 비 오는 날이면 작은 창고에 웅크리고 앉아 노를 깎았다.

"정말 낚시하러 안 갈 거냐?"

게이브는 갑작스러운 목소리에 고개를 들었다. 햇볕에 까맣게 탄 길쭉한 너대니얼이 샛길에 뻘쭘하게 서 있었다. 손에는 낚시 도구가 들렸다. 전에는 종종 함께 낚시를 했다. 주로 강기슭의 거대한 바위 위에서 했는데, 물살이 느린 데다 얕은 곳이라 고기가 잘 잡혔다. 힘 좋은 은빛 숭어들은 미끼를 덥석 잘 물어 멋진 요리감이 되어 주었다.

당연히 가고 싶었지만 게이브는 고개를 저었다.

"못 가. 그렇잖아도 진도가 안 나가 미치겠다. 생각보다 작업이 더뎌."

"그건 뭐냐?"

너대니얼이 공터 끄트머리를 가리키며 물었다. 그곳에는 잎이 무성한 장대들이 쓰일 때를 기다리고 있었다.

게이브도 그쪽을 보았다.

"대나무."

"그걸로 배 만들게? 배를 만들려면 진짜 튼튼한 판자가 있어야지."

게이브가 웃었다.

"나도 알아. 배는 삼목으로 만든다. 대나무가 필요한 이유는…… 자, 여기 직접 보여 줄게."

게이브는 땀에 젖은 손을 셔츠자락에 닦고 헛간에 가서 커다란 책을 가져왔다.

너대니얼이 놀라서 물었다.

"책을 여기 가져와도 된대?"

게이브가 고개를 끄덕였다.

"깨끗하게 쓰겠다고 약속했어. 자, 봐."

게이브는 책을 평평한 바위에 올려놓고 쪼그리고 앉아 책장을 넘겼다.

너대니얼이 보니, 수많은 돛을 펼친 거대한 선박 그림이었다. 삭구도 복잡했다. 수많은 돛줄과 크랭크가 돛이 바람에 날아가지 않도록 붙들고 있었다. 갑판에 선원들도 많았다.

너대니얼이 기겁했다.

"미쳤구나, 너. 이걸 네가 만들겠다고?"

게이브가 키득거렸다.

"아니, 아냐. 그냥 보여 주는 거야. 어차피 강배도 아니잖아. 이건 옛날에 바다를 다녔던 배래. 우리도 역사 시간에 배웠을 걸?"

너대니얼이 고개를 끄덕였다.

"해적이 있었댔지. 유일하게 재미있는 부분이었어."

게이브가 천천히 책장을 넘기다가 슬며시 미소 지었다.

"이게 내 거야. 웃기만 해 봐."

게이브가 펼친 곳은 책 거의 끝부분인데, 자주 펼쳐 본 흔적이 한눈에도 분명해 보였다.

게이브의 경고에도 불구하고, 너대니얼은 기어이 웃고 말았다. 게이브도 친구의 얼굴을 보며 함께 키득거렸다. 작은 배에는 남자 혼자 타고 있고, 주변에는 거대한 파도가 들끓고 물보라 사이로 상어 지느러미도 몇 개 보였다. 온통 하늘과 바다뿐인 세상에서 남자는 죽음을 앞둔 채 잔뜩 겁에 질려 있었다.

"그러니까 너 지금 자살을 계획하는 거냐? 그런데, 여기는 어디냐?"

"바다. 여기서 아주 멀어. 그러니 바다 걱정은 할 필요 없어. 강으로 갈 거니까. 그리고 저 남자처럼 끝낼 생각도 없다. 그냥 저 배를 흉내 내려는 것뿐이야. 내 배는 더 작고 선실도 필요 없어. 작고 튼튼한 배. 내가 원하는 건 그뿐이다. 만드는 것도 어렵지 않을 거야."

게이브는 바닥의 판자, 톱밥, 쓰레기 등을 둘러보며 맥없이 덧붙였다.

"에, 그런데 솔직히 만만치가 않네."

"조종은 어떻게 할 건데?"

너대니얼이 물었다. 그는 여전히 대형 파도에 잔뜩 겁을 먹은 뱃사람 그림을 보고 있었다.

"노. 어차피 강물을 따라가는 거니까 노 저을 일도 별로 없을 거야. 필요할 때 강가에 배를 대려고 사용하는 정도겠지."

"그럼 대나무는 어디에 쓰려고?"

"배를 단단하게 엮으려고. 내가 개발한 방법이야. 일단 삼나무를 제대로 배열한 다음 대나무를 밧줄처럼 이용하는 거야. 물에 적셨다 말리면 팽팽해지거든."

너대니얼이 주변을 둘러보았다. 삼나무 판자들이 아무렇게 널브러져 있는데, 못을 박아 연결해 놓은 것도 있었다. 게이브가 준비해 놓은 대나무도 보였다. 껍질을 벗겨 가늘게 쪼개 놓았는데 소년 혼자 하기에는 엄청난 일이 분명했다.

"다른 애들은 안 도와줘?"

게이브가 머뭇거렸다.

"응. 어떤 할머니가 와서 훔쳐보기는 해. 저기 서서."

게이브가 소나무 숲을 가리켰다.

"할머니?"

"응. 너도 봤을 거야. 허리도 굽고 잘 걷지도 못하는 할머니 알잖아. 나를 쫓아다니나 봐. 이유는 모르겠지만. 언제든 이제 그만두라고 소리라도 쳐야겠어."

너대니얼이 언짢은 표정을 지으며 실소를 흘렸다.

"노인한테 소리치면 안 돼."

"알아. 그냥 농담이야. 한번 으르렁거려 볼까? 그럼 약간 무서워하실지도 몰라."

게이브가 인상을 쓰더니 짐승처럼 큰 소리로 으르렁거렸다.

두 소년은 깔깔 웃었다.

너대니얼이 다시 물었다.

"그래서 낚시하러 안 가겠다고?"

게이브가 고개를 젓고는 책을 집어 다시 창고에 넣었다.

"못 가."

너대니얼이 낚시 도구를 챙겨 돌아서더니 다시 게이브를 보며 음흉한 미소를 지었다.

"디아드라가 보고 싶단다. 요즘에 통 안 보인다고."

게이브가 한숨을 쉬었다. 그는 너대니얼의 예쁜 여동생이 서 있기라도 하듯 샛길을 올려다보았다.

"걔, 내일 밤 축제에 간대?"

너대니얼이 고개를 끄덕이며 낚싯대를 어깨에 멨다.

"안 가는 사람도 있냐? 엄마도 지금 광장에서 준비하는 걸 돕고 계셔."

"디아드라한테 거기서 보잔다고 전해."

게이브는 친구에게 손을 흔들어 주었고, 친구가 멀어지자 다시 일을 시작했다.

4

마을 축제가 잦은 편이었다. 추수, 하지, 결혼처럼 명목이 있는 축제도 있었다. 하지만 대부분은 이유 자체가 필요 없었다. 사람들이 그저 여흥, 웃음, 화려한 의상, 맛난 먹거리(아니면 과식)를 그리워하면 축제를 준비한다.

키라도 아이들에게 직접 디자인하고 재봉한 밝은 색 자수옷을 입혔다. 그녀는 솜씨 좋은 바느질꾼이었다. 사람들도 결혼 의상이 필요할 때면 늘 키라를 찾았다. 키라가 자기 부친의 시신에 입힌, 온갖 종류의 새를 복잡하게 수놓은 자수옷은 지금까지도 사람들 입에 오르내렸다. 키라의 아버지는 맹인이었기에 소리가 곧 생명이었다. 그는 모든 새의 울음과 노래를 알고 또 흉내

냈다. 새들도 아무 거리낌 없이 나무에서 내려와 그가 내민 손에서 모이를 쪼아 먹었다. 그가 안식을 위해 입관할 때 마을 사람들이 모두 모여 작별가를 불렀으나 오직 사람들의 노래뿐이었다. 새들은 추모라도 하듯 일제히 부리를 닫아 버렸다.

키라 자신의 축제 의상은 군청색 드레스였다. 샌들 끈과 기다란 머리에도 파란 리본을 엮어 넣었다. 조너스는 그 모습에 찬사와 애정을 담은 미소를 지어 보였으나 정작 자신은 축제의 밤에도 소박한 차림이었다. 평범한 셔츠와 거친 바지. 아내가 마당의 파란 꽃을 꺾어 옷깃에 달아 줄 때에도 눈을 한 번 굴리고 나서야 받아들였다. 조너스는 장식을 좋아하지 않았다. 그의 기호는 늘 소박했다.

애너벨리와 매튜가 낄낄거리며 넓은 방을 뛰어다니는 동안, 키라는 직접 구운 파이를 싸서 데이지와 고비로 장식한 바구니에 담았다. 폴짝이가 하품을 하더니 꾸벅꾸벅 졸던 담요에서 일어났다. 개도 들뜬 분위기를 느끼고 한몫 끼고 싶었던 것이다. 키라는 개의 마음을 눈치채고는 웃으면서 다가가 목에 꽃을 묶어 주었다.

"자, 너도 이제 파티 의상이다!"

폴짝이는 꼬리를 흔들며 가족을 따라 집을 나섰다. 조너스는 파이 바구니를 들고 매튜는 아버지 목에 올라탔다. 애너벨리는 엄마의 빈손을 꼭 잡았다. 키라의 다른 손에는 언제나처럼 지팡이가 들렸다. 저 앞 굽잇길 너머로 벌써부터 음악 소리가 들렸다. 플루트와 바이올린. 축제가 열리는 광장이 있는 방향이다.

이곳은 버림받은 사람들이 모여 만든 아주 작은 마을이다. 온갖 종류의 전쟁이나 혼란을 피해 온 사람들, 부상을 당하거나 동족 및 마을에서 쫓겨난 사람들이 역경을 헤치고 이곳에 정착했다. 그들, 최초의 정착민들은 서로에게서 위안을 얻고 공동체를 만들었다. 그들은 피란민을 환영했다.

세월이 흐르면서 더 이상 외지 사람을 받아들이지 말자며 수군거린 적도 있었다. 마을이 북적거리는 데다 이주민들이 마을의 풍습과 규칙을 잘 받아들이지 못한다는 게 이유였다. 그 바람에 논의와 청원과 말싸움이 이어졌다.

내 딸이 그런 사람하고 결혼하겠다면 어쩌지?

말할 때 억양이 정말 이상해.

일자리가 부족해지면 어떻게 해?

그들이 우리 방식에 적응하는 동안 왜 우리가 지원을 해야 하지?

당시 지도자였던 조너스가 부드러우면서도 단호하게 사람들에게 상기시켰다. 마을 사람들 모두 한때는 이방인이었음을. 모두 새 삶을 찾아 이곳에 왔음을. 결국 투표를 통해 마을을 원래대로 유지하기로 결정했다. 피난처. 누구나 환영 받는 곳.

어릴 적, 게이브는 역사 시간에 마을 박물관을 견학할 때면 예외 없이 하품을 하고 안달을 했다. 역사는 따분해. 박물관 해설자가 '이주 도구관'의 다양한 도구들, 특히 다 망가진 붉은색 썰매를 가리키며 조너스라는 용감한 소년이 죽어 가는 아기와 함께 눈보라를 뚫고 이곳에 도착했다는 설명을 할 때면 한없이 당혹스러웠다.

"그리하여 오늘날 조너스가 우리의 마을 지도자가 되었으며 그가 데려온 아이 또한 건강하다는 사실을 모르는 사람은 없습니다. 그 아이가 바로 가브리엘이죠."

해설자가 극적으로 덧붙이자 반 아이들이 게이브를 보며 씩 웃거나 서로 찌르며 키득거렸다. 게이브는 따분한 척했다. 시선을 피하고는 벌레에 물리기라도 한 듯 다리를 긁적이기도 했다.

초기 이주자, 그러니까 박물관에 과거사가 기록된 사람들은 이제 나이가 들거나 세상을 떠났다. 키라의 아버지 크리스토퍼는 소나무숲 옆 마을 묘지에 묻혔다. 그는 어느 머나먼 공동체의 정적들에게 내몰려 사경에 빠졌지만, 보이지 않는 눈으로 마을까지 찾아와 구조되었다. 그 후에는 보는 자라는 이름으로 이곳에서 오랫동안 고귀하고 지혜로운 삶을 이어 갔다. 지금은 키라가 무덤을 돌보는데, 아기들을 데려와 잡초를 뽑고 자신이 심은 향그러운 보랏빛 백리향 밭에 물도 주었다.

그의 무덤 바로 옆에 수양아들 맷티의 무덤도 있다. 마을 사람들은 맷티를 칠 년 전 역경의 시대에 마을을 괴롭힌 미지의 악과 싸우다 죽은 개구쟁이 소년으로 기억했다.

게이브는 저녁 축제에 가는 도중 묘지를 지나며, 사람들이 맷티의 시신을 찾아 돌아오던 때를 떠올려 보았다. 그때 게이브는 불과 여덟 살에 불과했다. 유아동의 제멋대로인 개구쟁이라 장난치는 걸 좋아하고 수업에는 무관심했지만 그래도 맷티를 존경했다. 맷티는 보는 자를 헌신적으로 돌보고 도왔으며 항상 활력과 멋진 유머로 마을 일을 떠맡았다. 게이브에게 미끼를 달고 바위 위에서 줄을 던지는 방법을 가르쳐 준 사람도 맷티였고, 연을 만들어 바람에 싣는 방법을 가르쳐 준 사람도 맷티였다. 맷티가 죽은 날, 게이브는 비통해하며 몸을 옹송그린 채 울창한 숲 그림자에 숨어 그의 시신이 들어오는 모습을 지켜보았다. 마을 사람들이 길가에 줄지어 서서 들것에 실린 시신을 추념하며 일제히 고개를 숙였다. 시신은 엉망으로 망가져 있었다. 게이브는 놀란 가슴을 부여안고 공동체를 관통하는 비탄에 조용히 귀를 기울였다.

그날 일로 게이브는 변했다. 마을도 변했다. 소년의 죽음에 충격을 받은 사람들은 너 나 할 것 없이 희생에 보답하기 위한 방법들을 모색했다. 사람들은 더욱 친절하고 신중해졌으며, 서로를 향한 배려도 커졌다. 공동체를 좀먹는 악습도 제거해 나갔다. 심지어 게임이나, 승자에게 사탕을 내뱉던 사행성 오락기들까지 금지했다.

거래 마스터라는 기이하고 사악한 남자가 나타나 몇 년 동안 그럴싸한 재미와 소일거리를 뿌린 덕에, 마을에 혼란과 불만만 커졌다. 거래 마스터의 본성을 꿰뚫어 사악한 의도를 간파하고 그를 추방해야 한다고 주장했던 사람 또한 당시 지도자 조너스였다.

마을을 휩쓸다시피 한 탐욕과 방종에서 풀려난 뒤, 사람들은 오늘 저녁처럼 스스로를 축하하는 방법을 깨우쳤다.

게이브는 잠시 오솔길에 가만히 서 있었다. 맷티의 이름을 새긴 돌 옆에 새로운 꽃다발이 놓여 있었다. 그런 식으로 마을 사람들은 자신들을 개심하게 해 준 맷티를 추모했다. 게이브는 보다 은밀하게 그를 추모했다. 그렇게도 존경했던 형과 나누었던 대화들을 홀로 되새기는 것이다.

"학교에 충실해야 한다, 게이브."

맷티는 그렇게 말했다. 그날 게이브는 보충 수업 받느라 방과 후에도 늦게까지 학교에 남아 있어야 했다. 맷티와 게이브는 강가의 돌출 바위에 함께 앉아 있었다.

게이브가 손으로 낚싯줄을 만지작거리며 투덜댔다.

"학교가 싫어."

"나도 그랬어. 너만큼이나 외고집에 장난꾸러기였거든. 하지만 보는 자 아저씨가 날 아끼셨기에 공부를 시킨 거야."

게이브가 어깻짓을 했다.

"날 아끼는 사람은 없어."

"지도자님 있잖아. 나도 있고."

"그런 것 같기는 해." 게이브도 인정했다.

"너를 이곳에 데려온 분이야. 그러느라 고생도 많이 하셨고."

게이브가 눈을 굴렸다.

"박물관 견학 때 그 얘기 들었어? 제발 그런 허황된 얘기 좀 그만했으면 좋겠어. 아무튼 지렁이 한 마리만 줘. 내 건 바늘에서 빠졌어."

맷티가 바늘에 미끼 다는 걸 도와주었다.

"너한테는 지식이 필요해. 조너스 형이 지도자가 된 것도 열심히 공부했기 때문이야."

"난 지도자 안 될 거야."

"나도 싫다. 그래도 알고 싶은 건 많아, 안 그래?"

게이브가 한숨을 내쉬었다.

"그렇기는 해. 그래도 수학은 싫어. 문법도."

맷티가 웃었다. 그리고 두 사람은 다시 입을 다물었다.

"게이브?"

"응?"

"너한테도 특별한 재능이 있다는 사실을 깨닫게 될 거야. 그런 사람들이 몇 있는데, 너도 그래. 난 알 수 있어."

게이브는 열심히 미끼와 바늘을 만지작거렸다. 왠지 이런 대화가 불편했다.

"알아. 쉽지 않은 얘기다. 이해하기도 어려우니까 당연하지. 하지만 그 때문에라도 공부해야 해. 스스로 준비해야 한다는 뜻이야. 언젠가 너도 특별한 일로 소환될 거야. 그 일이 위험할 수도 있어. 그래서 준비해야 해, 게이브. 지식이 필요할 거야."

"저기 봐! 바위 그림자 안에 커다란 숭어가 있어. 지금 숨어서 우리를 지켜보는 거야. 놈의 눈 좀 보라니까!"

게이브가 큰 소리로 화제를 바꾸려 들었다.

맷티는 못 말리겠다는 듯 한숨을 내쉬고, 바위 아래 검은 물 속에 숨은 커다란 물고기에게 관심을 돌렸다. 놈이 눈을 희번덕 거리더니 갑자기 두 낚시꾼의 관심을 느꼈는지 더 깊이 파고들었다.

"어둠 속에 숨으면 달아날 수 있다고 생각하는 거야. 절대 안 되지. 우리가 누구냐, 게이브? 저 녀석보다는 훨씬 영리하지. 어디 해보자! 저놈을 잡는 거야!"

게이브는 그 모든 것을 기억했다. 웃음소리, 난감한 대화, 찬란한 햇살, 천천히 흘러가는 강물 소리. 그때 두 소년은 몰래 다가가서 거대한 은빛 물고기를 잡았다가 다시 풀어 주었다. 벌써 몇 년 전 일이다. 그리고 그런 식으로 대화할 기회는 더 이상 없었다.

어쨌든 뭐든 배울 필요가 있다는 말은 맞았다. 게이브도 공부에 취미를 붙인 터라 지금은 상당히 도움을 받고 있다. 그렇게도 싫어했던 수학도 이렇게 판자를 재고 맞추는 데 써먹지 않는가.

하지만 이제는 그날 겸연쩍어하는 대신 맷티에게 고백했으면 좋았을 거라는 생각이 들었다. 당시 게이브는 자신의 능력을,

그러니까 접혼 능력을 막 깨달은 터였다. 그리고 지금도 그 때문에 당혹스럽기만 했다.

여느 때처럼 일상적인 축제 자리에서였다. 돌이켜보면 한여름이었던 것 같기도 하다. 게이브는 여덟, 아홉 살짜리 또래 남자 아이들과 함께 군중에 섞여 시합을 구경하고 있었다. 마을 사람 둘이 씨름을 하고 있었다. 몸이 온통 땀투성이라 서로를 잡은 손이 자꾸 미끄러졌다. 사람들이 격려하자, 두 씨름꾼은 다시 자세를 잡으며 두 발로 일어나 공격 기회를 노렸다. 상대를 쓰러뜨리고 승자가 될 단 한 번의 기회. 게이브는 열심히 지켜보다가 문득 자신의 맨발이 진창에 미끄러지고 있음을 깨달았다. 씨름꾼들을 흉내 내며 숨을 헐떡이기까지 했다. 게이브는 자신이 응원하는 사람에게 집중했다. 가을 추수를 책임진 밀러라는 몸집이 큰 남자였다. 한가한 날이면 사내아이들을 운동장으로 불러 복잡한 시합을 가르쳐 주기도 하는 좋은 사람이었다. 이 치열한 시합 와중에도 밀러는 웃고 있었다. 상대의 샅바를 잡고 넘어뜨리려 애쓰면서도.

게이브는 씨름꾼들을 흉내 내며 마른 몸을 움직이다 자신이 밀러라면 기분이 어떨지 궁금해졌다. 요컨대 강한 사람이 되어 근육과 팔다리를 마음대로 쓰고 싶었다. 그리고 그 순간, 기이한

정적이 게이브를 감쌌다. 씨름꾼들의 신음 소리, 구경꾼들의 고함 소리, 개 짖는 소리, 연주를 준비하던 악대 소리가 모두 사라졌다. 그리고 자신이 정적 속에서 움직이고 있음을 느꼈다. 게이브는 밀러에게 들어가 밀러를 느끼고 밀러를 경험했다. 그 순간 밀러가 되었다. 잠시나마 강하다는 게 어떤 느낌인지, 몸을 제어하고, 승리를 거두는 게 어떤 느낌인지 알았다. 경기와 그 뒤에 오는 승리를 사랑하는 마음도 느꼈다.

그리고 소리가 돌아왔다. 게이브도 돌아왔다. 군중들이 함성을 지르고 밀러는 두 손을 들고 서 있었다. 그가 승자였다. 이윽고 밀러가 몸을 숙여 웃고 있는 상대를 일으켜 주었다. 게이브는 바닥에 털썩 주저앉고 말았다. 그리고 환호하는 군중 사이에서 잔뜩 웅크린 채 숨을 몰아쉬고 헐떡였다. 너무도 혼란스러웠다. 그리고 짜릿했다.

그날 이후에도 그런 경험은 또 있었다. 그것도 여러 번……. 결국 게이브는 그 순간이 올 때를 감지하고 스스로 접혼 능력을 조절하고 통제할 수 있음을 깨달았다. 부끄러운 얘기지만 한때는 커닝에 이용하려고도 했다. 책상에 앉아 수학 시험 때문에 골머리를 싸매다가(분수인데 공부를 했을 리가 없다.) 문득 선생님을 보았다. 조언자 선생님은 창가에 서서 시험 문제를 적은 칠

판을 바라보고 있었다.

당장 접혼을 통해 조언자에게 들어갈 수 있다면 시험 문제 답을 모두 알 수 있을 거라 생각했다. 게이브는 두 눈을 감고 정신을 집중한 다음 조언자 생각을 했다. 그분의 지식을 생각하고 조언자가 되는 기분이 어떤지를 생각했다. 이윽고 의식이 이탈하며 선생님을 향해 이동하기 시작했다. 순식간에 게이브는 그 안에 있었다. 조언자 내면에 들어가 조언자가 되었다.

분명 접혼은 작동했다. 하지만 게이브가 기대했던 식은 아니었다. 그곳에는 수학 해답이 없었다. 오로지 압도적인 열정뿐이었다. 온갖 종류의 지식과 배움에 대한 열정, 작은 책상에 앉아 있는 학생들을 향한 열정. 게이브는 조언자에게서 학생들을 향한 사랑과 희망을 느꼈고 그에게서 뭘 배우게 될지를 느꼈다.

늘 그렇지만 접혼은 느닷없이 끝났다. 게이브는 두 손으로 머리를 감쌌다. 교실의 소음이 돌아오고 선생님이 옆에 나타났다.

"괜찮니, 가브리엘?"

게이브는 자신도 모르게 몸을 떨었다. 두 눈에 눈물이 고였다. 게이브가 중얼거렸다.

"몸이 좋지 않아요."

조언자는 조퇴를 허락해 주었다. 게이브는 천천히 학교를 빠져나왔다. 그리고 그날 비로소 공부하겠다는 결심을 굳혔다. 다시는 선생님을 실망시키지 않으리라.

아무에게도 얘기하지 않았다. 접혼은 비밀이어야 했다. 게이브에게 접혼은 흥미로운 동시에 이따금 두려운 재능이었다.

그래도 지금은 기회가 있었을 때 맷티에게 털어놓지 않은 게 못내 아쉬웠다. 접혼뿐이 아니다. 어머니에 대해 알고 싶은 마음이 얼마나 간절한지도 얘기하고 싶었다. 학교 친구들에게 얘기할 수는 없었다. 아이들은 비웃을 테니까. 하지만 맷티는 이해했을 것이다. 혼자만의 갈망은 이다지도 외롭기만 했다.

저 앞, 모임이 열리는 대형 천막에서 음악 소리와 아이들의 즐거운 노랫소리가 들려왔다. 게이브는 친구들 생각을 했다. 이미 벌어졌을 시합과 경기, 그리고 그 후의 무도회 생각도 했다. 물론 코에 주근깨가 점점이 박힌 예쁜 디아드라도 생각했다. 자욱한 연기도 보였고, 꼬치에 꽂아 하루 종일 굽는 돼지고기 냄새도 코를 자극했다. 키라는 파이를 만들었을 것이다. 꿀이 들어간 두꺼운 생크림이 소용돌이치는 파이. 게이브는 묘지와 우울한 상념들을 밀어내고 파티를 향해 달려가기 시작했다.

5

등이 너무나 아팠다. 벌써 몇 년째건만 점점 심해졌다. 허리를 펴기도 어려워 계속 구부정하게 걸어야 했다.

클레어는 마을 사람들에게 약을 나눠 주는 남자를 찾아가기도 했다. 사실 약이라 봐야 알리스에게 배웠던 종류와 별 다를 바는 없었다. 자작나무와 버드나무를 달여 마시면 통증이 줄기는 했으나 완전히 사라지지는 않았다.

약초 치료사가 뻔한 질문을 했다.

"연세가 어찌 되십니까?"

클레어가 대답했다.

"나도 몰라요."

사실이었다. 파도에 휩쓸려 어느 마을에 떠내려갔을 때만 해도 어린 소녀였다. 그리고 몇 년이 지나 젊은 여인이 되었지만 그곳을 떠나면서 단 하룻밤 사이에 노파가 되고 말았다. 즉 세월의 문제가 아니라는 뜻이다.

약초 치료사는 그녀의 대답에 놀라지 않았다. 마을을 찾아온 사람들 가운데 적잖은 수가 과거를 기억하지 못했기 때문이다. 그는 통증을 다스릴 나무껍질 차를 처방하면서 이렇게 말했다.

"그런 통증은 말년에 누구나 겪게 마련이지요."

"알아요."

클레어가 대답했다. 자신이 겪고 있는 상황을 설명할 생각은 없었다.

약초 치료사는 클레어의 팔을 살짝 들어 축 늘어진 피부를 만져 보고, 손등의 검은 반점들도 확인했다. 그가 물었다.

"아직 이는 있으시죠?"

"약간은요."

클레어가 이를 보여 주었다.

"눈은 어떤가요? 귀는요?"

아직 보고 들을 수는 있었다.

약초 치료사가 씩 웃으며 말했다.

"예, 춤을 추거나 고기를 씹지는 못하세요. 하지만 새들이 노래하고 나뭇잎을 스치는 바람 소리를 들으실 수 있다면 아직 즐거움이 많이 남은 겁니다. 다만 시간이 무한하지는 않으니까, 최대한 열심히 사셔야죠. 제가 그렇거든요. 보다시피 저도 부인 못지않게 늙었답니다. 통증도 있고요."

약초 치료사가 마른 나무껍질을 포장해 주었다. 클레어는 약을 받아 바구니에 넣었다.

그녀가 돌아서는데 약초 치료사가 덧붙였다.

"그럼, 축제에서 뵙죠. 춤 구경을 하면서 젊었을 때를 떠올리는 겁니다. 그것도 꽤 재미있는 일이랍니다."

클레어는 그에게 인사하고 지팡이에 의지해 작은 오두막을 향해 발길을 재촉했다. 멀리 공놀이하는 소년들의 고함 소리가 들려왔다. 게이브도 저 속에 있을까? 하기야 요즘에는 게이브가 공놀이하는 모습을 거의 보지 못했다. 그 아이는 대부분 강가의 공터에 혼자 들어가 흉측한 배 같은 걸 만들었다. 클레어도 종종 숲속에 숨어 게이브가 일하는 모습을 훔쳐보았다. 기이한 일에 몰두하는 모습에 감탄하기도 했다. 하지만 아들이 떠날 생각을 한다니 슬프고 당혹스러웠다.

수년 전에 처음 마을에 들어왔을 때 클레어도 다른 사람들처럼 환영받았다. 허약한 노년의 몸은 당시 그녀에게도 생소했다. 아니, 아침에 일어날 때마다 뼈가 쑤시고 온몸이 뻣뻣한 건 지금도 당혹스럽기만 하다. 달리고 산을 오르고 춤까지 추던 기억이 생생하고 여전히 핏줄 속에서 고동치건만, 현실은 어처구니없이 비실비실하고 비틀거리는 노친네였다.

이곳에서 아들을 처음 본 건 아이가 여덟이나 아홉 살 때였다. 그녀는 그날을 기억했다. 아이는 친구들을 부르며 그녀에게 배정된 오두막 옆 오솔길을 달려갔다. 거친 머리카락과 미소가 햇살에 반짝였다.

"게이브!"

한 소년이 아들의 이름을 불렀다. 하지만 클레어는 그 이름을 듣기 전에 아들을 알아볼 수 있었다. 그녀가 기억하는 그대로의 미소이자 은빛 웃음이었기 때문이다.

그 순간 클레어는 앞으로 향했다. 아들에게 달려가 인사하고 끌어안을 참이었다. 어쩌면 한때 서로 흉내 냈던 바보 같은 얼굴을 만들 수도 있을 것이다. 하지만 황급히 달려갈 생각에 그만 자신의 몸이 노쇠해졌다는 사실을 잊어버렸다. 그녀는 다리를 끌다가 돌에 걸려 넘어지고 말았다. 황급히 몸을 일으켜 세웠으나 그 순간 아이가 돌아보더니 흥미 없다는 듯 곧바로 고개를 돌려 버렸다. 그녀는 마치 아이의 눈을 통해 보기라도 한 듯, 자신의 쪼글쪼글한 피부와 듬성듬성한 잿빛 머리, 어설픈 걸음걸이를 깨달았다. 그녀는 멍하니 서 있다가 돌아오고 말았다.

결국 저 애가 알 필요가 있을까? 어디로 보나 행복한 아이가 아닌가. 어차피 자신의 황당한 얘기를 들려준다 해도 믿기는커녕 이해도 못할 것이다. 친구들한테 놀림받을 수도 있다. 어쩌면 아이가 자신을 거부할지도 모른다. 아니, 더 심각한 문제도 있다. 저 애는 필경 그녀가 살아 있는 동안 봉양할 의무감을 갖게 될 것이다. 그러면 저 자유로운 삶은 훼손되고 그녀 또한 아들에게 짐이자 민폐 신세가 되고 말리라.

클레어는 아들을 찾은 것만으로 만족하기로 했다. 게이브는 지금처럼 살게 내버려 두자……. 그러자 문득 가혹한 물물교환이 떠올랐다. 거래 마스터의 제안.

이제 게이브는 개구쟁이에서 차분한 소년으로 성장했다. 지금은 그녀도 이해 못할 프로젝트에 심취해 있는 듯했다. 배는 왜 만드는 거지? 강은 위험한 곳이다. 마을 아이들은 물살이 느리고 얕은 보호 구역에서만 수영을 하고 물놀이를 했다. 하지만 더 멀리 나가면 강물은 미친 듯이 흐르며 위험천만한 암초들에 부딪혔다. 어딘가 깎아지른 폭포가 있다는 얘기도 들었다. 여기저기 쓰러진 나무들에 부딪히는 날이면 저렇게 대나무 끈으로 묶은 조각배 정도는 우습게 박살나고 말 것이다.

클레어는 급류를 무척이나 두려워했다. 그럴 만한 이유도 있다. 강가에도 바닷가에도 살아 봤지만, 두 경우 모두 그녀에게는 고통과 상실감만 가져다주었다.

아들을 물에 빼앗기고 싶은 생각은 추호도 없었다.

겉이 바삭한, 얇게 썬 통돼지 구이는 냄새가 좋았으나 클레어를 위한 음식은 아니었다. 몇 개 남지도 않은 이가 크게 흔들리는 데다 잇몸까지 욱신거리는 터라 결국 그림의 떡일 수밖에 없었다. 클레어는 토마토와 허브 소스를 발라 하루 종일 구운 콩으로 접시를 채우고 부드러운 빵을 조금 곁들였다. 그래도 검은딸기 파이 한 조각을 먹을 여유는 남겨 둘 생각이다.

클레어는 접시를 식탁에 내려놓고 벤치 하나를 골라 앉았다. 한 임산부가 그녀에게 미소 짓고는 살짝 움직여 자리를 마련해 주었다. 클레어가 알기로 진이라는 여자인데, 지금 악기를 조율하며 무곡을 준비하는 바이올린 연주자가 남편이었다. 키라도 거기 있었다. 식탁 주변에서 놀고 있는 어린아이들을 지켜보고 있다가 이따금 숟가락으로 먹을 것을 떠서는 마치 새 모이를 주듯 아이들 입에 넣어 주었다.

클레어는 천천히 식사를 하며 식탁에 앉은 젊은 여인들을 바라보았다. 자신도 그들처럼 살 수 있었건만……. 클레어는 포크를 쥔 옹이 진 손을 내려다보았다. 노파의 손. 약초 치료사는 그녀에게 죽을 때가 멀지 않았다고 말했다. 물론 사실일 것이다. 하지만 내면은? 그녀는 여전히 젊은 여인이었다. 거래를 거부하고 이곳에 오지 않았다면(젊음! 클레어는 그녀의 뺨에 침까지

튀기면서 그 단어를 속삭이던 거래 마스터는 물론, 그녀가 고개를 끄덕이며 "거래할게요."라고 대답하던 순간을 지금도 잊을 수 없다.) 지금쯤 아이나르와 함께 있을 것이다. 그를 도와 양을 돌보고 스튜를 요리해 먹고, 저녁이면 불 옆에서 즐거운 대화를 나누었을 것이다.

하지만 그랬다면 아들을 찾을 수는 없었겠지? 지금처럼 활발한 젊은이로 성장하는 모습을 지켜볼 수도 없겠지? 그래, 또 기회가 주어진대도 똑같이 거래를 할 것이다.

클레어는 자리에서 일어나 빈 접시를 돌려주고 파이 한 조각을 먹으며, 활기찬 소년들이 함께 앉아 있는 식탁을 건너다보았다. 아들도 그곳에 있었다. 그녀가 지나가자 아들이 잠깐 곁눈질을 하기는 했지만, 곧바로 먹거리가 가득한 접시와 친구의 장황한 농담에 관심을 돌렸다. 사춘기의 게이브는 키가 크고 홀쭉했다. 그때 게이브가 팔꿈치로 음료수 잔을 건드려 떨어뜨리고 말았다. 게이브가 허겁지겁 냅킨으로 쏟은 음료를 닦는데 다른 아이들이 놀려 대며 웃었다.

게이브는 예전의 그녀처럼 곱슬머리였다.(지금이야 얼마 남지 않은 머리를 뒤통수에 간신히 묶은 정도지만.) 두 눈은 놀랍도록 투명했다. 조너스도 그렇고 그의 아내 키라도 마찬가지였다. 게이브가 갓난아기였을 때 그 특별한 눈을 신기해했던 기억도 났다. 당시의 기억은 아주 느린 속도로 돌아왔지만 기억마다 고통이 따랐다.

아이를 낳는 동안 얼굴을 옥죄던 가면의 느낌. 그녀는 그 기억이 돌아왔을 때 몸서리를 쳤다.

게이브를 처음 끌어안고 저 투명한 눈을 보았을 때의 기억. 그때를 떠올렸을 때 클레어는 상실감에 미칠 것만 같았다.

그리고 꿈 생각도 났다. 아기를 감춰 두었던 꿈. 꿈속에서 그녀는 아이를 서랍에 숨겨 두었다. 이렇게 시간이 지나 그때를 생각하자 그 꿈이 의미했던 슬픔에 울음이 터질 것만 같았다.

클레어가 정말로 운 건 다음 기억이 돌아왔을 때였다. 아이가 씩 웃으며 통통한 손을 꼼지락거려 그녀를 가리키던 기억. 그때쯤 그녀의 이름을 불러 주기도 했다. 클레어. 게이브가 높은 아기 목소리로 그녀를 불렀다. 그리고 바이바이까지.

아들을 찾기 위해 맺은 거래를 후회하지는 않았다. 다만 살날이 얼마 남지 않았다는 사실이 너무도 슬플 뿐이었다. 게이브에게 어울리는 건강하고 생기 있는 젊은 엄마 대신 죽음을 기다리는 꼬부랑 할머니가 되고 말다니. 칠 년 전 거래 마스터가 두 사람 모두에게 가한 끔찍한 장난인 셈이다.

밤이 되자 하늘은 어두워지고 음악은 더 강렬해졌다. 이제 곧 젊은이들의 시간이 될 것이다. 춤과 연애를 위한 시간. 클레어는 게이브가 자리에서 일어나 디아드라라는 예쁜 주근깨 소녀에게 건너가는 모습을 보았다. 게이브는 멋쩍은 표정으로 식탁 청소를 돕고 있던 소녀에게 말을 걸었다. 디아드라는 살짝 수줍은 듯했지만 그래도 보란 듯이 줄무늬 치마를 펄럭이며 걸었다.

여자들은 접시를 챙기고 아기들을 불러 집으로 돌아갈 채비를 했다. 키라도 아이들과 함께였다. 애너벨리는 엄마 품에 안겨 반쯤 잠들었지만 매튜는 여전히 주변을 뛰어다녔다. 마침내 조너스가 아이를 번쩍 들어 안았다. 피곤에 지친 두 살배기 아기가 발버둥치며 고함을 질렀다. 아버지는 여전히 웃는 표정이었다. 그들은 함께 소지품을 챙겨 작별 인사를 하고 천막을 떠나 집으로 향했다. 조너스가 매튜를 어깨에 태웠다. 이윽고 부부는 하늘을 배경으로 실루엣만 남았다. 그 앞으로 달이 휘영청했다.

조너스는 그녀를 알아보지 못했다. 한때 같은 마을에서 살았다는 사실도 모를 것이다. 클레어는 어린 시절의 조너스를 똑똑히 기억했다. 당시 조너스는 아버지 역할을 하기에는 너무 어렸다. 그런데도 아기를 구해 냈다. 그때 아기는 바지런하고 호기심이 많고 활기있다는 이유로, 그래서 잠을 자지 않는다는 이유로 사형 선고를 받았다. 뭐라고 했더라? 적응 부진. 그래, 바로 그 단어였다. 조너스는 목숨을 걸고, 자기 미래를 희생하고, 아기를 이곳으로 데려왔다. 그가 지금도 게이브 걱정을 할까? 게이브가 만들려고 하는 배와, 그 배를 강에 띄웠을 때 맞닥뜨리게 될 위험에 대해 우려할까?

오두막으로 돌아가려고 자리에서 일어났지만, 엉덩이가 뻐근해서 한참을 주무른 다음에야 걸을 수 있었다. 마침내 클레어는 달빛을 받으며 가벼운 언덕을 내려가기 시작했다. 살날이 얼마나 남은 걸까? 게이브는 결국 자신의 과거에 대해 아무것도 모를 것이다. 그녀는 그런 생각을 하며 한숨을 내쉬었다.

그러다 문득 발걸음을 멈추었다. 아니야, 그럴 수는 없어. 클레어는 자신이 해야 할 일을 깨달았다.

지금껏 꼭꼭 숨겨 두었던 얘기, 자신의 과거사를 털어놓을 것이다. 물론 조너스한테. 그러면 그녀가 죽고 아들이 충분히 이해할 나이가 되었을 때, 적당한 기회를 골라 대신 얘기를 전해 줄 것이다.

6

"거래 마스터?"

조너스는 당혹스러웠다.

그는 오랫동안 얘기를 들었다. 조너스는 도서관 뒤쪽 마당 한적한 벤치에 클레어와 함께 앉아 있었다. 이곳에 오기 전 클레어는 어떻게 어디까지 얘기할지 고민했다. 그리고 축제가 끝나고 열흘 뒤 조너스에게 접근해 단둘이 할 말이 있다는 뜻을 전했다. 조너스는 어느 습한 날 늦은 아침에 그녀를 이곳으로 안내해 벤치의 습기를 꼼꼼히 닦아 낸 다음 그녀가 편히 앉도록 도와주었다.

클레어는 어떻게 시작할지 난감했다. 이윽고 그녀가 입을 뗐다.

"당신의 소년 시절을 알아요."

조너스가 미소 지었다.

"그때에도 이곳에 계셨는 줄 몰랐습니다. 그보다 최근에 마을에 오신 걸로 알고 있었거든요. 제 기억엔, 음, 대여섯 해 전쯤이었는데. 하지만 종종 시간의 흐름을 잊어버리기도 하지요."

"아니, 당신 말이 옳아요. 이곳에 온 지 칠 년이 채 안 되니까.

내가 아는 건 훨씬 이전의 모습이에요. 당신이 공동체에 살았을 때죠."

조너스가 클레어를 좀 더 자세히 살폈다.

"죄송합니다. 몰라 뵈어서. 당연히 그땐 제가 어렸습니다. 열두 살이 되었을 때 그곳을 떠나왔죠. 그래도 노인동에서 꽤 많은 시간 자원봉사를 했는데…… 그곳에 계셨습니까? 제가 기억하는 할머니 한 분이 있는데…… 그러니까, 라리사 할머니? 예, 맞습니다. 혹시 그분을 아십니까?"

클레어가 고개를 저으며 중얼거렸다.

"아뇨."

너무 힘들었다. 믿기도 힘든 얘기를 어떻게 설명할 수 있을까? 클레어가 한숨을 내쉬며 두 손을 주물렀다. 손이 욱신거렸다. 이따금 통증은 아침부터 시작되었다. 클레어가 목을 가다듬었다. 이제 목소리도 늙은이 목소리였다. 힘도 없고 미적거리기만 했다. 그녀는 심호흡을 하고 좀 더 목소리에 힘을 주었다. 어떻게든 그가 이해하도록 해야 했다.

"내 의식은 당신보다 삼 년 빨랐어요."

"의식?"

"12세 배정식."

"하지만……."

클레어가 한 손을 들었다.

"쉿, 그냥 들어 봐요."

조너스는 입을 다물었다. 당혹스러운 표정.

"열두 살에 배정을 받았어요. 출산모였죠. 실망스럽긴 했지만 우수한 성적은 못 되었으니까."

조너스는 여전히 당혹스러운 표정이었다. 클레어로서는 계속 얘기하는 수밖에 다른 도리가 없었다.

"얼마 후, 준비가 되었을 때 출산동으로 옮겨 갔어요."

마을 주변은 하루 일과로 분주했다. 여자들은 공동 밭에서 잡초를 뽑으며 수다를 떨었고, 근처에서는 아이들이 강아지들과 노느라 정신없었다. 소년동에서 아이들이 무리지어 나오더니 오솔길을 따라 달리며 서로 웃고 장난을 쳤다. 게이브는 보이지 않았다. 훨씬 이른 시간에 강가의 빈터로 건너가 지금쯤 혼자 있을 것이다. 작고 기이한 배의 마지막 판자들을 연결하면서.

조너스와 클레어가 함께 앉아 있는 동안에는 그 모든 광경들이 아스라했다. 그녀는 얘기를 하고 그는 경청했다. 이따금 조너스가 끼어들어 공손히 질문하기도 했다. 환약 얘기인데요. 언제 복용을 중지하신 거죠?

그가 물었다.

"저도 끊었습니다. 그냥 던져 버린 거죠. 그 차이를 느끼셨나요?"

"다른 사람들과 느낌이 확실히 달랐어요. 하지만 전 그 전에 벌써 여러 면에서 달랐답니다."

조너스가 고개를 끄덕였다. 클레어가 하는 얘기를 조금씩 받아들이고는 있지만 그녀를 세심하게 살피는 것만은 여전했다. 성긴 머리, 굽은 어깨, 옹이진 손…… 물론 그녀가 어떻게 현재의 모습이 되었는지는 도저히 이해할 수 없었을 것이다.

클레어는 출산동에서 쫓겨난 뒤 부화장에서 일하던 때에 대해서도 얘기했다. 게이브를 찾아갔던 이야기도.

아기가 자신의 이름을 부르기 시작했을 때 이야기도 했다. 그리고 그녀가 짓는 표정을 보고 웃으며 따라했다는 얘기를 할 때는, 혀로 뺨을 밀어 그 표정을 만들어 보여 주기도 했다.

조너스가 놀란 얼굴을 했다.

"기억납니다. 나하고 함께 있을 때…… 밤에 우리 집에 있었다는 건 아시죠?"

"알아요."

"가끔 그 애가 그 표정을 짓곤 했어요. 하지만 누군가한테 배

왔다는 사실은 저도…….”

조너스는 말을 끊고 이마를 찡그렸다. 상황을 이해하기가 쉽지 않았다.

클레어가 얘기를 이어 갔다.

정오 종소리가 울렸다. 마을 사람들이 점심 식사를 하러 몰려들기 시작했지만 조너스와 클레어는 무시했다.

"키라가 찾지 않겠어요?"

조너스가 고개를 저었다.

"아뇨, 친구들과 함께 아이들을 데리고 소풍을 갔습니다. 계속…… 하시죠. 아, 시장하신가요? 뭔가 드시고 다시 할까요?"

클레어는 싫다고 했다.

"요즘엔 식욕도 없는걸요."

"너무 야위셨어요."

"거의 먹지를 못해요. 약초 치료사 말로도 내 나이엔 다들 그렇다네요. 자연스러운 현상이라고."

"나이라뇨? 저보다 불과 세 살 많다고 하셨잖습니까? 도대체 어떻게 된 거죠?"

"그 얘기도 할 거예요. 그럼 이해하시겠죠."

클레어는 얘기를 계속했다. 시간이 오래 걸릴 것이다. 조너스가 이해하려면 세세한 부분까지 모두 알아야 한다.

날이 개면서 창백한 햇볕이 습기를 거두어 갔다. 늦은 오후, 그림자가 길어졌건만 두 사람은 그대로 깊어 가는 어둠 속에 앉아 있었다. 바람도 서늘해졌다. 조너스는 클레어의 어깨에 자신의 재킷을 걸쳐 주었다. 클레어는 너무도 피곤했지만 마침내 자신의 얘기를 누군가에게 전한다는 생각에 묘하게 기운이 솟았다. 지금껏 오랫동안 비밀이자 짐이었던 이야기들. 클레어는 느린 속도로 얘기했고 조너스도 재촉하지 않았다. 이따금 쉬면서 휴식을 취하기도 했다. 그러면 조너스가 물과 비스킷을 가져다주었다. 그날의 주인은 오로지 두 사람과 그녀의 이야기였다.

클레어는 마침내 끔찍했던 등반에 대해 묘사했다. 아이나르가 얘기했던 대로 조금씩 조금씩 풀어 낼 필요가 있었다. 손잡이 하나하나, 아슬아슬했던 위기와 좁은 레지 하나하나까지 모두. 그리고 느릿느릿 얘기하는 동안 기억에 따라 팔과 다리의 근육이 꿈틀거리는 기분이었다. 조너스도 그녀의 그런 변화를 느꼈다. 클레어는 마음속으로 다시 등반을 하면서 온몸을 꿈틀거렸다. 새의 공격을 묘사할 때는 조너스까지 움찔대고 말았다. 그녀는 목 상처를 보여 주었다.

마침내 클레어는 거래 마스터와의 끔찍한 거래를 묘사하기 시작했다. 그 옛날 새벽, 암벽 꼭대기에 다다랐을 때만큼이나 지쳐 있었다.

조너스는 상체를 기울여 팔꿈치를 무릎에 대고 두 손으로 얼굴을 감쌌다.

"거래 마스터. 그자가 떠난 줄 알았습니다. 오래전 마을에서 쫓아냈죠. 당시엔 제가 지도자였거든요."

"그자의 정체가 뭐죠?"

조너스는 대답하지 않았다. 그저 아무 말 없이 머나먼 곳을 응시하기만 했는데 물론 클레어가 볼 수 없는 곳이다.

"진작에 알았어야 했는데…… 저 너머에서 뭔가를 느꼈습니다. 게이브와 관련된 것이었지만 그 의미를 알지는 못했죠. 아마도 부인의 존재였을 겁니다. 예, 당혹스럽지만 온화한 느낌이었으니까요. 하지만 다른 존재도 있습니다. 사악한 기운으로 보아 그가 분명하겠군요."

"그 남자 정체가 뭐예요?"

클레어가 다시 물었다.

"악마입니다. 달리 표현할 방법이 없네요. 예, 악마입니다. 모든 악이 그렇듯 막강한 위력이 있죠. 유혹하고 조롱하고 빼앗는 힘 말입니다."

"게이브와 당신 눈이 닮았어요. 똑같이 투명해요."

"눈이요? 제 눈은 다른 사람들이 보지 못하는 저 너머를 봅니다. 재능이라는 얘기를 들었습니다. 다른 재능을 지닌 사람들이 있다는 얘기도. 예, 게이브도 같은 눈입니다. 그래서 이따금 그런 생각이……."

강가의 소나무 숲에서 갑자기 커다란 새 한 마리가 솟구치더니 금빛 석양을 받으며 두 사람의 머리 위를 쏜살같이 날아갔다.

"처음에 새를 무서워했나요?"

클레어가 느닷없이 물었다.

"예?"

"공동체를 탈출한 후 처음 새를 봤을 때…… 무서웠어요?"

조너스가 고개를 끄덕였다.

"처음에만요. 다른 것들도 있었죠. 여우를 처음 만났을 때 생각이 나네요. 게이브는 어려서 두려움이 없었죠. 그 아이한테는 모든 게 새롭게 신나는 일이었어요."

클레어는 문득 조너스가 예전과 다른 식으로 말하고 있음을 깨달았다. 클레어가 마을에 들어왔을 때부터 조너스는 그녀를 알았고 늘 공손하게 대했다. 노파를 공경하는 젊은이답게 친절하고 인내심도 많았다. 하지만 한 번도 살가웠던 적은 없었건만 지금은 막 재회한 옛 친구처럼 함께 추억을 더듬고 있었다.

클레어가 고백했다.

"게이브를 데려갈 생각도 해 봤어요. 하지만 숨길 방법도 몰랐고 어디로 가야 하는지도 몰랐죠. 그리고 어느 날 당신 아버지가 아이 발목에 두른 특수 발찌를 보여 주더군요. 그래서 데려간다 해도 잡힐 거라는 사실을 깨달은 거예요."

"예. 전자 발찌였죠."

클레어가 인상을 찌푸렸다.

"어떤 건지, 어떤 의미였는지는 기억 안 나요."

조너스가 말했다.

"그 공동체에는 더 이상 우리 삶에 속하지 않는 것들이 많았습니다. 기억을 채워 주기는 하죠. 사소한 기억들."

"내 자전거. 그 후로 자전거는 못 봤어요. 박물관에 있는 것 빼고는. 그건······."

"아버지 자전거예요. 제가 훔쳤죠. 아기 의자에 게이브를 태울 수 있었거든요."

클레어가 고개를 끄덕였다.

"그래요. 그분이 아기를 태우고 다녔던 기억은 나요. 장난감이 있었는데……."

조너스가 웃었다.

"히포."

"게이브는 포라고 불렀죠? 이제 기억나네요."

"예, 포."

이제 당시의 모습을 보고 소리를 들을 것만 같았다. 봉제 인형을 꼭 끌어안은 조막만 한 손. 행복한 고음의 목소리.

"탈출할 때 히포도 데려왔나요?"

조너스가 고개를 저었다.

"그럴 수가 없었어요. 모든 일이 너무 급작스럽게 일어났거든요. 게이브를 방출…… 아니, 방출이 아니에요. 그들은 게이브를 죽이려 했어요. 그래서 데리고 도망 나온 겁니다. 식량을 챙겨야 해서 다른 건 챙길 여력이 없었죠."

"알았다면 함께 왔을 거예요. 그랬다면 지금의 상황도 크게 달라졌겠죠?"

클레어가 벤치에서 뒤척이며 뻐근한 엉덩이를 문질렀다.

"그랬다면……."

하지만 말을 잇지는 못했다.

조너스는 잠자코 있었다. 아무 대꾸도 할 수가 없었다.

"난 새들이 너무 무서웠어요. 깃털이며 부리며. 아이나르가 한 마리를 잡아 새장에 담아 왔죠. 키우라면서. 난 그 새한테 노랑날개라는 이름을 지어 줬어요."

"아이나르? 그분이 바로······."

"예, 등반을 가르쳐 준 사람이에요."

클레어가 자기 발을 내려다보았다. 조잡한 샌들 안에 화농으로 퉁퉁 불어터진 발. 그녀는 얼른 벤치 안으로 발을 숨겼다. 그녀는 당시 자신이 얼마나 유연하고 민첩하고 안정적이었는지 되새기는 중이었다. 조너스도 그 정도는 눈치챌 수 있었다.

클레어가 말했다.

"아이나르를 사랑했어요."

조너스가 한참 후에 물었다.

"떠난 게 후회되세요?"

"아뇨. 하지만 나를 이곳에 데려다 준 이가 악마였다니 그게 마음에 걸리긴 하네요."

조너스는 클레어를 부축해 벤치에서 일으켜 주었다. 너무 오랫동안 앉아 있었던 탓에 클레어는 온몸이 쑤셨다. 클레어가 가볍게 스트레칭을 하고 심호흡을 했다.

"괜찮겠어요?"

조너스가 불안한 표정으로 바라보았다.

클레어는 고개를 끄덕였다.

"금방 괜찮아져요. 이따금 심장이 벌렁거리고 움직임이 굼떠서 탈이죠."

조너스는 클레어에게서 시선을 떼지 않다가 잠시 후 이렇게 말했다.

"이제 부인이 기억납니다."

"우린 한 번도 얘기를 나눈 적이 없는걸요."

"예, 하지만 본 적이 있어요. 아버지도 말씀하셨고요. 이따금 양육 센터에 와서 게이브와 놀아 주는 소녀가 있다고 했죠. 한 번은 손으로 가리키신 적도 있습니다. 부인께서 자전거를 타고 가시는데, '그 소녀야.'라고 하시더군요."

"조너스를 만나니 저도 기분이 이상해요. 그분도 당신을 가리키며 '내 아들.'이라고 하셨죠. 나한테 이름도 알려 주셨는데, 이제 그 이름 덕분에 모두 기억이 나요. 공동체의 생활 모두가."

"그때 생각은 더 이상 안 해요. 이곳에서 삶을 찾은걸요. 여긴 모든 게 다르네요."

"게이브도 그렇더군요."

클레어의 말에 조너스가 고개를 끄덕였다.

"공동체는 전혀 기억하지 못해요."

"차라리 잘됐어요."

"잘 모르겠습니다. 그 아이는 그 때문에 심각한 모양입니다. 과거도 가족도 없다는 사실이."

"많이 궁금해하나요?"

"그 이상이에요. 지금 과거를 찾는 데 잔뜩 혈안이 되어 있거든요. 그 아이가 알고 싶어하는 게 있으면 제가 얘기해 주긴 하지만 만족스러울 리가 없겠죠. 배를 만드는 것도 그 때문입니다. 우리가 예전에 강가에 살았는데, 어쩌면 여기와 같은 강인지도 모르겠다고 했더니 돌아가는 길을 찾겠다고 저러네요."

두 사람 다 할 말을 잃었다.

"그럼 우리가……."

"우리가 함께……."

두 사람이 한꺼번에 입을 열었는데 결국 같은 내용이었다. 게이브한테 모두 얘기해야 해요. 이해시켜야 해요. 강가에서 떠들썩한 아이들 목소리가 들렸다. 지난 몇 주간 게이브가 작은 배를 만들고 있던 방향이다.

7

게이브는 진수식 관객을 원치 않았다. 솔직히 배가 제대로 만들어졌는지도 확신이 없었다. 자칫 뭔가 어긋날 경우 그 창피를 어찌 감당한다는 말인가. 게이브는 혼자 몰래 떠날 계획이었다. 어제 이미 배를 덤불숲 너머로 끌어내 강 근처에 붙여 두었다. 지금 배는 진창의 강기슭에 누워 있고 노는 배 안에 직각으로 걸쳐져 있다.

조너스에게 빌린 책에는 광활한 바다 위 작은 배에 처절하게 누워 있는 남자의 모습이 그려져 있었다. 남자의 두 팔은 강하고 튼튼해 보였지만 그게 무슨 소용이겠는가. 거대한 파도가 그의 무덤이 될 게 너무나도 분명했으니 말이다. 맙소사, 노도 없어. 어딘가에서 놓쳐 버린 걸까? 아니면 잊어먹고 가져가지 않은 걸까? 게이브는 그림을 노려보며 중얼거렸다. 저 엄청난 바다에서 남자가 살아남을 가능성은 없었다. 노가 없는 상황에서는.

게이브는 잠시 정신을 집중하고 그림 속 남자에게 접혼을 시도해 보았다. 바다에서 표류하며 죽어 가는 기분이 어떤지 알고 싶었다. 자신이 안전할 때 그 느낌을 경험하고 원할 때 빠져나올 생각이었다. 그러니까 들끓는 파도와 공포의 순간을 잠깐만 느껴 보려 했던 것이다.

하지만 작동할 리 없었다. 남자는 실제가 아니라 화가의 상상에 불과했다. 노가 절실한 사내의 그림.

게이브는 자신이 만든 노가 자랑스러웠다. 배도 자랑스럽기는 했지만 원시적이고 투박한 모양새라는 것은 그도 알고 있었다. 노는 다르다. 가느다라면서도 뿌리 쪽이 넓은 삼나무를 찾아낸 건 정말로 행운이었다. 그의 계획에 서광이 비치는 기분이었다. 게이브는 조심스럽게 나무를 자르고 노를 깎았다. 처음에는 끝나지 않을 것 같았지만 소년동에까지 들고 가 저녁에도 열심히 손질했다. 깎고 다듬고 모양을 만들었다. 배를 조롱했던 친구들도 노를 보고서는 감동하는 눈치였다. 삼나무의 달콤한 향과 우아하게 굽은 선은 물론, 마침내 기름으로 문지른 뒤의 광채까지.

"거기 내 이름을 새기면 안 될까? 아주 작게. 그래야 네가 날 기억할 거 아냐."

너대니얼이 사정했다. 게이브는 그러라고 허락하고, 친구가 정성껏 이름을 새기는 모습을 지켜보았다.

그다음엔 시몬과 타리크를 비롯해 다른 아이들도 따라 했다. 게이브의 프로젝트를 비웃었던 아이들까지 기꺼이 이름을 적은 것이다.

아이들이 열심히 이름을 새기는 동안 게이브는 가벼운 접촉을 시도해 한 명 한 명의 기분을 엿보기로 했다.

성공하지 못할 거야. 그러다 강에서 죽으면 어쩌지? 너대니얼은 걱정이 많았다.

엄마를 찾으면 좋겠어. 이렇게나 간절히 바라는데. 타리크였다.

바보 같지만 용기는 대단한 애야. 그건 부럽다. 나도 그런 용기가 있으면 좋겠는데. 게이브는 시몬의 감정을 느끼고는 깜짝 놀랐다. 지금껏 터무니없는 일이라고 비웃기만 하던 아이였다.

게이브는 마지막에 조너스한테 이름을 새겨 달라고 머뭇머뭇 부탁했다. 그가 걱정한다는 정도는 게이브도 알고 있다. 하지만 조너스는 내색하지 않았다. 표정도 차분했고, 이름을 새긴 노를 돌려줄 때는 미소까지 지어 보였다.

게이브는 한쪽 끝에 손잡이로 쓸 둥근 장식을 남겨 두었다. 다른 쪽은 삼각형 모양으로 넓게 깎아 냈다. 강가에 서서 노를 물에 담근 다음 끌어 당겨도 보았다. 강물의 저항을 느껴 보기 위해서였는데, 꽤 힘이 들어갔다. 그래도 게이브는 힘이 좋았다. 최근 몇 달 동안 덩치도 커지고 근육은 단단했으며 에너지는 무한히 넘쳐흘렀다.

점심 식사 후 허드렛일을 좀 마무리하느라 시간이 지체되었다. 게이브는 마지못해 세탁물을 개켜 정리하고 방까지 청소한 다음에야 강으로 돌아갈 수 있었다. 아침 안개가 걷히고 구름 사이로 가느다란 햇살이 비추었다. 오늘은 강물도 잔잔할 것이다. 태풍이 지나간 다음에도 이따금 거칠고 위험할 때가 있지만 별로 걱정하지는 않았다. 게이브는 자신의 배가 충분히 견뎌 주리라 확신했다. 그래도 첫 번째 시운전이기에 차분한 날씨가 적잖이 반가웠다. 배는 천천히 저을 생각이다. 노를 저어 방향 잡는 방법도 정확히 익혀야 한다. 게이브는 한쪽 팔에 힘을 주고는 자신의 멋진 이두근에 감탄했다. 디아드라도 내 근육을 눈치챘을까? 생각이 그런 식으로 흐르자 당황해서 다시 얼굴을 붉히고 말았다. 그따위 멍청한 생각이나 하다니.

"게이브!"

"이봐, 게이브!"

타리크의 목소리였다. 시몬과 너대니얼도 보였다. 가는 길에 아이들에게 들키고 말았다. 게이브는 걸음을 멈추고 기다렸다. 난감한 노릇이다. 게이브가 무슨 일을 하려는지 아이들이 눈치챈 것이다. 소년동 친구들까지 모두. 처음에는 시몬과 타리크뿐이었으나 다른 아이들도 덩달아 뛰어오며 한마디씩 했다.

"정말 할 거냐, 게이브? 배 띄울 거야? 구경해도 되지?"

타리크가 제안했다.

"일이 생기면 우리가 구해 줄게!"

게이브는 혼자 하고 싶었지만 이미 때는 늦었다. 그래, 실컷 구경하라지. 때가 되면, 정말로 훌쩍 떠날 때가 되면, 철저히 혼자서 하고 말 테니까. 아마 밤에 떠나게 되겠지. 소년동에는 메모를 남겨 두면 그만이다. 조너스에게는 따로 감사하다는 메모를 쓸 생각이다. 나를 위해 최선을 다한 분이 아닌가. 디아드라한테는? 아니, 그건 어리석은 짓이다. 디아드라한테는 아무것도 남기지 말자. 영원히. 나에 대해 신비감을 갖는 것도 나쁘지 않다.

아무튼 지금은 메모가 필요 없다. 그냥 시운전이니까. 선박 책에서 그걸 뭐라고 했더라? 시험 항해? 그래, 그 단어였던 것 같다.

"야, 게이브?"

시몬은 작은 헛간 옆에 말아 놓은 밧줄을 보았다. 판자를 묶어 끌고 올 때 썼던 밧줄인데 곧 돌려줄 참이었다.

"왜?"

"이 밧줄을 배에 묶는 게 어때? 네가 배를 타고 나가면 우리가 밧줄을 잡아 줄게. 그럼 문제가 생겼을 때 끌어당기면 되잖아."

게이브가 인상을 찌푸렸다.

"지금 연못에 장난감 배 띄우냐?"

"아니, 내 말은……."

"그만둬, 시몬. 밧줄은 냅둬. 조너스 형한테 빌린 건데 돌려줘야 해. 도와주고 싶은 사람은 배 좀 밀어 줘."

몇몇 아이들이 기슭으로 내려왔다. 배는 미끄러운 진흙에 박혀 있었다.

너대니얼이 걱정스러운 투로 말했다.

"그게 아냐, 게이브. 최소한 배 안에 밧줄은 있어야 할걸? 네가 해변에 상륙한다고 생각해 봐. 그럼 배를 어디든 묶어야 하잖아. 밧줄로 올가미를 만들어 나무 그루터기나 덤불에 던질 수도 있고."

누군가 장단을 맞추었다.

"그래, 그 말이 맞다, 게이브."

게이브는 배 옆에 서 있었는데 너무나 화가 났다. 녀석들이 모든 걸 망치고 있었다. 괜스레 우르르 몰려와 이것저것 트집이나 잡고 재앙을 예견하지 않는가.

스테판이라는 아이가 불쑥 끼어들었다.

"여기 봐. 이 판자 두 개는 제대로 맞지도 않아. 틈으로 물이

들어오면 어쩌려고?"

게이브는 스테판이 가리키는 곳을 보았다. 그곳은 애초에 진흙을 두텁게 채워 말릴 생각이었다.

"판자가 젖으면 팽창하니까 맞게 돼 있어."

스테판은 게이브의 말을 믿지 못하는 눈치였다.

"하지만 그러다가……."

"야, 그게 그렇게 신경 쓰이면 뭐든 집어넣으면 되잖아. 그 걸레 좀 줘 봐."

게이브가 신경질적으로 내뱉으며 노에 기름칠할 때 썼던 천 조각을 가리켰다. 스테판이 창고 옆에 떨어져 있던 헝겊을 집어 던져 주었다. 게이브는 천을 갈가리 찢어 널빤지 사이의 틈을 메웠다.

"자, 됐냐?"

스테판이 난감한 표정으로 기슭에 서 있는 친구들을 돌아보았다. 시몬이 어깨를 으쓱했다. 너대니얼은 정말 불안한 표정이었다. 타리크가 씩 웃으며 말했다.

"그래, 됐다."

"네가 침몰한다니 좋아 죽겠다."

누군가의 농담에 몇 명이 따라 웃었다.

게이브는 못 들은 척했다. 지금은 진창에서 배를 꺼내 물에 띄우는 게 더 문제였다. 모서리를 모두 다듬은 터라 손이 자꾸 미끄러졌다. 게이브가 어깨를 대고 밀자 친구들 몇이 달려들었다. 그리고 그 순간 배가 진창에서 들리더니 앞으로 미끄러지며 강에 풀썩 하고 들어갔다. 게이브는 배 안으로 서둘러 뛰어 들어갔다가 그만 벌러덩 자빠지고 말았다. 그리고 넘어진 채로 노를 잡았다.

이곳은 강물이 얕고 물살도 느렸다. 게이브는 우선 무릎을 꿇어 몸을 일으켰다가 노를 짚고 중심을 잡아 완전히 일어섰다. 여전히 강변과 너무 가까웠지만 그나마 비틀거리지 않고 똑바로 섰다는 생각에 분노와 불안감도 잊을 수 있었다. 곧 무릎을 꿇고 노를 젓기 시작하겠지만 지금은 똑바로 서서 잔뜩 겁에 질린 친구들에게 멋들어지게 손을 흔들어 줄 필요가 있었다. 친구들이 씩 웃었다.

그런데 놀랍게도 배가 돌기 시작했다. 이제 더 이상 강변과 친구들이 아니라, 강 한가운데와 건너편 숲을 보고 있었다.

그래, 당연하지. 노를 젓지 않았으니까. 게이브는 무릎을 꿇어 엉거주춤 중심을 잡은 다음 황급히 노를 강물에 담갔다. 연습은 해 두었다. 이제 넓은 노깃으로 물을 당기면 그만이다. 그 느낌도 경험했기에 물의 저항도 놀랍지 않았다. 게이브는 상체를 기울여 물살을 당겼다. 배가 천천히 반응하며 조금씩 회전해서 다시 친구들을 볼 수 있었다. 문제는 너무 멀어졌다는 사실이다. 강이 강기슭에서 배를 끌어내고 있었다.

아, 물론 계획은 그랬다. 이번에는 배를 통제하고 회전하고 방향을 잡는 연습을 하려고 했다. 게이브는 자꾸 멀어져만 가는 육지를 향해 노를 저었다. 그런데, 이런! 강이 그를 점점 더 강 안쪽으로 끌어당기는 게 아닌가! 좋아, 더 빨리 저어야겠어. 게이브는 몇 번 크게 노를 당겨 다시 강기슭으로 접근했다. 하지만 계속 강을 따라 내려간 탓에 이제는 아이들도 오리나무 숲에 가려 보이지 않았다.

아무래도 친구들에게 돌아가기 힘들 것 같았다. 물살이 점점 더 세게 잡아당기고 있으니…….

"너 괜찮아?" 너대니얼의 목소리였다.

"괜찮아. 노가 어떻게 작동하는지 연습하는 거야!"

배가 조금 회전하더니 한쪽으로 기울어졌다. 균형을 회복하기가 쉽지 않았다. 게이브는 무릎과 발을 단단히 바닥에 박았다. 순간 두 발이 다 젖었다는 사실을 깨달았는데, 강기슭의 진창 때문이 아니라 선체 사이 틈새로 쿨럭쿨럭 들어오는 강물 때문이었다. 게이브는 강변 쪽으로 가려고 다시 노를 당겼다. 그런데 물 때문인지 배가 더 무거운 듯했다.

친구들의 고함 소리가 점점 가까워졌다. 강기슭을 따라 달려 오는 모양이었다. 배는 제멋대로 빙글빙글 돌았고, 물은 점점 차 올라 벌써 발목을 덮었다. 노는 더 이상 방향타로서의 기능을 잃 은 듯 보였다. 마침내 게이브는 화가 나서 강물 깊숙이 노를 밀 어 넣었다. 노가 강바닥을 긁는 느낌이 전해지더니 배의 속도도 줄기 시작했다. 아이들이 숲 사이로 나타나 소리쳤다.

타리크가 외쳤다.

"여기! 밧줄을 가져왔어! 던질 테니까 받아! 잡아당길게!"

게이브가 하고 싶었던 대답은 당연히 그 반대였다. 걱정 마! 노를 저어서 강변에 닿을 테니까! 물론 말도 안 되는 얘기였다. 노는 강의 진흙 바닥에 박혀 있다. 덕분에 당장은 배가 떠내려가 지 않지만 물은 계속해서 배 안으로 스며들었다.

"알았어. 던져!"

최소한 첫 번째 시도에 밧줄을 잡아 더 이상의 굴욕은 피할 수 있었다. 게이브는 밧줄로 허리를 감고 타리크가 강기슭에 발 디딜 곳을 찾을 때까지 기다렸다. 다른 두 아이도 밧줄을 붙잡았 다. 이윽고 게이브가 "당겨!"라고 외치며 노를 뽑아 들자 아이들이 줄을 당겼다. 배가 기우뚱하며 배에 찬 물이 다리를 때렸다. 배는 천천히 강변 쪽으로 끌려갔다.

배 밑바닥이 기슭의 바위를 긁었다. 게이브가 고개를 들었더니 어느새 조너스도 와 있었다. 걱정스러운 표정.

게이브가 배에서 내리며 중얼댔다.

"아직 손을 더 봐야겠어."

게이브는 밧줄 한 끝을 선체 위쪽 틈새로 밀어 넣어 배에 묶고 타리크에게서 다른 쪽 밧줄을 받아 주변을 둘러보았다. 묶을 만한 나무줄기를 찾기 위해서다.

그때 조너스의 목소리가 들렸다.

"얘들아, 점심 먹을 준비 해야지. 너희들은 먼저 가라. 난 게이브와 조금 더 있다 갈 테니까. 도와줘서 고맙다."

게이브는 가까운 묘목 줄기에 밧줄을 묶고 물이 줄줄 새는 실패작을 돌아보았다. 조금 전만 해도 그렇게나 자랑스러웠건만…… 배는 온통 진흙투성이에 늑재 틈에서는 찢긴 천이 대롱거렸다.

조너스는 가만히 서서 게이브를 기다렸다. 안쓰러운 마음이 표정에 역력했다.

"왜 묶는지도 모르겠네. 그냥 떠내려 보내면 알아서 침몰할 텐데."

게이브의 목소리가 떨렸다. 눈물도 터져 나올 지경이었다. 게이브는 물이 뚝뚝 떨어지는 반바지에 진흙투성이 손을 문질러 닦은 다음 육지에 올라서서 조너스 앞에 섰다. 그에게는 아버지와 다를 바 없는 존재다.

"안됐구나." 조너스가 말했다.

"진짜 배도 아니었어. 그냥 널빤지 몇 개 묶어 둔 건데 뭐."

게이브가 더러운 손으로 얼굴을 훔치고 화난 표정으로 조너스를 보았다. 뭐라고 하면 대들기라도 할 기세였다. 그가 덧붙였다.

"어쨌든 뜨기는 했잖아."

"그래, 그렇더구나."

"노도 기가 막히게 만들었어."

그게 다였다. 그렇게 오랫동안 계획하고 배를 만들고 꿈에 부풀었건만, 기껏 할 말이라고는 노를 잘 만들었다는 얘기뿐이었다. 모든 게 허물어지는 기분이었다. 고향으로 돌아가 어머니를 찾고 평생 갈망했던 꿈을 이루고자 했는데. 그렇다, 게이브는 자신의 삶이 시작된 곳으로 당당하게 돌아가고 싶었다. 고향 사람들이 그를 알아보고 환영해 주는 꿈도 꾸었다. "저기! 가브리엘이 돌아왔다!" 상상 속에서 어머니도 보았다. 어머니가 두 팔을 벌리고 자신을 향해 달려오면 튼튼한 소형 배에서 내리며 미소를 짓는 것이다.

강은 용솟음치고 물보라를 일으키며 낙엽과 모래와 잔가지들을 이곳저곳으로 옮겨 주었다. 그런다고 자기까지 데려다줄 거라고 믿었다니…… 멍청한 놈.

게이브가 신경질적으로 배를 걷어차고 돌아섰다.

"같이 가자, 게이브. 집에 가서 좀 씻는 게 좋겠어. 키라가 먹을 걸 내줄 테니 얘기는 그때 하기로 하고. 너한테 긴히 할 말이 있다."

게이브는 망가진 배를 보며 다시 한 번 인상을 찡그리고는 투덜대며 미끄러운 강둑을 올라갔다. 그리고 조너스를 따라 마을로 이어진 샛길을 걸었다. 손에는 노가 들려 있었다.

8

"거래장 기억하니, 게이브?"

"응, 어느 정도는. 하지만 아이들은 못 가게 했잖아. 열두 살 이상만 가능하고."

"그나마 다행이었지."

게이브는 접시에서 쿠키 하나를 더 집었다. 키라는 최고의 요리사였다. 디저트로 내놓은 쿠키는 건과일과 견과가 잔뜩 박혀 있었는데 무척이나 바삭했다. 세지는 않았지만 이번이 벌써 여섯 개째일 것이다.

게이브와 조너스는 여기저기 쿠션이 놓인 소파에 자리를 잡았다. 게이브가 목욕을 하자 조너스가 깨끗한 옷을 꺼내 주었다. 게이브는 배가 재앙을 당한 후 소년동에 돌아가지 않아도 되어서 다행이라고 생각했다. 지금쯤 아이들이 그 일을 농담거리로 만들었을 테고 몇 주 동안은 그 때문에 시달려야 하리라. 하지만 적어도 첫날 저녁만큼은 그런 얘기를 들으며 멋쩍은 미소를 짓지 않아도 되었다.

키라는 아이들을 재우러 갔다. 조금 전까지 게이브는 키라가 아이들과 함께 있는 모습을 지켜보았다. 저녁을 먹이고 지저분한 얼굴을 씻긴 다음, 부드러운 목소리로 즐거웠던 하루 이야기, 소풍, 아기들이 꺾은 꽃 얘기를 나누었다. 테이블의 작은 화분에 담긴 큰까치수염, 드린국화, 아스파라거스 다발이 어두워져 가는 햇빛을 받아 벽에 그림자를 드리웠다.

게이브는 아기한테 거의 관심이 없었다. 매튜나 애너벨리가 통통한 손으로 잼잼 놀이를 하거나 시끄럽게 까르르 웃는 소리를 들느니, 차라리 바닥에 누워 자고 있는 비만 애완견 폴짝이와 노는 게 더 나았다. 키라가 아기들을 침대로 데려가려 하면 그때야 비로소 마음이 놓였으며, 조너스가 두 아이의 부드러운 목에 키스하고 잘 자라는 인사를 하고 엄마에게 딸려 보낼 때는 정말로 기쁘기까지 했다.

그런데도 여전히 키라가 아이들과 함께 있는 모습을 볼 때면 알 수 없는 엄청난 슬픔에 휩싸이고는 했다. 삶 어딘가에 커다란 구멍이 뻥 뚫린 듯한 상실감. 이 세상 누가…… 어떤 여자가 그에게 저런 식으로 속삭여 준 적이 있는가? 뺨에 묻은 빵조각을 조심스레 털어 주고 젖을 먹여 준 적이 있는가? 조너스는 없다고 대답했다. "제품." 조너스는 슬픈 목소리로 그의 태생을 정리해 주었다.

하지만 그에게도 기억은 있었다. 희미한 기억이지만 분명히 그런 기억이 있다. 누군가 그를 안고 속삭여 주었다. 누군가 한때 그를 사랑했다. 분명히. 게이브는 그 사랑을, 그 사람을 찾을 수 있다고 확신했다. 망할 놈의 배가 말만 잘 들었어도…….

"졸려도 참아라, 게이브. 힘든 하루였다는 건 알지만 할 얘기가 있어서 그래."

잠깐 졸았던 모양이다. 게이브는 머리를 흔들어 잠을 몰아내고 차를 조금 마셨다.

"거래장에 대해서? 잘 기억도 안 나는걸 뭐. 그냥 사람들 얘기를 들었는데 어딘가 섬뜩하기도 했지만 재미도 있을 것 같았어. 애들이 원래 색다른 거 좋아하잖아. 나랑 친구들."

"몇 년 동안 이어졌어. 내가 지도자가 될 때까지만 해도 별 관심 없었는데 그 후에 보니까……."

그때 키라가 찻잔을 들고 돌아와 가까운 의자에 앉았다.

"게이브한테 거래장 얘기를 하고 있어요."

키라가 고개를 끄덕였다.

"그때 난 여기 없었는데 조너스한테 얘기 들었어. 어찌나 끔찍하던지."

키라가 게이브를 보고는 인상을 찌푸리며 가볍게 몸을 떨었다.

게이브는 아무 말도 하지 않았다. 벌써 몇 년 전 얘기를 꺼내는 이유가 도대체 뭘까?

"그저 간단한 여흥 같았다. 다들 옷을 잘 차려입었고 오락거리도 많았으니까. 그런데 나이가 들면서 어딘가 초조하고 불편한 느낌이 들더구나. 그래서 지도자가 된 후엔 눈여겨보기 시작한 거야."

게이브가 하품을 하며 물었다.

"그래서 어떻게 됐는데?"

"일종의 의식이더구나. 이따금 그 남자가 마을에 나타났는데 항상 이상한 옷을 입고 말도 기이하게 꼬아서 했어. 사람들은 거래 마스터라고 불렀지. 그가 무대에 올라가 한 사람씩 불러 거래를 하도록 유혹했단다."

"거래? 그게 뭔데?" 게이브가 물었다.

"에, 사람들이 먼저 소원을 말하는 거야. 그것도 큰 소리로 누구나 들을 수 있게. 그다음엔 대가로 내놓을 대상을 얘기해. 하지만 그 부분은 반대로 조용히 얘기했지."

게이브는 당혹스러운 표정이었다.

"예를 들어 봐."

"예를 들어 네 차례라고 하자. 그래서 무대에 올라가 거래 마스터한테 가장 갖고 싶은 게 뭔지 말하는 거야. 그래, 뭘 원한다고 할 거냐?"

게이브가 망설였다. 솔직히 가장 갖고 싶은 걸 말할 수는 없었다. 마침내 어깨를 으쓱이고 말했다.

"좋은 배?"

"그럼 이제 그 배를 갖기 위해 네가 내놓을 게 뭔지 그에게 속삭여 주면 돼."

게이브가 인상을 찌푸렸다.

"가진 게 하나도 없는데?"

"다들 그렇게 생각해. 그때도 그랬지. 하지만 사람들은 대안을 찾아냈단다. 그가 자신의 일부를 내걸면 된다고 제안했기 때문이야."

게이브가 정색하며 허리를 세웠다. 이제 정신도 들고 흥미도 생겼다.

"손가락이나 귀 같은 거? 귀가 하나밖에 없는 아줌마도 여기 오기 전에 한쪽을 잘렸다고 했잖아. 일종의 징벌로. 그런 끔찍한 처벌을 하는 마을도 있다고 들었어."

"안다. 네가 말하는 부인도 알고. 그래, 잔인한 정부가 다스리는 고장에서 탈출한 분이지. 하지만 거래 마스터가 원하는 건 다른 종류였단다. 그러니까, 어떻게 설명해야 좋을까, 그래, 자기 특징 하나를 내놓는 거야."

"어떻게?"

"음, 네가 배를 원하면 거래 마스터는 배를 줄 거야. 그럼 이제 게이브, 네 특징을 생각해 보자. 넌 활기 있는 아이라고 할 수 있지?"

"똑똑하기도 해. 이래봬도 성적도 좋다고."

"정직하고. 호감형이고."

"에, 정직한 건 맞지만 늘 호감형인 건 아니야. 시몬한테 가끔 못되게 굴거든."

조너스가 키득거리며 웃었다.

"어쨌든 활기 있는 건 맞지?"

"응, 활기."

"그걸로 예를 들자. 거래 마스터가 최고급 배를 준다고 치자. 그러면 너도 대가를 지불해야 해. 그래서 활기를 내놓기로 했어. 네가 무대에 올라가면 그가 뭘 가지고 나왔는지 묻겠지? 너 말고는 아무도 듣지 못하게 귓속말로. 하지만 그다음엔 큰 소리로 '거래?'라고 할 거야. 그럼 넌 대답해야 해."

"쉽네. 최고급 배를 준다고? 그럼 당연히 '거래!'라고 대답해야지."

"거래 마스터는 계약 내용을 적어."

"난 배를 얻고."

"그렇겠지. 전에 배를 요구한 사람이 없었으니 배가 어떤 식으로 나타날지는 모르겠다만, 어쨌든 놀라운 위력을 가진 존재이니까 다음 날이면 고급 선박이 강에서 널 기다릴 게다."

"만세!"

잠이 완전히 달아났다. 배를 얻는 게 이렇게 쉽다니!

"하지만 잊지 마. 네가 거래를 했다는 사실을. 이제 넌 활기를 빼앗기는 거야. 다음 날 아침에 일어날 때는 침대에서 나오지도 못하겠지."

"다시 힘을 모을 때까지 하루 종일 쉬면 되잖아."

"게이브, 거래 마스터는 엄청난 힘을 갖고 있어. 네 활기를 영원히 빼앗을 수도 있단다."

"그럼 평생 휠체어에 앉아 지내는 거야?"

"그럴 수도."

"좋아, 그럴 수는 없지. 활기를 내놓지 않으면 돼."

"다른 대안이 있겠니?"

게이브가 잠시 고민했다.

"정직. 좋은 머리. 그중 하나를 내놓지, 뭐."

"한번 생각해 봐."

"에, 정직을 내놓을래. 그럼 난 정직하지 못한 사람이 되겠지? 대신 최고급 배를 갖게 되고. 손해 볼 거 없잖아?"

게이브가 어깨를 으쓱했다.

조너스가 웃었다.

"아무튼, 거래장은 그런 식이었다. 결국 마을 사람들이 오염되기 시작했지. 사람들은 자신들의 장점을 거래로 넘겼어. 너처럼. 원하거나 필요하다고 여기지만 결국은 쓸데없는 물건들을 얻기 위해서."

"배는 쓸 데 있어."

게이브가 이렇게 항변하고 하품을 했다.

조너스가 일어나 화로로 걸어갔다. 찻주전자가 끓고 있었다. 조너스가 차를 한 잔 더 따르고 "키라? 차 마실래요?" 하고 물었지만 키라는 고개를 저었다.

조너스가 자리에 다시 앉으며 말했다.

"내 말 명심해라, 게이브. 거래 마스터는 이 마을을 장악했다. 그리고 진짜 악마였어. 맷티가 죽으면서 분명해졌지. 거래장은 그런 식으로 끝났단다."

키라가 두 손으로 얼굴을 가렸다. 키라와 맷티가 아주 가까운 사이였다는 건 게이브도 알고 있었다.

세 사람은 잠시 아무 말도 하지 않았다. 밖에는 비가 내리기 시작했는지 지붕에서 후드득후드득 소리가 들렸다. 마침내 조너스가 먼저 입을 열었다.

"게이브, 너한테 힘에 대해 얘기하고 싶구나."

"힘?"

게이브는 갑자기 불안해졌다. 지금껏 한 번도 서로 언급하지 않았던 영역으로 들어가고 있는 것이다.

"어쩌면 '재능'이 더 적절할지도 모르겠구나. 내게도 어떤 힘, 아니 재능이 있단다. 아주 어렸을 때, 그러니까 열두 살 때쯤 알았어. 뭔가에 정신을 집중하면 내 자신이……."

조너스가 한숨을 쉬며 키라를 보았다.

"어떻게 설명할지 모르겠군요."

키라가 대신 설명했다.

"형님은 너머를 보시는 분이야. 다른 공간을 볼 수 있단다. 하지만 굉장한 집중이 필요하기 때문에 한 번 힘을 쓰고 나면 탈진하신단다."

"그런데 그 힘이 빠져나가고 있어. 내 몸에서 재능이 떠나는 걸 느낄 수 있다. 키라도 마찬가지고."

"형수님도 재능이 있어요?"

"내 재능은 달라. 늘 손을 통해서 이루어지니까. 그 힘을 깨달은 건 형님처럼 어릴 때였는데 내 손이 뭔가를 하거나 만들기 시작한 거야. 보통 사람의 손으로는 불가능한 것을 말이지. 아무튼 지금은 내 재능 역시 떠나고 있어. 하지만 상관은 없어. 형님과 나한테는 더 이상 그런 재능이 필요 없으니까. 우린 그 힘을 이용해 이곳에서 삶을 만들어 내고 다른 사람들도 도왔지. 그리고 우리 힘의 시기는 지나간 거야. 하지만 우린 네 얘기를 했어, 게이브. 너한테도 재능이 있지?"

"네가 아주 어렸을 때 알았다. 너를 데리고 공동체를 탈출했을 때. 지금껏 네가 스스로 재능을 깨달을 때까지 기다린 거야."

조너스가 게이브를 보았는데 마치 그 순간 뭔가 분명해지기라도 했다는 눈치였다. 게이브가 불편한 듯 몸을 뒤척였다.

마침내 게이브가 말했다.

"에, 어쨌든 배 만드는 재능은 아닌 거지?"

조너스가 키득였다.

"아니, 하지만 네 단호한 성격이 도움이 될 게다. 그래, 앞으로 그런 결단력이 필요해. 그리고 활기도, 다른 특징도…… 아직 찾지 못했겠지만 네 특별한 재능도……."

아니, 찾았어. 난 접혼할 수 있어. 하지만 게이브는 아무 말 하지 않았다. 아직 얘기할 준비가 되지 않았다.

조너스가 덧붙였다.

"…… 머지않아 네게 역경이 닥칠 테니까."

"그게 무슨 뜻이야?"

"이제 마지막으로 내 힘을 이용할 생각이다. 마지막으로 너머를 봐야겠어."

"왜요?" 키라가 놀라 물었다.

"왜?" 게이브도 물었다.

조너스가 두 사람 모두에게 대답했다.

"거래 마스터가 어디 있는지 알아야 해. 분명 저기 어딘가에 있는데 아주 가까워. 위험하기도 하고."

빗소리는 점점 커지고 바람도 강해졌다. 나뭇가지들이 벽을 때렸다. 키라가 갑자기 의자에서 일어나 창문을 닫았다. 조너스는 개의치 않고 게이브에게 말했다.

"그리고 게이브? 내가 그자를 찾아내면……."

게이브는 뒷말을 기다렸다. 지금은 정신이 완전히 말똥말똥했다.

"그다음은 네가 해야 한다. 네가 그자를 무너뜨려야 해."

"내가? 내가 왜? 나하고는 상관없는 존재잖아!"

조너스가 숨을 깊이 들이마셨다.

"아니, 너와 아주 깊은 관계가 있다, 게이브. 하지만 아주아주 긴 얘기란다. 오늘 밤 얘기할 참이었다만 아무래도 피곤해 보이는구나. 시간도 늦었고. 일단 조금이라도 눈을 붙이자꾸나. 아침에 모두 얘기해 줄 테니."

9

 낙엽이 여기저기 젖은 풀 위에 떨어졌다. 그래도 비는 그치고 창백한 태양도 동녘에 얼굴을 드러냈다. 늦은 아침, 게이브도 이제 막 깨어났다. 밤잠을 설치다 집 안의 소음에 깜짝 놀라 깨서는 하품을 하고 눈을 떴다. 키라가 아이들을 돌보고 있었다. 그녀는 부드러운 목소리로 매튜를 야단쳤는데 매튜가 애너벨리의 장난감을 빼앗으려 한 모양이었다. 애너벨리도 손을 놓지 않고 오빠를 잔뜩 노려보며 "싫어!"라고 외쳤다.

 키라가 웃었다. 그리고 게이브가 깨어난 걸 보고 아이들에게서 돌아섰다.

 "기분이 어때? 아주 잘 자더라."

 게이브가 고개를 끄덕이며 방을 돌아보았다.

 "괜찮기는 한데 악몽을 꾼 모양이에요. 늦잠 자서 미안해요. 깨우지 그랬어요. 형은요?"

 "지금 안 계셔. 외출하셨단다."

 "나한테 설명해 주겠다고······."

"그랬지. 설명해 주실 거야. 오늘 아침 일찍 긴급한 일이 생겨서 그래. 마을에 크게 아픈 사람이 있나 봐."

"그런데 왜 형을 찾죠? 형이 치유자는 아니잖아요. 대개 약초 치료사를 찾지 않나요?"

키라가 어깨를 으쓱했다.

"글쎄. 어쨌든 그분이 형을 찾은 거 같아. 배고프지? 아이들은 방금 빵에 잼을 발라 먹었는데 너도 줄까?"

게이브는 식탁으로 건너갔다. 키라가 두꺼운 컵에 우유를 따라 주자 조금 홀짝이고, 바삭하게 새로 구운 빵에 딸기잼을 발랐다. 키라는 다시 관심을 아기들에게로 돌렸다.

게이브가 불쑥 물었다.

"아이들이 커서 지금 이 순간을 기억할까요?"

"장난감 때문에 싸운 일? 잼 바른 빵을 먹은 일? 아닐걸? 그런 식으로 구체적인 기억을 하기엔 너무 어려. 하지만 누군가 돌봐 주었다는 막연한 느낌은 남을 거야. 누군가 꾸중도 하고 안고 다독여 주었다는 느낌 같은 건. 그건 왜?"

키라가 빈 잔에 다시 우유를 따라 주었다.

"모르겠어요. 그냥요."

"나도 아주 어렸을 때 엄마 옆에서 잤던 기억이 나는 것 같아.

그때를 생각하면 엄마의 따뜻한 온기가 느껴져. 노래를 불러 주셨던 것도 같고. 애너벨리 나이쯤이었을 거야. 그 나이에 난 걷지도 못했지. 다리 때문에 걷는 게 아주 더뎠거든."

키라는 다리 하나가 기형이다. 그래서 걸을 때 지팡이에 의지한다. 키라가 얘기를 꺼내는 바람에 게이브도 지팡이를 보기는 했지만 사실 마음은 다른 곳에 가 있었다.

"전 그런 기억이 하나도 없어요."

"그래도 뭐 기억나는 거 있지 않아?"

"자전거 뒤에 탔던 일요. 박물관에 있는 자전거 알죠?"

"그럼."

"그 기억은 나요. 얼핏. 하지만 그 자전거로 나를 이곳에 데려온 사람은 조너스 형이었어요. 부모님이 아니라. 난 형수님의 기억처럼, 또는 애너벨리와 매튜가 갖게 될 기억처럼 그런 어머니에 대한 기억은 없어요. 다만……."

게이브가 잠시 머뭇거렸다.

"다만?"

게이브가 의자에 앉은 채 꿈틀거렸다.

"어떤 여자분이 계시긴 했어요. 분명히. 나를 사랑하셨죠."

키라가 미소 지었다.

"당연히 사랑했겠지."

"형수님, 내 말은 정말이에요. 어젯밤에 형수님하고 형이 재능에 대해 말씀하셨을 때……."

키라가 그를 보았다.

"응?"

"두 분께 말씀드리고 싶지 않았어요. 이유는 모르겠어요. 한 번 더 실험해 봐야 한다고 생각한 것 같아요."

"무슨 실험?"

아이들을 보니 지금은 얌전히 놀고 있었다. 키라는 식탁으로 와서 게이브 옆에 앉았다.

"내 재능요. 나도 있는데 접혼이라고 이름 붙였죠."

"계속해 봐."

"처음엔 그냥 일어났어요. 그래서 늘 깜짝깜짝 놀랐지만 지금은 때를 맞출 수도 있고 통제도 가능해요. 두 분도 그런 식이었나요?"

키라가 고개를 끄덕였다.

"그래, 그랬어."

"오늘 아침, 몇 분 전에 형수님이 아이들하고 있을 때……."

게이브는 방구석을 향해 고개를 끄덕였다. 그곳에서는 두 아이가 열심히 블록을 쌓고 있었다.

"반쯤 잠에서 깬 채 지켜보다가 매튜한테 들어가 보기로 했어요."

"매튜한테?"

키라는 당혹스러운 표정을 지었다.

"예, 매튜가 남자니까요. 여자라도 별로 다르지 않겠지만, 남자 아기가 엄마를 바라볼 때 어떤 기분인지 알고 싶었죠."

두 사람은 매튜를 바라보았다. 매튜는 붉은색 사각형 블록 꼭대기에 파란색 삼각형을 올려놓고 있었는데, 잔뜩 집중한 터라 혀를 쑥 내밀고 인상까지 잔뜩 찌푸렸다.

"그래서 열심히 집중했어요. 첫 번째 느낌은 정적이었죠. 그러다가 형수님이 블록을 어떻게 맞추는지 보여 주면서 얘기했죠? '자, 생김새가 다 다르지?'라고요. 형수님은 노란색을 들고 있었고, 그래서……"

"그래, 애너벨리가 그걸 빼앗아 갔어." 키라가 대답했다.

"글쎄요, 그건 모르겠어요. 정적 때문인데, 그럴 땐 어떤 일이 있는지 모르거든요. 그러다가…… 에, 매튜한테 접혼했어요. 다시 말하면 매튜한테 들어간 거죠."

"넌 소파에서 꼼짝도 하지 않았어."

"네, 몸은 안 움직여요. 의식만 이동하죠."

키라가 고개를 끄덕였다.

"그럼 그 순간 매튜의 감정에 합류하게 돼요. 감정을 느끼고 이해하는 거예요."

"그러니까 네 재능은 누군가의 감정을 이해하는 거니?"

"그 이상이에요. 감정을 느끼는 거예요. 오늘 아침, 접촉을 했을 때 난 어린 시절의 나를 느꼈어요. 아기가 되어 그 순간 매튜의 경험을 그대로 겪은 거죠. 매튜는 엄마한테서 무한한 사랑을 받고 있더군요."

키라는 고개를 끄덕였다. 어느 정도 이해가 갔다.

"매튜의 경우는 내 사랑을 받는 거야. 하지만 게이브, 넌 기억을 통해서……."

"예, 그분의 이름도 모르고 지금 어디 있는지도 모르지만, 어떤 분이었는지는 분명히 알아요."

두 사람은 가만히 아이들이 노는 모습을 지켜보았다.

게이브가 설거지를 도왔고, 잠시 후 키라가 벽 옷걸이에서 작은 재킷 두 개를 내리며 물었다.

"아이들과 산책 나갈 건데 같이 안 갈래?"

"형은 언제 와요?"

"글쎄. 이렇게 늦게까지 안 올 줄 몰랐네."

"여기서 기다려도 되죠?"

"그럼. 두 사람, 할 얘기가 많잖아."

게이브는 창밖을 내다보았다. 마을을 십자로 가르는 굽잇길들. 사람들이 한낮의 일과로 바쁜 걸음을 재촉했다. 과수원 너머에 도서관이 있는데 지금은 닫힌 모양이었다. 그 근처 놀이터에서는 아이들이 공을 앞뒤로 패스하며 뛰어다녔다. 고함 소리도 들렸다. 평화롭고 질서정연한 마을의 평범한 하루. 하지만 마을 어딘가에서는 누군가가 아팠고 조너스는 그곳에 갔다.

게이브가 불쑥 말했다.

"형한테 가 봐야겠어요. 어디 있는지 아세요? 누가 그렇게 아픈 거예요?"

키라는 아기옷 소매에 손을 넣어 애너벨리의 통통한 팔을 빼냈다. 그리고 다른 쪽 소매를 벌리며 말했다.

"자, 다른 팔."

그러고는 매튜에게 물었다.

"넌 혼자 할 줄 알지?"

매튜의 재킷은 바로 앞 마룻바닥에 놓여 있었지만 아이는 썩

웃으며 고개를 저었다.

키라는 그제야 게이브의 질문에 대답했다.

"클레어라는 분이야. 마을에서 본 적 있지? 나이가 아주 많으신 분인데."

"오, 그분요! 예, 가끔 뵀어요."

"그래, 아무래도 오래 뵙지는 못할 것 같아. 돌아가실 때가 된 모양이더라고."

키라는 두 아이의 재킷 단추를 모두 채운 다음, 애너벨리는 안고 매튜는 손을 잡고 문으로 향했다.

"문 좀 열어 줄래?"

"노를 여기 둬도 되죠?"

게이브가 한쪽 구석을 보았다. 벽에 세워져 있는 노는 햇살에 금빛으로 반짝였다.

"응. 아이들이 손대지 못하게 할게."

게이브는 키라를 도와 아이들과 함께 문을 빠져나가고 계단을 내려섰다.

"그분이 어디 사시는지 아세요? 아니면 지금 병원에서 지내시나요?"

"형님은 그분 댁으로 가셨어. 저 위 어디라던데."

키라가 고갯짓으로 도서관과 학교 너머를 가리켰다. 그 너머는 숲 지역인데 그림자 속에 작은 오두막들이 점점이 드러났다.

게이브는 못난 동생한테 먹고 쉴 곳을 제공해 줘 고맙다고 재빨리 인사했다. 키라가 아이들과 함께 근처 놀이터로 향하자 게이브는 클레어가 살고 조너스가 함께 있을 곳을 향해 천천히 달리기 시작했다. 어젯밤 조너스가 미뤘던 얘기를 좀 더 나누고 싶었다. 잠에서 깨어서도 계속 마음이 무거웠다. 내가 거래 마스터를 죽여야 한다고? 말도 안 돼. 조너스는 평화를 사랑하고 동정심도 많은 남자다. 좋아, 거래 마스터라는 자가 악당…… 아니, 진짜 악마라고 하자! 그렇다고 내 주변 사람을 괴롭힌 건 아니지 않은가. 그자를 지켜보고 있다가 행여 마을에 돌아와 해코지를 하려 들면 그냥 몰아내면 그만이 아닌가?

하, 그래, 그자를 멍청한 배에 태워 강 한가운데로 힘껏 밀어 버려야겠다!

게이브는 그 생각을 하며 교활한 미소를 지었다.

클레어의 작은 오두막은 숲속 깊숙이 박혀 있었지만 찾는 데 별 어려움은 없었다. 할머니 몇 분이 문밖에서 불안한 듯 속삭이고 있었기 때문이다.

한 할머니가 다른 사람에게 말하는 소리가 들렸다.

"너무 급작스러웠어. 그런 식으로 덮치다니. 어젯밤에도 팔팔했건만."

"원래 그런 법이야."

은발의 키 큰 노파가 아는 척을 하자 다들 고개를 끄덕였다.

게이브는 공손히 양해를 구하며 노인들을 지나갔다.

"조너스 형 안에 있나요?"

게이브가 묻자 노인이 고개를 끄덕이며 중얼거렸다.

"가장 먼저 조너스를 찾았대. 이상하지?"

"제가 들어가도 괜찮을까요?" 게이브가 물었다.

책임지는 사람이 없는지 다들 멍하니 바라보기만 했다. 게이브는 괜찮다는 의미로 받아들이기로 했다. 문이 조금 열려 있어서 얼른 노크한 다음 안으로 들어갔다. 노크에 대답하는 사람도 없었다. 방 안은 몹시 어두웠다. 밤에 비가 내린 뒤라 밖은 청명하기가 그지없건만 오두막 창은 작은 데다 직물 커튼이 드리워져 있었다. 방 안에서 상한 음식, 노인, 말린 약초, 그리고 먼지 냄새가 났다.

약초 치료사가 흔들의자에 조용히 앉아 있었는데 왠지 환자를 돌볼 생각도 없는 듯 보였다.

게이브가 주변을 둘러보았다.

"조너스 형은요?"

"여기다."

목소리를 따라가자 조너스는 침대 옆 어둠 속에 앉아 있었다. 게이브는 여전히 이해가 가지 않았다. 왜지? 왜 이 할머니가 조너스를 찾은 거지?

조너스가 빠져나올 수 있을지도 의문이었다. 게이브는 그와 얘기를 해야 했다. 어젯밤 대화로는 무척이나 위급하다고 하지 않았던가. 아니 그 이상이었다. 두려울 정도였으니 말이다. 누구보다 평화로운 영혼을 지닌 조너스가 게이브에게 살인을 저지르라며 부추기는 눈치였으니 왜 아니겠는가. 아직 자세한 해명을 듣지 못했다. 그저 아침에 얘기해 주겠다고만 했는데.

이제 아침도 지났다. 게이브는 궁금해서 미칠 지경이었다. 어떤 할머니가 죽어 가고 있다지만 노인이야 늘 그렇지 않은가. 자연의 법칙이니까. 게다가 친구들도 와 있고 약초 치료사도 모퉁이에 앉아 있으니, 굳이 이 할머니에게 조너스가 필요할 이유는 없다. 지금 게이브만큼 조너스가 필요하겠는가.

게이브가 가까이 다가가며 속삭였다.

"여기서 나가면 안 돼? 할 얘기가 있잖아. 나한테 설명해 주겠다고……."

"쉿."

조너스가 한 손을 들었다.

이제 어두운 조명을 통해 어렴풋이 조너스가 보였다. 침대에 누운 할머니도 보였다. 눈을 뜨고 있었으니 게이브가 오는 것을 보았으리라. 노파가 가느다란 손을 움직여 담요를 끌어당겼다. 조너스는 노파를 지켜보다가 귀를 기울이려는 듯 상체를 숙였다. 노파의 마른 입술이 꿈틀거렸다. 게이브는 들을 수 없었지만 조너스는 알아들은 모양인지 고개를 끄덕였다.

게이브는 어정쩡하게 서 있었다. 노파의 입술이 다시 움직이기 시작했다. 게이브는 자신도 모르게 귀를 기울였는데, 이번에는 들을 수 있었다.

"말해 줘요." 노파가 조너스에게 한 말이었다.

10

"미안하지만 정말 못 믿겠어."

게이브의 목소리는 단호했다. 정말 믿을 수 없었다.

조너스는 상체를 숙여 팔꿈치를 양 무릎에 대고 두 손으로 얼굴을 감쌌다. 도서관 뒤쪽의 벤치. 얼마 전 클레어와 함께 앉았던 바로 그 벤치였다.

조너스는 고개를 들고 한숨을 내쉬었다.

"어제 얘기를 들었을 때 나도 같은 심정이었다. 여기 앉아 그런 생각을 했지. 이분 미쳤구나. 너도 내가 미쳤다고 생각하지, 게이브?"

게이브는 고개를 저으며 시선을 피했다. 이 자리에서 달아나고 싶었다. 소년동 친구들과 함께 있고 싶고 다른 배를 만들어 침몰시키고 싶었다. 여기 앉아 사랑하는 조너스 형의 헛소리만 듣지 않을 수 있다면 어디든 상관없었다. 어젯밤에도 누군가를 죽이라고 하지 않았던가. 무서웠다. 슬펐다.

게이브는 조너스를 돌아보며 부드러운 목소리로 애원해 보았다.

"형, 요즘 일을 너무 많이 한 모양이야. 책을 너무 많이 읽은 거지? 그러니까 강변 산책도 하고 제발 휴식을 가져 봐. 마음을 편안하게……."

"게이브, 내 말 들어! 시간이 많지 않다. 이건 헛소리가 아니라 진짜야. 클레어는 널 기억해. 나를 기억하고. 그분은……."

조너스는 잠시 말을 끊고 심호흡을 했다.

"공동체를 떠날 때 넌 아주 어려서 기억하지 못할 게다. 난 기억한다, 게이브. 클레어를 본 기억도 나. 어류 부화장에서 일하셨지만, 시간만 되면 양육 센터에서 자원봉사를 하셨다. 네가 그곳에 있었기 때문이야, 게이브. 널 낳으신 분이야. 그곳에선 그런 식이었다. 젊은 여성들이 아기를 생산했다. 그곳에서는 아기라고 부르지 않고 신생아라는 어휘를 썼지. 출산모들이 마치 공장 신제품처럼 아기를 생산했으니까. 그럼 아기들은 양육 센터로 넘어갔다가 나중에 아기를 신청한 부부한테 분양되는 식이었어."

"형 부모들도 그렇게 형을 얻은 거야?"

조너스가 고개를 끄덕였다.

"어떤 소녀가 그런 식으로 형을 낳았고?"

"그래."

"그런데 누군지도 모른다고?"

조너스는 그렇다고 대답했다.

"그리고 다른 여자가 아니, 어쩌면 같은 사람일지도 모르는 여자가 몇 년 후에 나를 낳았고?"

"클레어는 너만 낳았다. 네가 유일한 아이였어."

"물고기 키우는 데서 일했다며?"

조너스가 고개를 끄덕였다.

"그래, 더 이상 출산이 불가능하다고 여긴 거야. 네가 태어날 때 문제가 있었지. 그래서 다른 직업을 갖게 되었지만 그 후에도 내내 너를 지켜보셨어. 널 사랑하셨기 때문이다. 사랑을 허락하지 않는 곳이었는데도."

게이브는 몸을 숙여 샌들 하나를 벗고 발가락에 낀 자갈을 빼냈다. 근처 나무에서 새 한 마리가 퍼덕였는데 자세히 보니 부리에 나뭇가지를 물고 있었다. 게이브는 팔에 난 상처를 보고 하품을 하고 기지개를 켜고 셔츠의 목 단추를 풀었다 잠그기도 하고 손톱을 꼼꼼히 살펴보기도 했다.

조너스는 가만 지켜보기만 했다.

"좋아, 형 얘기를 믿을 수도 있어. 전에도 공동체가 어땠는지 얘기해 줬으니까. 그래, 소녀가 있었고 나를 낳았어. 그건 믿겠어. 나를 사랑한 것도 사실일 거라고 생각해. 하지만 형……."

조너스가 고갯짓을 했다.

"안다. 그다음이 문제지."

"그래, 그다음은 완전 헛소리잖아. 저 할머니? 좋아, 그 이상한 옷을 입은 남자가……."

그때 게이브는 조너스가 자신을 보고 있지 않음을 깨달았다.

조너스는 풀밭 너머 오솔길을 보고 있었다. 시선을 따라가 보니 조언자가 보였다. 초로의 교장이 오솔길을 따라 천천히 다가오고 있었다. 특별할 건 없었다. 지금은 방학이고 조언자는 마을 사람이다. 그가 산책하는 모습도 늘 보지 않았던가.

놀랍게도 조너스가 벤치에서 일어나더니 조언자를 불러 세웠다.

"가자, 게이브." 조너스가 말했다.

게이브는 조너스의 빠른 걸음을 쫓아 오솔길로 향했다. 조언자도 서서 기다렸다. 턱수염을 기르고 허리가 굽고 주름살도 깊었지만 눈빛만은 예리하고 지적이었다. 게이브는 조언자를 좋아했다. 학교를 싫어했을 때도 그건 마찬가지였다.

"안녕. 그래, 오늘 아침 두 신사분을 위해 뭘 도와드릴까?"

"조언자님, 지금 게이브한테 거래 마스터와 그자의 위력에 대해 설명 중입니다."

조언자가 눈에 띌 정도로 몸을 움찔거렸다. 그리고 황급히 말했다.

"그야 다 옛날 얘기 아닌가. 이젠 다 잊힌……."

"그런 것 같지 않아 걱정입니다. 오히려 심각한 상황이랍니다. 그건 나중에 말씀드리겠지만, 우선은 조언자님의 도움을 받아 게이브에게 그의 힘이 실제라는 사실을 이해시켜야겠습니다. 아무리 해도 믿지 못하는군요."

조언자가 고개를 끄덕였다.

"믿기 어려운 얘기니까. 이런 평화로운 마을에서는 순수악의 존재를 받아들이기가 더더욱 만만치 않을걸세."

"시간이 별로 없습니다, 조언자님. 게이브에게 조언자님의 거래에 대해 설명해 주시겠습니까?"

조언자가 한숨을 내쉬며 되물었다.

"꼭…… 필요한 건가?"

"필요하기도 하고 중요하기도 합니다."

조언자가 고개를 끄덕였다.

"알겠네, 그렇게 하지. 몇 년 전 일이다, 게이브. 네가 어렸을 때. 그래, 학교에서 얼마나 장난꾸러기였는지 기억난다. 수업 태도도 엉망이었지."

"예."

게이브는 머쓱해하며 인정했다.

"넌 그때 어려서 거래장에 가지 못했을 게다. 하지만 알고는 있었지?"

게이브가 어깨를 으쓱했다.

"예, 신기해 보였던 것 같아요."

"한 번도 거르지 않고 들락거린 어른들도 있었어. 동네 사람들이 바보짓을 하는 모습도 꽤나 재미있었으니까. 자넨 가지 않았지, 조너스?"

조너스가 고개를 저었다.

"통제 불능 상태가 되기 전까진 관심이 없었습니다. 그러다가 지도자가 되고 조치를 취한 거죠."

"그래, 난 바보였어. 마을 사람들 대개가 그랬지. 난 늙고 쓸쓸한 홀아비였기에 더 그랬구나. 딸이 함께 살았지만 그 아이도 언젠가 결혼할 테니 결국 혼자라는 생각을 했던 거야. 내 자신이 한심했어. 여기 모반이 있어서 학생들이 '로지'라고 놀렸단다. 기억나지, 게이브?"

게이브는 조언자 뺨에 있는 검붉은 얼룩을 보며 고개를 끄덕였다.

"그야 장난으로……"

조언자가 미소를 지었다.

"물론 안다. 하지만 난 어리석은 데다 청승맞기까지 했어. 게다가 과부한테 마음까지 끌리고 말았단다. 이해하지? 너도 그 정도는 이해할 나이니까."

조언자가 깊은 한숨을 내쉬었다.

"그래서 거래장에 갔지. 처음으로 거래를 청하기도 했고."

"뭘 원하셨는데요?"

조언자가 웃었지만 자조 섞인 웃음이었다.

"거래 마스터한테 젊고 잘생겨졌으면 좋겠다고 했다. 나무 재배자의 미망인이 나와 사랑에 빠지게 해 달라고도 했지."

게이브는 고개를 떨구었다. 조언자를 바라보기가 난감했다. 맙소사, 자신이 멍청했다는 고백을 하는 거잖아!

"세상에, 그런 게 가능할 리가 없잖아요. 차라리…… 에, 학교 의자를 새것으로 바꿔 달라고 하지 그러셨어요!"

조언자가 말했다.

"악마는 뭐든 할 수 있단다, 게이브. 대가만 있으면."

게이브는 조언자를 멍하니 보다가 물었다.

"대가가 뭐였는데요?"

"그가 내건 조건은 모호했어. 대수롭지 않다고 여긴 것도 그래서였다. 아주 교활한 자였지. 거래 마스터가 조건을 걸면 우리는 내용을 제대로 이해하지 못한 채 거래에 동의했는데, 나한테는 명예를 내걸라고 하더구나."

"그래서 싫다고 하셨죠?"

조언자가 고개를 저었다.

"아니, 오히려 덥석 물었단다. 정말로. 바보였다고 했잖니."

"하지만, 조언자님! 선생님은 명예로운 분이세요! 누구나 다 아는걸요. 게다가…… 무례할 생각은 없지만 조언자님이 젊거나 잘생기신 편은 아니세요. 결국 거래는 이뤄지지 않았다는 얘기잖아요! 당연하죠. 그런 일은 불가능하니까! 아무리 악마라도……."

"아니, 이뤄졌단다. 마을 사람 대부분이 원하는 걸 얻었지. 난…… 키도 커지고 대머리도 사라졌어. 이 반짝이는 구슬 위에 짙은 머리숱이 생긴 거란다. 모반? 색이 바래더니, 어느새 쉭! 사라졌더구나! 넌 눈치 못 챘을 게다, 게이브. 어린 데다 여름 방학이라 학교에 나오지도 않았으니까. 하지만 잠시나마 난 젊고 잘생긴 모습으로 변했어. 그래서 아름다운 미망인에게 구애하기 시작했지. 하지만 그거 아니, 게이브?"

"예?"

게이브는 당혹스러웠다. 거래 마스터? 그게 누군지 모르지만 기적의 힘을 지녔다고? 그래서 저기 나이 많은 할머니…… 이름이 뭐였더라? 클레어? 그래, 클레어라는 할머니하고 거래를 했다고? 게이브는 조언자의 말에 귀를 기울였지만 마음은 이미 그

이야기들이 의미하는 바에 온통 쏠려 있었다. 게이브 자신과 클레어. 끔찍한 거래까지 감내하면서⋯⋯ 자신의 아이를 찾으려⋯⋯.

"내가 그분 아들이에요." 게이브가 중얼거렸다.

조언자는 그 말을 듣지 못하고 자기 얘기를 이어 갔다.

"결국 내 가장 소중한 자산을 팔아 버렸다. 그래서 이기적이고 잔인해진 거야. 물론 아름다운 미망인이 그런 남자를 원할 리가 없으니 결국 무의미한 거래를 한 셈이었어. 미모와 젊음을 얻은 대신, 내가 가장 혐오하는 인간이 되고 말았으니!"

게이브는 애써 교장에게 관심을 되돌렸다.

"그런데 어떻게 돌아오셨어요? 지금은 존경받는 분이시잖아요."

"조너스가 개입한 덕이지. 거래장이 마을 전체를 오염시켰다. 많은 사람들이 자신에게 가장 소중한 자아를 팔아 버렸기 때문이지. 주변에 만연한 탐욕, 질투⋯⋯ 그 모든 것을 어떻게든 끝내야 했다. 끔찍한 사건이 잇따르고 그지없이 훌륭한 소년을 잃기도 했으니까."

"맷티 형요?"

"그래, 맷티가 죽었어. 악마와 싸우다가. 그 덕분에 다른 사람들은 살아남고 예전의 모습을 회복했지. 나도 대머리와 모반을 되찾았고! 바보 같은 연정을 잃고 이렇게 다시 홀아비가 되었지만 말이다."

조언자가 쓸쓸한 웃음을 흘렸다.

"그리고 우린 거래 마스터를 내쫓았죠." 조너스가 덧붙였다.

"그랬지. 영원히."

조언자의 말에서 안도와 만족감이 배어 나왔다. 그리고 그가 자리를 뜨려고 돌아서다가 의아하다는 표정으로 천천히 덧붙였다.

"또 다시 뭔가 잘못된 건가?"

조너스가 고개를 끄덕였다.

"그자가 돌아왔습니다."

조언자의 표정이 어두워졌다.

"싸움이 있겠군."

조너스가 다시 고갯짓을 했다.

"이번에야말로 확실하게 끝내야죠."

"그럼 또 누굴 보내야 한단 말인가? 사지로 말일세."

조언자의 목소리는 쓸쓸하고도 슬펐다. 누구나 마찬가지이지만 그 역시 맷티를 사랑했다.

"제가 가요." 게이브가 대답했다.

조언자는 입을 다물었다. 그러고는 결국 아무 말도 없이 돌아서서 걷기 시작했다.

게이브와 조너스는 늙은 교장이 떠나는 모습을 지켜보았다. 조언자의 어깨가 축 처져 있었다.

잠시 후 게이브가 입을 열었다.

"조언자님은 돌아오셨어요."

조너스가 고개를 끄덕였다.

"그래."

"거래가 철회되었다는 뜻이죠."

게이브의 말에 조너스가 다시 고개를 끄덕였다.

"무서워요."

"나도 그래. 네 걱정도 되고. 우리 모두를 위해서도."

내 엄마예요. 내 엄마. 게이브가 숨을 깊이 들이마시고는 물었다.

"시간이 얼마나 남은 거죠?"

11

두 사람은 클레어가 죽어 가는 오두막으로 황급히 돌아갔다. 해가 저물기 시작해 누군가 식탁에 기름등을 켜 두었다. 이번에는 깜빡이는 금빛 불빛을 받으며, 게이브도 주저 없이 침대에 다가갔다. 분명 하고 싶은 말도 있었다. 평생 어머니가 찾아오기를 기다렸다고, 자신을 위해 어떤 희생을 치렀는지 알고 있다고, 어머니가 아무리 늙었어도 상관없다고 말하고 싶었다. 함께 있다는 사실만이 중요하다고 말하고 싶었다.

하지만 침대 옆에 무릎을 꿇었을 때 너무 늦었다는 사실부터 깨달아야 했다. 클레어의 반쯤 감긴 두 눈은 번들거리고 입은 축 늘어져 있었다. 이불 위에 놓인 손을 잡고 보니 너무도 차고 힘이 하나도 없었다.

게이브는 부끄러운 줄도 모르고 엉엉 울며 조너스를 돌아보았다.

"어머니를 알고 있다고, 기억하고 있다고 말하고 싶어. 그런데 너무 늦었어. 돌아가셨단 말이야!"

조너스가 가만히 게이브를 밀어내더니 몸을 숙여 클레어의 가는 목을 만지고 가슴에 귀를 갖다 댔다.

"아직 맥이 뛰고 있다. 죽음이 멀지 않으셨지만 살아는 계셔. 시간이 없다. 내 재능도 얼마 남지 않았지만 어떻게든 시도해 볼 생각이다. 그자가 어디 있는지부터 알아보자. 그다음엔 너한테 달렸다. 네 재능은 아직 한창이니까."

게이브가 셔츠 소매로 눈물을 훔치며 물었다.

"특별한 장소가 필요한 거야?"

"아니, 그저 힘을 모으기만 하면 돼. 그리고 집중하려면 조용해야 해."

"클레어? 내 말 들리세요?"

조너스가 노파를 불렀다. 클레어는 대답 대신 느린 심호흡을 해 보였다.

"게이브가 옆에 앉아 있을 겁니다. 게이브, 손을 잡아 네가 있다는 걸 알려 드려라."

게이브는 클레어의 주름진 손을 잡았다.

조너스가 말했다.

"아무도 못 들어오도록 오두막 문을 닫을 거야. 그래야 조용할 테니까. 나는 여기 창문 옆에 있으마. 보기가 편치는 않다는 얘기를 들었지만 걱정할 필요 없다. 실제로는 별로 힘들지 않으니까. 그저 기운이 빠질 뿐이야. 그것도 오래가지 않아."

조너스가 오두막 앞으로 나가 밖에 모인 사람들에게 짧게 양해를 구한 다음 다시 문을 닫고 빗장을 걸었다. 게이브는 조너스가 벌써 어딘가 달라졌음을 알 수 있었다. 더 이상 평소의 쾌활한 모습이 아니었다. 조너스는 창가로 건너가 창밖 어둠을 내다보았다. 눈은 반쯤 감은 채였다. 호흡은 깊고 무척이나 느렸다. 어느 순간에는 뭔가에 찔리기라도 한 듯 헉 하고 숨을 삼키고 가볍게 신음을 흘리기도 했다. 게이브는 자신도 모르게 노파의 손을 세게 잡았지만 조너스한테서 눈을 뗄 수가 없었다.

침대에 누운 클레어도 때때로 고통스러운 숨을 토해 냈다.

조너스가 가물거리기 시작했다. 온몸이 진동하며 은빛으로 뒤덮인 것이다.

"형은 지금 너머로 갔어요."

게이브가 클레어에게 설명했다. 어떻게든 그녀가 듣고 두 사람이 그녀를 구하기 위해 얼마나 애쓰는지 알기를 바랐다.

조너스가 다시 큰 소리로 숨을 삼켰다.

"드디어 거래 마스터를 봤나 봐요."

게이브가 속삭이자, 클레어는 가볍게 몸서리를 쳤다.

게이브는 이제 입을 다물고 기다렸다.

잠시 후 게이브는 조너스를 부축해 가까운 흔들의자에 앉혔다. 조너스는 의자에 털썩 주저앉아 숨을 헐떡이고 온몸을 사시나무처럼 떨었다.

"뭘 봤어? 그자를 찾은 거야?"

게이브가 물었지만 조너스는 대답도 하지 못했다. 두 눈을 감은 채로, 기다리라며 한 손을 들어 올렸다. 몇 분을 쉬고 나서 마침내 조너스가 눈을 떴다.

그가 갈라진 목소리로 게이브에게 말했다.

"아무래도 다시는 못하겠어. 이번이 마지막이었다. 너무 힘들구나."

조너스는 천천히 침대를 돌아보았다.

"어떠시니?"

게이브는 클레어에게 가서 손을 잡았다. 아까와 달리 게이브의 손을 되잡아 줄 힘도 없는 듯했다. 손과 팔이 완전히 축 늘어진 터였다. 그나마 길고도 느린 숨소리를 들을 수는 있었다.

"시간이 별로 없다. 그자를 봤는데 가까운 곳이야. 게이브, 이제 네 차례다. 네 어머니 곁에는 내가 있으마."

가깝다고? 그게 무슨 뜻이지? 게이브는 자신도 모르게 방을 둘러보고 창 쪽으로 고개를 돌렸다. 저 숲 속에 누가 서 있는 걸까? 구석의 벽장문은 열려 있고 안은 어두웠다. 혹시 벽장 안에? 마룻바닥이 삐걱거리는 소리에 펄쩍 뛰기도 했지만 그저 조너스의 의자 소리였을 뿐이다. 둥근 다리가 마룻바닥을 구르며 낸 소리.

게이브는 주전자를 찾아 조너스에게 물 한 잔을 따라 주었다. 조너스는 물을 마시고 조금 더 기운을 차린 듯했다.

"깜빡 잊은 얘기가 있다. 네가 아기였을 때, 신생아였을 때 봉제 인형이 있었다. 항상 들고 다녔는데 이름이 히포였지."

조너스가 미소 지었다.

게이브도 아련한 그림 하나를 떠올렸다. 부드럽고 편안한 인형. 귀도 달렸는데 늘 그 귀를 씹었다.

"포." 게이브가 이름을 불렀다.

"착한 물짐승이지. 넌 항상 물을 좋아했다, 게이브. 이제 네가 포가 되어야 해. 거래 마스터는 강 건너에 있다."

게이브가 강변에 섰을 때는 이미 캄캄했다. 조너스에게 함께 가 달라고 애원했건만 조너스는 매몰차게 거절했다.

"게이브, 몇 년 전 너를 데리고 탈출했을 때 내가 가장 사랑했던 남자가 있었다. 그런데 그도 거절했단다. 그게 옳은 결정이었어. 그건 내 여행이었고 도움 없이 해내야 하는 일이었으니까. 내 스스로 힘을 찾고 두려움에 맞서야 했단다. 자, 이젠 네 차례가 된 거야."

게이브는 허리를 숙여 침대에 누워 있는 여인의 창백한 뺨에 입을 맞추었다. 이제 호흡도 드문드문하고 때때로 목 깊은 곳에서 가르릉 소리가 났다. 조너스는 의자를 옮겨 클레어 가까이 앉았다. 그리고 게이브에게 거래 마스터의 위치를 일러 주었다. 강 건너 자작나무 숲. 조너스가 게이브의 손을 잡았다.

"가라. 이건 네 여행이고 네 싸움이다. 용감해야 한다. 재능을 찾고 그 재능으로 사랑하는 사람을 구하거라."

게이브는 이제 자갈투성이 모래밭에 맨발로 섰다. 그다지 용기가 샘솟는 것 같지는 않았다. 구름이 달을 가린 탓에 강은 칠흑보다 어두웠다. 소리라고는 질주하는 물소리뿐이었다. 언제나 강에 끌리고 매료되기는 했으나 밤에 온 적은 한 번도 없었다. 어둠 속에서 보니, 불현듯 강은 위험한 데다 위협적으로만 여겨졌다.

게이브는 수영을 잘했으나 친구들과 수영하는 장소는 훨씬 하류였다. 그곳은 바위로 둘러싸인 만곡부라 물살이 잠잠했고 급류와 많이 떨어져 있었다. 훨씬 안전하고 덜 위험한 곳이었다. 하지만 조너스는 이곳에서 강을 건너라고 했다. 물살에 떠내려가다 보면 거래 마스터가 클레어의 죽음을 기다리는 숲 근처에 다다를 수 있으리라고 했다.

"그자가 왜 거기 있는 거지?" 게이브가 물었다.

"추이를 지켜보며 일종의 만족을 느끼고 싶은 거겠지. 일을 벌여 놓고 그저 멀리서 지켜보는 거야. 모르긴 몰라도 거래가 이루어진 다음부터 내내 클레어를 지켜보고 있었을 게다."

"그자가 지켜보는 게 어머니뿐인가요?"

"오, 아니다. 필경 수없이 많은 비극들을 모두 챙기겠지. 끔찍한 노릇이지만 타인의 비극을 양식으로 삼는 존재니까."

게이브는 발목을 감는 물살의 압력을 느꼈다. 이틀 전 배의 참사를 통해 소용돌이 물살이 얼마나 강한지는 충분히 느꼈다. 하지만 그도 강하다. 문득 강물을 헤쳐 건널 수 있다는 확신도 들었다. 손에는 삼나무 노가 들려 있었다. 무용지물이 된 진흙투성이 배는 여전히 나무에 묶여 있었다. 게이브는 조너스의 집으로 달려가 노를 가져왔다. 배가 아니라 야간 수영을 위해서였다. 노를 이용해 암초를 피하고 어쩌면 반대편에 다다랐을 때 무기로 쓸 수도 있을 것이다.

자기한테도 조너스의 재능이 있으면 좋으련만. 너머를 볼 수만 있다면 이 순간 거래 마스터가 뭘 하고 있는지 알 수 있을 텐데. 그런 존재도 잠을 잘까? 먹는 건?

악마를 어떻게 상대할지 깜깜하기만 했다. 게이브도 다른 아이들과 마찬가지로 어떤 종류의 딸기, 어떤 식물이 치명적인지는 안다. 협죽도 잎을 짓이기거나 벨라도나 뿌리를 다져 거래 마스터의 음식에 넣으면 좋겠지만 그런 식물을 찾아다닐 시간이 있을 리 없다.

거래 마스터가 자고 있다면 무거운 바위를 머리에 떨어뜨릴 수도 있다. 깨어 있다면? 그럼 노를 창이나 곤봉처럼 휘두르기로 하자.

그런 생각이 들자 속까지 거북했다.

지금은 무릎까지 물속에 빠졌다. 이런, 적을 없앨 궁리를 하면서 역겨워할 게 아니라 곧 해야 할 위험천만한 수영에 집중해야겠다. 물살에 끌려 게이브는 좀 더 깊이 빨려 들어갔다. 이제 곧 발이 들리고 강을 건너기 위해 사투를 벌여야 할 것이다. 그는 노를 두 손으로 엇갈리게 잡았다. 그리고 두 발을 떼어 물장구를 치기 시작했다.

물살의 속도는 위협적이었다. 말 그대로 건너는 게 아니라 떠내려가는 기분이었다. 강물이 머리 위로 쏟아지는 통에 숨을 쉬기 위해 계속 고개를 내밀어야 했다. 어둠 속이라 어디까지 건넜는지도 알 수 없었다. 알 수 있는 거라고는 그저 물살의 공포뿐이었다. 게이브는 계속해서 물장구를 쳤다. 이따금 의지와 상관없이 물살에 밀려 몸이 옆으로 돌아가기도 했다. 우연히 노가 두 개의 커다란 바위 사이에 걸리자 잠시 쉬면서 호흡을 고를 수 있었다. 급류가 몸에 부딪히며 물보라를 일으켰다. 게이브는 잠시 기다리며 힘을 모았다. 현재의 안전한 휴식을 떠나 다시 급류 속으로 뛰어들어야겠지만 어쨌든 지금은 휴식이 필요했다. 그리고 앞에 놓인 임무를 고민하는데…… 문득 자신이 해낼 수 없는 일이라는 생각이 들었다.

난 아무도 죽이지 못해.

그 순간 구름이 걷히며 창백한 달빛이 강물을 비추었다. 게이브는 자신이 어디에 있는지, 목적지가 어디인지 알 수 있었다. 지금은 거의 중간쯤이었다. 건너편까지의 물살은 무척이나 거칠었지만 어렴풋한 달빛에 그 너머 자작나무 숲도 보였다. 거래 마스터는 그곳에 숨어 있다고 했다. 이제 바위에서 노를 빼고 저 소용돌이 안으로 뛰어들어야 한다. 목숨을 걸고 계속 헤엄쳐야 한다. 그리고…….

난 아무도 못 죽여.

그런데 이번 생각은 너무도 강해 아마도 입 밖으로까지 나온 듯싶었다. 밤하늘이 듣고 으르렁거리는 물살이 들었을 것이다.

그때 흡사 그 말에 영향이라도 받은 듯 물살이 조금 가라앉았다. 바위에 걸린 노에 매달려 있는 동안 두 발로도 변화를 느낄 정도였다. 한순간이나마 주변의 물이 조용해지고 앞쪽은 물살이 완전히 정지했다. 이윽고 다시 강물이 흐르기 시작했다. 소용돌이치며 그를 빨아들이려 했다.

무슨 일이 있었던 거지? 아무 일도 없었다. 다만, 밤바람을 향해, 시끄러운 강물을 향해, 한마디 내뱉었을 뿐이다. 게이브는 다시 그 말을 속삭여 보았다.

아무도 죽일 수 없어…….

기껏 네 어절이었다. 그가 내뱉은 말이 하늘을 달래고 강물과 세상을 쓰다듬었다.

게이브는 그 말을 찬송가처럼 되풀이했다. 그리고 바위에서 노를 뗐다. 나무에 새긴 이름들이 하나씩 손가락을 스쳤다. 타리크. 시몬. 너대니얼. 스테판. 조너스. 비록 이름을 새기지는 않았지만, 키라와 어린 매튜, 애너벨리도 더했다. 마지막으로는 어머니의 이름을 불렀다. 큰 소리로. 클레어. 모두가 그를 걱정하는 사람들이다. 게이브는 밤하늘을 향해 그 이름을 외치며("클레어!") 부디 어머니를 살려 달라고 애원했다. 그리고 노를 단단히 틀어쥐고는 달빛을 받으며 부드럽게 흘러가는 강물을 건너기 시작했다. 물장구를 치는 동안에도 리듬에 맞추어 주문을 반복해 나갔다. 죽일 수 없어…… 죽일 수 없어……. 마침내 어렵지 않게 반대편 기슭에 닿아 강변으로 올라섰다. 온몸에서 물이 흘러내렸다.

게이브가 입을 다물자 강물이 다시 소용돌이치며 세차게 흐르기 시작했다. 바람도 혹독해지고 머리 위 달빛은 구름 속으로 숨었다. 주변의 어둠이 짙어지며 요동치는 숲을 감쌌다. 숲 가장자리에 검은 망토를 두른, 키 큰 사내가 서 있었다.

12

게이브는 몸서리를 쳤다. 갑자기 너무나 추웠다. 바람이 숲을 흔들었다. 바람이 불자 살갗에 달라붙은 젖은 옷이 흡사 얼음 같았다.

하지만 몸서리친 이유는 바람보다는 두려움 때문이었다. 저 어둠 속 사내가 발산하는 공포.

사실 게이브가 기대한 건 이런 광경이 아니었다. 강 반대편에 다다르면 일단 숨부터 고르고,(강을 건너 본 것도 생전 처음이다.) 각오도 다지고, 그다음에야 수색을 시작하리라 생각했다. 상대도 어딘가 숨어 있을 줄 알았다. 그래서 몰래 찾아가 대적하게 되리라 믿었다. 어떻게든 싸울 준비를 할 시간이 있으리라 여긴 것이다.

그런데 사내는 숨어 있지 않았다. 저렇게 검은 망토를 두른 채 숲 언저리에 떡하니 서 있는 게 아닌가! 어둠 속에서도 두 눈이 횃불처럼 이글거렸다. 얼굴에는 표정 하나 없었으나, 게이브를 노려보는 두 눈만은 호기심으로 잔뜩 들뜬 터였다. 마침내 사내가 입을 열었다.

"이게 웬 횡재인고. 나를 찾아오는 손님은 거의 없는데."

게이브는 대답하지 않았다. 어떻게 대답해야 할지 몰랐다. 게이브는 초조하게 노의 가느다란 자루 부분을 움켜쥐었다. 이 낯선 곳에서 익숙하고 편안한 건 노뿐이었다. 둥근 점으로 파낸 "J"가 엄지에 걸렸다. 조너스가 이름을 새긴 위치였다.

"자기소개도 안 할 참이냐?"

게이브가 목청을 가다듬었다.

"내 이름은 가브리엘이에요."

순간 망토가 흔들리는가 싶더니, 한참 떨어져 있던 사내가 순식간에 악취가 느껴질 정도로 가까이 다가와 있었다. 외모는 신기하게도 무척이나 깔끔했다. 벌어진 망토 사이로 드러난 정장은 어찌나 정성껏 다림질했는지 주름이 예리한 칼날 같았다. 얼굴은 창백했는데 어둠 때문에 거의 백지장 같아 보였다. 검은 머리는 기름을 발라 빗어 넘겼다.

가까워도 너무 가까웠다. 그가 상체를 숙이더니 거친 목소리를 내뱉었다.

"멍청한 놈! 네 이름도 모를 거라고 생각하는 거냐?"

고약한 악취가 게이브의 얼굴을 뜨겁게 달구었다.

그가 으르렁거렸다.

"물론 네놈도 내 이름을 알고 있지, 응? 그렇지?"

"예, 당신 이름은 알아요, 거래 마스터."

게이브가 한 발짝 뒤로 물러섰다. 입 냄새 때문에 토악질이라도 할 것만 같았다.

남자는 비밀을 털어놓기라도 하듯 목소리를 낮추었다.

"그리고 우리 둘 다 왜 만났는지도 안다."

게이브가 고개를 끄덕이며 역시 작은 목소리로 대답했다.

"그래요. 알아요."

"나를 파괴하기를 희망한다고? 그래서 나도 네놈을 처치하기로 결심했다."

순간 게이브는 조언자를 떠올렸다. 떠들썩한 교실에서 아이들에게 언어를 가르치던 선생님. 희망? 결심? 세상에, 이렇게 의미가 달라질 수 있다니! 희망이라는 단어가 이렇게 모호하고 불길할 수 있다니, 게이브의 감정이 바로 그랬다. 모호하고 불길했다. 게이브는 심호흡을 하고 불안감을 다스렸다.

"어떤 무기를 가져왔느냐? 내 무기를 상대는 하겠느냐?"

거래 마스터가 장갑 낀 손을 두꺼운 망토 안에 넣었다. 게이브는 노를 더욱 단단히 잡고 각오를 다졌다. 무릎이 후들거려 당장이라도 쓰러질 것만 같았다.

"조잡한 막대기 하나는 있군. 불쌍한 놈, 그게 네 무기냐?"

목소리는 경멸로 가득했다.

"이건 무기가 아니에요. 무기는 가져오지 않았어요. 아무도 죽일 생각……."

강을 건널 수 있도록 도와준 주문이었다. 게이브가 그 말을 되뇌려 하자 놀랍게도 거래 마스터가 움찔했다. 바람도 멎고 나무들의 웅성거림도 잦아들었다. 구름 속의 달빛이 빠져나와 어두운 밤을 밝히기까지 했다.

오두막에서는 조너스가 침대 옆 흔들의자에 앉아 기다렸다. 조금 전에 키라가 식사를 준비해 왔다. 두 사람이 함께 클레어의 마른 입술을 물로 적셔 주자 클레어가 살짝 혀를 움직였다. 하지만 눈은 감은 채였고 호흡은 불규칙했다. 이따금 숨을 헐떡이며 담요를 움켜쥘 뿐 대개의 경우는 너무도 조용했다. 조너스는 그녀가 밤을 넘기기 어렵다고 생각했다. 다만······.

조너스는 '다만'에 대해 생각지 않으려 했다. 너머를 보았을 때 거래 마스터는 자작나무 숲에 있었다. 게이브에게 얘기하지는 않았지만, 거래 마스터는 소년을 기다리고 있었다.

게이브는 의지가 강한 아이다. 길고도 고통스러운 여정 끝에 이곳에 도착했을 때 조너스 자신은 거의 포기 지경이었건만, 오히려 어린 게이브는 별 탈 없이 살아남았다. 게이브에게 재능이 있다는 사실은 분명해 보였다. 아니면 단순히 고집과 불굴의 의지에 불과했을지도 모른다. 망가진 배 같은 불가능한 프로젝트에 그렇게 열심히 매달릴 이가 또 어디 있겠는가?

하지만 밤을 지새우며 자칫 목숨까지 잃게 될 임무를 맡은 게이브 생각을 하다 보니, 아이에게 고집스러운 의지는 물론이고 보다 심오한 종류의 재능도 함께 있기를 간절히 바라게 되었다. 그것도 그 아이가 상대하게 될 존재의 본질을 꿰뚫는 그런 종류의 재능이길. 조너스는 몸서리를 쳤다. 거래 마스터는 너무도 잔혹하고 위험하며 사악했다. 반면에 게이브는 어리고 약했다.

 강을 건넜겠지? 지금쯤 강 건너에 다다랐을 거야. 조너스가 시간을 확인하며 중얼거렸다.

 반전된 분위기에 가브리엘도 넋을 잃었다. 강에서도 이런 식이었다. 달이 모습을 드러내고 급류는 잦아들고 세상이 기이하게 평온해진 느낌. 이제 가브리엘은 달빛 속에 서서 노를 다독이고 노에 새긴 이름들을 어루만졌다. 거래 마스터도 이 갑작스러운 변화를 느꼈을까?

 하지만 상대는 온화해지기는커녕 반대로 커다란 분노를 드러냈다. 그가 깊은 망토 주름 안에서 장갑 낀 손을 꺼냈을 때 달빛에 칼 한 자루가 반짝였다. 칼날이 아주 길고 좁으며 끝이 뾰족한 칼이었다. 게이브가 겁에 질려 뒷걸음질을 쳤다.

 "스틸레토! 이런 칼 하나 숨겨 오지 않았더냐? 있으면 좋을 텐데. 아주 날카롭고 아주 치명적이거든. 좋아! 내 칼이라도 받아라."

 그가 갑자기 스틸레토를 게이브에게 던졌다.

 게이브는 화들짝 놀라 노를 놓고 대신 칼 손잡이를 잡았다.

다행히 칼날에 손을 베이지는 않았다. 칼은 놀랍도록 무거웠다. 칼을 원하지는 않았지만 선택의 여지는 없어 보였다. 게이브는 차가운 금속 손잡이를 단단히 움켜쥐었다.

"자, 이제 죽일 수 있지?"

거래 마스터가 짧고 건조한 웃음을 토해 냈다. 그는 다시 외투 주름 안으로 손을 넣었다. 하늘이 다시 어두워지고 바람도 거세져 나뭇가지들을 앞뒤로 크게 흔들어 댔다. 게이브는 어둠 속을 노려보며 어떤 무기가 나타날지 촉각을 곤두세웠다. 또 스틸레토일까? 이 좁은 칼날을 겨눈 채 자신에게 달려들까? 순간 게이브는 그의 공격을 직감하고는 화들짝 칼을 세웠다.

그 순간 칼은 땅바닥에 떨어지고 게이브는 무방비 상태가 되었다. 거래 마스터가 더 큰 무기로 게이브의 손에 든 칼을 쳐 낸 것이다. 칼날이 굽은 끔찍한 무기였다.

"청룡언월도."

거래 마스터가 게이브의 귀에 대고 무기의 이름을 속삭였다.

바람이 울부짖었다. 악마는 한 손으로 게이브의 목을 잡고 다른 손으로 무기를 들어 칼날을 부드러운 살갗에 갖다 댔다. 게이브는 숨을 삼켰다. 조금만 까딱해도 살을 베일 판이었다. 터무니없이 예리한 칼날을 온몸으로 느낄 수 있었다.

두 사람은 미동도 않은 채 증오가 엮어 낸 포옹 상태를 유지했다. 게이브는 어차피 죽을 목숨이라면 빠르고 고통 없이 죽기를 바랐다. 지금 바랄 수 있는 건 그뿐이었다.

그런데 놀랍게도 거래 마스터가 칼을 댄 채로 말을 걸어 왔다. 게이브는 다시 역겨운 입 냄새를 맡아야 했다. 목소리는 나지막했지만 그건 승자의 오만한 허풍이었다.

그가 게이브를 비웃었다.

"이런 별 볼일 없는 상대 같으니. 네놈보다 중요한 자들도 무수히 죽인 나다."

게이브는 아무 말 없이 숨만 몰아쉬었다. 칼이 목을 노린 터라 꼼짝도 할 수가 없었다.

그가 들뜬 목소리로 외쳤다.

"지도자도 있고, 온 가족도 있었지. 난 그들을 갈가리 찢어 버렸지. 모두가 훌쩍거리며 살려 달라고 애원했어!"

순간 갑자기 따끔하더니 따뜻한 액체가 목에서 어깨로 흘러내렸다. 거래 마스터의 면도날 같은 칼날에 살짝 베인 것이다.

"전쟁! 그래, 난 수많은 전쟁도 일으켰다!"

게이브는 마비가 되어 꼼짝도 못했지만, 문득 이자가 그의 반응을 원한다는 생각이 들었다. 아마 존경심 같은 것을 원하리라.

게이브는 가만히 있었다.

남자가 이죽거리며 게이브의 귀에 대고 속삭였다.

"내가 파괴한 공동체도 수두룩하다. 내 말이 거짓말 같으냐?"

"아뇨."

게이브가 간신히 대답했다. 사실이다. 지금은 그에게 그 정도의 위력이 있다는 사실을 믿었다. 그는 사람이 아니다. 사람으로 위장한 힘이다. 인간의 외투를 뒤집어쓴 악마일 뿐이다. 조너스한테 듣기는 했지만 그때는 이해하지 못했다. 게이브는 조너스의 조언을 기억해 내려 애썼다. 어떻게 싸워야 하지? 마침내 게이브는 머릿속에 떠오르는 유일한 말을 내뱉었다. 여전히 저항은 생각도 못했다.

"그렇게 대단한 힘을 가지고 있으면서 왜 나같이 하찮은 아이를 죽이려는 거죠?"

신기하게도 거래 마스터가 움찔거렸다. 그는 게이브의 몸에서 칼을 떼고 바닥에 내동댕이쳤다. 언월도는 스틸레토 옆에 떨어졌다. 이윽고 그가 외투의 주름을 여미더니 입술을 핥으며 거친 웃음을 흘렸다.

"나한테 다른 무기도 있다. 단검, 도끼, 만도, 중화식도. 하나 골라라. 결투를 할 테니까."

게이브는 할 말이 없어 그냥 입을 다물었다.

"싫어? 결투도 마음에 안 들어? 좋아, 그럼 무기는 그만두고 더 재미있는 방법으로 하지. 거래 마스터답게 네놈한테 제안 하나 하마."

창밖이 갑자기 밝아졌다. 달빛 하나 없는 칠흑 같은 밤이건만 황금색 여린 빛줄기가 바닥을 비추고 침대 바로 앞까지 이어졌다. 동시에 클레어의 갈라지고 불규칙한 호흡도 변했다. 더 차분하고 편안해 보였다. 조너스가 그녀의 손을 잡았다. 밤새도록 잡고 다독였던 손이다. 창백하고 얇은 피부 아래로 툭 불거진 혈관과 두텁기만 한 손마디.

그런데 놀랍게도 노인의 손이 달라졌다. 더 부드럽고 유연해진 것이다. 빛을 이용해 자세히 살피려 했으나 그사이에 달빛이 사라지고 밤도 다시 어두워졌다. 조너스는 모퉁이의 기름 등잔을 다시 밝혀 노인을 비추어 볼까 하는 생각도 했다. 그런데 뭐하러? 그냥 자도록 두자. 지금은 편안한 모양이니까. 아들이 처한 위기를 모른 채 떠나게 해 주자.

아마 죽음이 찾아온 모양이다. 그래, 결국 때가 된 모양이야. 조너스는 클레어 손을 다독이며 그런 생각을 했다.

조너스는 자신도 모르게 꾸벅이며 졸았다. 길고도 힘든 하루였다. 달빛이 나타났다 사라지고 다시 나타나는 것도 보지 못했다. 클레어의 손을 놓쳐, 살갗이 깨끗해지는 것도 그는 보지 못했다. 검은 반점이 사라지는 것도, 연해지는 것도 보지 못했고, 두꺼운 손톱들이 조개처럼 투명해지는 것 또한 보지 못했다.

"배."
제안은 느닷없이 던져졌다. 잔뜩 화가 난 목소리였다.
"배, 필요 없어요."
거래 마스터가 교활한 눈빛으로 노려보았다.
"이건 필요의 문제가 아니다, 이 멍청이 고집불통 꼬마 놈아. 언제나 바람의 문제야. 뭘 원하느냐의 문제라는 얘기다."
게이브는 아무 말 없이 서 있었다. 추웠다. 강물에 온몸이 젖은 데다 다시 강풍이 불기 시작했다. 게이브가 열심히 두 팔을 문질렀다.
"춥냐? 그래, 내 외투를 빌려주지. 이 안으로 들어오면 넉넉하게 감싸 주마."
거래 마스터가 코웃음을 치며 덜덜 떠는 소년을 향해 외투를 흔들어 보였다.

게이브는 대답하지 않았다. 저 검은 외투에 들어간다는 생각만으로도 역겨웠다.

거래 마스터가 두 눈을 이글거렸다.

"오냐, 좋다. 거기 서서 덜덜 떨어라. 자, 배 얘기를 다시 해 볼까? 필요하다가 아니라 원하다야. 알겠지? 배를 원하느냐? 아니…… 아직 대답하지 마. 그러니까…… 고급 돛배로 하자. 거래 조건으로는 펄럭이는 돛, 맑은 하늘, 잔잔한 호수. 거기에 힘찬 바람을 추가해 주지."

그가 몸을 숙이며 가느다란 손을 흔들었다.

"배를 갖고 싶지?"

얼마 전이라면 무척 갖고 싶었을 것이다. 하지만 상황이 달라졌다. 배는 더 이상 흥미도 필요도 없었다. 뿌리와 사랑을 향한 갈망은 침대에 누운 채 죽어 가는 어머니 손을 잡으면서 완전히 소멸되었다.

게이브는 잠시 가만히 서서, 어떻게 거래 마스터를 화나게 하지 않고 거절할지 고민했다.

"잠깐! 하나 더 추가하겠다!"

악마가 더 가까이 얼굴을 디밀었다.

"기막힌 돛배의 티크 갑판 위에, 머리카락을 날리며 너를 향해 미소 짓는 여인이 있다. 그것도 무척이나 애정 어린 눈빛으로! 네가 배를 조정할 때 가까이 다가와 뭔가를 줄 수도 있겠지. 뭐가 좋을까? 사과? 여자가 예쁜 사과를 깎아 너한테 한 입 먹여 주는 거야. 아, 당연히 네가 끔찍이도 사랑하는 누군가여야겠지. 음, 그 주근깨 소녀가 어때…… 디아드라? 어때, 원하지?"

거래 마스터가 게이브의 귓속에 거친 입김을 불었다.

"아니, 원치 않아요." 게이브가 대답했다.

거래 마스터가 혹독한 웃음을 터뜨렸다.

"물론 원할 리가 없지. 더 큰 걸 원하는 거냐? 좋아, 그럼 어디 해보자! 배는 그대로다. 배와 호수와 햇살도 갖는 거야. 아, 물론, 여자도 주마. 사랑의 눈으로 너를 바라보며 먹을 것과 애정을 제공하는 여자…… 그런데 그게 멍청한 디아드라가 아니야. 누군지 아느냐? 어디 알아맞혀 봐."

그가 씩씩거리며 물었다.

게이브는 누구인지 짐작했지만 대답하지 않았다. 게이브는 두 손으로 노를 단단히 움켜쥐고는 노에 새긴 이름들을 만져 보았다. 여기저기 사랑하는 사람들의 이름들이 있다. 타리크. 너대니얼. 시몬. 스테판.

"클레어다. 기다란 곱슬머리의 젊고 아름다운 클레어가 함께 있는 거야. 클레어가 누군지는 알지, 응? 이제 원한다고 말해? 원하지?"

게이브는 조너스의 이름을 쓰다듬었다. 부드러운 삼나무는 친구들의 이름으로 가득했다. 그를 걱정하는 사람들. 이 순간에도 그에게 힘을 보태 주는 사람들. 그가 나무를 쓰다듬는데 문득 손 밑으로 낯선 자국이 만져졌다. 분명 아무것도 없이 밋밋한 곳이었건만…… 놀랍게도 지금은 뭔가 새겨져 있었다. 손으로 만져 보니 "C"의 둥근 곡선과 "L" 그리고 남은 세 글자였다.

게이브가 단호하게 말했다.

"어머니 이름을 함부로 말하지 마요. 당신 거래 따위는 원치 않으니까."

거래 마스터는 이글거리는 눈으로 게이브를 노려보았다. 게이브는 조너스의 이야기를 떠올렸다. 아이나르라는 사람 얘기였다. 거래를 거부했다가 무자비하게 난자당했다고 했는데…… 그러고 보니 거래 마스터가 바닥에 놓인 무기들을 힐끔거렸다.

게이브는 황급히 조너스의 다른 말도 기억해 냈다. 네 재능을 이용해. 네 재능. 그래 바로 그거야!

게이브는 잔뜩 겁이 났지만 그래도 거래 마스터를 노려보며 접혼을 위해 정신을 집중했다.

13

 정적. 마치 커튼을 드리운 듯 정적이 내려앉았다. 등 뒤의 물소리도 사라졌다. 주변 나뭇잎들은 여전히 흔들렸지만 소리는 들리지 않았다. 게이브는 거래 마스터에게 들어갔다. 게이브는 영겁의 시간을 관통하고 있음을 깨달았다. 마구잡이로 파괴하고 분노와 고통으로 비명을 지르는 세월.

 게이브는 거래 마스터가 되었다. 들끓는 증오에 욕지기가 일었다. 그리고 무저갱의 소용돌이 속으로 빙글빙글 맴돌며 곤두박질쳤다.

 게이브는 거래 마스터를 이해했다. 그를 차지한 깊고 깊은 악의도 이해했다. 이미 느꼈듯이 거래 마스터는 인간이 아니었다. 사람이 아니라 사람으로 위장한 존재였다. 그는 악의 힘이었다. 태곳적부터 이어져 온 악의 총체. 가브리엘은 접혼을 통해 부유하고 회전하면서 악의 일부가 되었다. 악의 고통과 고독을 느끼고, 역사를 통해 끊임없이 배척되면서도 끊임없이 세력을 모으는 자의 아픔을 이해했다. 악마는 힘을 모으고 무기를 모으고 배반과 폭력과 잔혹성을 벼렸다. 그 감정만으로도 인간 소년을 파괴하기에 충분했으나 게이브는 자기 자신과 임무를 잊지 않도록 집중하며 그런 감정들에 맞섰다. 접혼의 재능에는 무언가 있었다. 드디어 거래 마스터와 최후의 결전을 벌일 때 그에게 무기가 되어 줄 무언가.

조너스는 어떤 소리에 화들짝 놀라 선잠에서 깨어났다.
클레어가 일어나 앉아 있었다. 방은 아직 어두웠지만 클레어가 담요를 옆으로 걷어 냈다는 것은 알 수 있었다. 그녀의 두 눈은 밝았고 잔뜩 굽었던 두 어깨는 곧고 단단했다.
"배가 고프네요." 그녀가 말했다.

순간, 접혼의 들끓는 분노와 고통 속에서 게이브는 허기를 느꼈다. 의외였다. 그토록 사소하고 부질없는 감정이라니. 게이브 또한 저녁을 먹으러 집에 갈 때면 늘 그렇지 않았던가.
하지만 좀 더 깊숙이 들어가자, 거래 마스터가 수프 한 그릇이나 빵 한 조각을 원하는 게 아님을 알 수 있었다. 그는 굶주려 있었다.
이런 종류의 악에 대해서도 조너스한테 들은 바가 있었다. 희생자들을 양분 삼아 살아가는 악마.
그자는 어떻게 비극이 펼쳐지는지 알고 싶어 해. 상황이 어떻게 끝나는지 보면서 미소 짓는 거야. 그게 바로 그자의 양분이니까.

문득 방법이 떠올랐다. 그것도 아주 단순한 방법이. 양분을 공급받지 못한 자는 죽을 수밖에 없다. 굶주린 자는 죽는다.

게이브는 해야 할 일을 정확히 파악하고 접혼에서 빠져나왔다. 소리가 돌아왔다. 거래 마스터는 여전히 게이브를 비웃으며 그 앞에 서 있었다. 게이브의 깨달음 말고 변한 건 아무것도 없었다.

게이브가 허리를 곧추 세우고 큰 소리로 말했다.

"조언자님 기억하죠?"

거래 마스터가 입술을 비틀며 웃었다.

"부스럼 얼굴? 늙고 처진 피부에 처절한 멍청이? 물론 기억하고말고."

"내 선생님이셨죠."

"내가 망가뜨렸다."

"아뇨, 기껏 잠깐 동안뿐이었어요. 지금은 다시 돌아오셨거든요. 명예도 되찾고 아주 행복하게 지내세요."

게이브의 말에 거래 마스터는 헉 하고 숨을 삼켰다. 예리한 칼에 찔리기라도 한 듯 배를 움켜잡기까지 했다. 아니, 위장을 갉아 내는 고통이라고 해야 하나? 지독한 허기?

"아이나르라는 사람도 알죠?"

조너스한테 아이나르의 가슴 아픈 사연을 들었을 때 게이브는 두려움에 몸을 움츠렸었다. 이제 게이브는 거래 마스터의 얼굴을 마주보았다.

"당신을 거부한 사람인데, 기억나요? 거래하지 않겠다고 했었죠!"

거래 마스터가 바닥에 침을 뱉으며 크게 비웃었다.

"당연하지. 내가 망가뜨린 놈이니까."

게이브가 차분한 목소리로 단언했다.

"사실 당신은 그러지 못했어요. 그 사람은 스스로의 힘으로 잘 살고 있거든요."

"절름발이의 삶?"

거래 마스터가 조롱하더니 아이나르의 걸음걸이를 잠깐 흉내 냈다.

"아뇨, 선자의 삶이죠. 양 이름을 모두 외우고 새소리도 모두 흉내 낼 수 있어요. 게다가 아름다운 소녀와 사랑에 빠지기도 했어요."

거래 마스터가 끙 하고 신음을 내뱉더니 한 무릎을 꿇었다.

외투가 바닥에 넓게 퍼졌는데, 주인의 체격이 줄기라도 한 듯 갑자기 너무나도 커 보였다.

"그 아름다운 소녀가 누군지도 알죠? 이름이 클레어였어요. 어린 아들을 찾아 떠났죠. 그것도 알죠? 어머니는 나를 찾아냈어요, 거래 마스터. 어머니는 기꺼이 모든 것을 당신한테 넘겼고 당신은 빼앗아갔죠. 젊음과 아름다움, 힘과 건강까지 모두……."

어머니를 생각하자 게이브는 잠시 말을 잇기가 어려웠다. 호흡을 가다듬고 눈물을 억누른 다음 크게 심호흡을 했다.

"…… 하지만 상관없어요. 우린 서로 만났으니까. 중요한 건 그거예요. 그게 어떤 의미인지 당신은 몰라요. 누군가를 사랑한다는 의미 말이에요. 솔직히 당신이 불쌍하기도 해요. 그래도 난 당신이 굶주리기를 원해요."

게이브는 상대를 내려다보았다. 거래 마스터는 바닥에 잔뜩 움츠린 채 울먹이고 있었다.

조금 전의 사악하고 낮은 목소리는 비탄에 잠긴 듯 길고 애처로운 울부짖음으로 변했다. 악마는 두 눈을 감은 상태에서도 어둠 속을 더듬어 바닥에 흩어진 무기를 찾았다. 그는 무기가 손에 닿자 다시 한 번 울부짖었는데, 그 순간 흩어진 구름 사이로 달빛이 비치고 바람이 잠잠해졌다. 그리고 새로운 달빛 속에서 게이브는 무기가 변해 있음을 보았다. 지금은 기껏 망가진 장난감에 불과했다. 부주의한 아이가 빗속에 내버려 두기라도 한 듯 잔뜩 녹슨 양철 장난감 칼들.

게이브가 단호하게 말했다.

"당신의 힘은 끝났어요."

거래 마스터의 반응은 신음 소리뿐이었다. 이윽고 게이브가 지켜보는 가운데 거래 마스터는 더욱 더 오그라들더니, 마침내 형체를 알아볼 수 없는 잿더미로 변했다. 썩은 냄새가 진동하는 잿더미.

게이브는 남은 잔재를 발끝으로 툭 걷어찼다. 거래 마스터는 한 번도 인간인 적이 없었다. 이제 게이브가 발끝으로 건드리자 잿더미마저 무너져 버렸다. 게이브는 한참 동안 그 모습을 지켜보았다. 밤이 걷히고 새벽의 여명이 하늘에 스며들었다. 게이브는 날카로운 돌멩이를 하나 찾아 적당한 크기로 땅을 파기 시작했다. 그다음엔 노를 그곳에 박고 젖은 흙으로 주변을 덮어 악마가 소멸된 장소를 표시했다.

게이브는 돌아서서 강을 마주 보았다. 강 건너 마을 굴뚝 여기저기에서 연한 연기 자락들이 피어오르기 시작했다. 그 모든 것이 친숙하고 따뜻하고 또 안전했다. 게이브는 부드럽게 흐르는 강물을 헤엄쳐 어렵지 않게 강을 건넜다.

조너스는 아침 동틀 녘에 잠이 깼다. 의자에 앉은 채로 잠들었던 것이다. 잠들기 전에 키라가 준비해 온 수프를 클레어에게 조금 먹였다. 클레어는 고맙다는 인사까지 했다. 조너스는 담요를 덮어 준 다음 그녀가 다시 잠들 때까지 침대 곁을 지켰다. 숨소리도 강해져 오늘 밤에 죽는 일은 없을 거라고 확신했다.

혹시 게이브가…… 조너스는 차마 그 생각을 이어 갈 수가 없었다. 클레어의 회복 속도에 감탄하며 잠시 자는 모습을 지켜보았다. 그러고 나서 의자로 돌아가 다시 게이브를 걱정했다.

잠에서 깨어나니 온몸이 뻣뻣하고 머릿속도 혼란스러웠다. 조너스는 하품을 하고 기지개를 켠 다음 주변을 둘러보았다. 문득 클레어가 생각나 달려갔지만 침대는 텅 빈 채였다. 담요도 아무렇게나 젖혀 있었다.

오두막 문이 열려 있었다. 클레어는 잠옷 차림으로 그곳에 서서 새벽 공기를 깊이 들이마셨다. 지금은 키도 더 크고 날씬했으며 적갈색 곱슬머리가 두 어깨를 감쌌다. 그녀가 인기척을 듣고 돌아서서 조너스에게 미소 지었다.

처음에는 "태양(sun)을 보고 있다."라고 말하는 줄 알았다.

실제로 하늘은 새벽빛으로 붉게 물들어 있었다. 조너스는 문득 클레어의 어깨 너머를 보았다. 그곳에는 그녀의 아들(Son)이 오솔길을 따라 걸어오고 있었다.

옮긴이의 말
기나긴 여정의 끝

 드디어 『기억전달자』, 『파랑채집가』, 『메신저』로 이어지는 로이스 로리의 SF 4부작이 모두 끝났습니다. 로리가 『기억전달자』를 발표해 뉴베리 상을 수상한 때가 1993년이니까 『태양의 아들』은 무려 이십 년에 걸친 기나긴 여행의 종지부라 할 수 있습니다. 애초에 3부작으로 예정했던 『기억전달자』 시리즈에 『태양의 아들』이 덧붙은 건, 아무래도 작가 또한 공군조종사 아들을 군복무 중에 잃은 아픔이 그만큼 컸기 때문일 겁니다. 그러니까 이 소설은 클레어가 빼앗긴 아들을 찾아가는 여정인 동시에, 작가 로리의 죽은 아들을 향한 그리움과 아픔을 치유하는 과정이라고 할 수 있겠지요.
 앞선 세 편을 읽어 보신 분들은 알겠지만, 『태양의 아들』의 배경은 시리즈의 마지막답게, 『기억전달자』의 사회에서 시작해 『메신저』가 지향하는 사회에서 끝을 맺습니다. 다시 말해 적어도 이번 작품에서만은 새로운 사회를 그려 내지 않는다는 겁니다.('사이'의 어촌 마을도 공동체의 성격보다 사람들 간의 관계에 초점을 맞추고 있습니다.) 『메신저』의 '옮긴이의 말'에서도 지적했듯이, 『기억전달자』는 '질서와 안정을 최우선으로 여기는 철저한 통제 사회'인 데 반해 『메신저』는 우리가 살고 있는 현대 세계와 많이 닮았습니다. 『태양의 아들』은 전편에서 '맷티'가 악마와 싸워 마을을 구한 뒤가 배경이니까, 클레어가 게이브를 찾아 온 '너머'의 마을은 작가 로리가 추구해 왔던 이상 사회를 벌써 구현했다고 볼 수 있을 겁니다. 당연히 작가로서도 더 이상 공동체 및 사회를 실험할 필요가 없겠죠. 기존에 나온 세 소설과 『태양의 아들』의 분위기가 사뭇 다른 이유는 바로 그 때문입니다. 로이스 로리는 이제 '사회'가 아니라 '사람'과 '관계'에 대해 얘기하고 있으니까요. 예, 『태양의 아들』은 분명 기존의 세 작품과 성격이 다릅니다. 클레어의 여정은 더 이상 전편들에서와 같이 디스토피아와 유토피아를 저울질하지 않습니다. 그보다는 그녀를 둘러싼 사람들의 관계 및 성장에 더 관심이 많죠. 『태양의 아들』이 기존 작품들보다 상대적으로 주제가 선명하고 이해하기 쉬운 것도 바로 그 때문일 겁니다. 낯선 SF가 아니라, 사람과 사랑이라는 보다 일반적이고 보편적인 주제를 다루고 있거든요. 그리고 그 덕분에 우리가 고민해야 할 상징이나 우화도 거의 없다시피 합니다.

바람직한 사회를 만드는 일 못지않게 중요한 건 그 사회가 붕괴되지 않도록 지키는 일입니다. 『메신저』에서 비록 조너스와 맷티의 활약으로 공동체의 타락을 막기는 했지만 악마인 '거래 마스터'는 호시탐탐 공동체를 노리고 있죠. 로이스 로리는 이제 이상 세계 건설이 아니라, 그 이상 사회를 지키고 유지하는 데 관심을 돌립니다. 그리고 거래 마스터를 이기고 사회를 지키는 유일한 방법이 '사랑'이라고 말하고 있습니다. 부모가 자식에게 보내는 사랑, 부부간의 사랑, 이웃 간의 사랑, 인류에 대한 사랑……. 게이브는 거래 마스터에게 아이나르의 사랑을, 클레어의 사랑을 채워 줌으로써 역설적으로 굶주리게 만들죠. 『태양의 아들』의 거의 유일한 상징인 게이브의 재능 '접혼'은 그런 점에서 '사랑의 본질'이라 할 수 있지요. 바로 상대에 대한 '이해'를 뜻하니까요. 게이브는 조언자, 매튜 등에게 접혼함으로써 상대의 감정을 느끼고 사랑을 배워 나갑니다. 그리고 거래 마스터처럼, 사랑이 결여된 상태가 악이라는 사실도 함께 배우죠.

『메신저』의 후기에서도 밝혔듯 작품의 이해는 결국 독자들의 몫입니다. 후기에 종종 상징의 해석을 제시하는 이유는, 작품을 이해하는 유일한 방법이어서가 아니라 독서 방법의 한 가능성을 보여 줄 필요가 있다고 느꼈기 때문입니다. 『태양의 아들』은 수많은 의미와 독서 방법을 갖고 있는 소설입니다. 아니, 로이스 로리의 모든 작품이 그렇듯, 이런 식의 복잡한 상징 체계를 따지지 않더라도 너무도 재미있고 느끼는 바도 충분히 많을 겁니다. 이십 년의 기나긴 여정을 마침내 마감한 작가에게 저도 축하와 감사의 인사를 보내고 싶네요.

로이스 로리, 수고 많으셨습니다. 그리고 감사합니다.

조영학

블루픽션 72
태양의 아들

1판 1쇄 펴냄 | 2013년 10월 15일
1판 13쇄 펴냄 | 2024년 5월 31일

지은이 로이스 로리
옮긴이 조영학
펴낸이 박상희
편 집 박지은
디자인 박진범
펴낸곳 (주)비룡소
출판등록 1994. 3. 17. (제16-849호)
주소 (06027) 서울시 강남구 도산대로1길 62 강남출판문화센터 4층
전화 02) 515-2000 | **팩스** 02) 515-2007
홈페이지 www.bir.co.kr
제품명 어린이용 반양장 도서 **제조자명 (주)비룡소 제조국명** 대한민국 **사용연령** 3세 이상

ISBN 978-89-491-2329-5 44840
ISBN 978-89-491-2053-9 (세트)

이 도서의 국립중앙도서관 출판시도서목록(CIP)은 서지정보유통지원시스템 홈페이지(http://seoji.nl.go.kr)와
국가자료공동목록시스템(http://www.nl.go.kr/kolisnet)에서 이용하실 수 있습니다.
(CIP제어번호 : CIP2013022554)